寻找
支格阿尔

郭菲 —— 著

上海文化出版社

图书在版编目（CIP）数据

寻找支格阿尔/郭菲著 . —上海：上海文化出版
社，2020. 11
ISBN 978－7－5535－2107－7

Ⅰ . ①寻… Ⅱ . ①郭… Ⅲ . ①纪实小说－中国－当代
Ⅳ . ①I247. 5

中国版本图书馆 CIP 数据核字（2020）第 172930 号

出 版 人：姜逸青
责任编辑：张 琦
封面设计：王 伟

书 名：寻找支格阿尔
作 者：郭 菲
封面图片：视觉中国
出 版：上海世纪出版集团 上海文化出版社
地 址：上海市绍兴路 7 号 200020
发 行：上海文艺出版社发行中心
上海市绍兴路 50 号 200020 www. ewen. co
印 刷：上海颛辉印刷厂有限公司
开 本：890×1240 1/32
印 张：11. 75
版 次：2020 年 12 月第一版 2020 年 12 月第一次印刷
书 号：ISBN 978－7－5535－2107－7/I · 821
定 价：45. 00 元
告 读 者：如发现本书有质量问题请与印刷厂质量科联系
T：021－56152633

目录

序 言

　　在《我在印度的 701 天》的最后，我写下这么一句话："我们尊重你们的罗摩衍那，也会守护我们的江山如画。"从那时起，我已决定我行走的脚步不会停下。2014 到 2016 年的两年，我服务了一个陌生的国度，接下来的几年，我想去自己的祖国最需要的地方，路过人面桃花，阅览江山如画。

　　2017 年 5 月，在我从印度回国九个月后，便申请到贫困山区担任驻村第一书记，投身到精准扶贫的第一线。在那里，一个孩子转瞬即逝的笑脸，一个老汉无可奈何的抱怨，都是这个国家镌刻在末梢神经上的一撇一捺。如果说，对外汉语教师的身份让我看到了世界的广度，那么驻村第一书记的身份则让我了解了中国的深度，于是，我邂逅了这个神奇的彝族小山村——四川省乐山市峨边彝族自治县金岩乡俄罗村。

　　这个大山环绕的村落居住着 800 多位彝族同胞，在一个事件片刻就可以传遍朋友圈的今天，依旧遵循着那些似有似无的古老规则，繁衍生息。古色古香的石门后面，房屋与土地犬牙交错地占满了山坡上一大片斜地。今天，你家房瓦上的雨水滴落到了我家的墙角，明天，我家的狗叼走了你家的几颗核桃，小到柴米油盐，大到生老病死，各家的账本上早已无法记

1

下这些满满当当的彼此纠葛，乡土因为他们才被称之为故乡，他们也因为厮守着故乡才满溢着灵气。那些在老墙根围着柴火堆编织着彝绣飚着彝语的大妈们，是我每天路过看到的风景，她们在岁月的静谧处窃窃私语，用一生的时间向别人重复着那点陈年旧事。我不会在别的地方看到她们，时间在这里迷失了方向，她们和她们的祖先已经在这里坐了很久很久。

在这样的环境下，中国的高速发展很难第一时间眷顾到他们，在我刚来的时候，俄罗村还没有一条硬化路可以通向居民聚集点，也没有一个像样的坝子供村民活动，而不到两百户村民中，竟然有 62 户建档立卡贫困户……即使俄罗村已经是金岩乡政府所在地，又是省道峨美路（乐山峨边到凉山美姑）的必经之地，离著名的黑竹沟风景区也不过十多公里，有着得天独厚的地理条件，却因为种种原因，成了全县闻名的"老大难"。所有的人一听到"俄罗村"这个名字就摇头叹气，显然，这背后有值得深思的原因。

有村民告诉我，在他小的时候，也就是十多年前，俄罗村还算是远近闻名的富裕村，别地儿的彝胞们还在住泥瓦房时，俄罗村已经家家户户住上了砖瓦房。尽管彝胞有给天价彩礼的传统，但那时的彝族阿米子，宁可不要彩礼也要争相嫁到此地，一来这里交通便利，二来村民赚钱的思维也更加"活跃"——只要在公路上放一块巨石拦住来往的车辆，大伙儿便会热情地为司机"排忧解难"，只需一小笔"劳务费"，车辆便可顺利通行。大树底下好乘凉，守着交通要道，不愁没有利益，也因此孕育出了"鸡生蛋，蛋生鸡"的"天价碰瓷"和让路人闻风丧胆的"俄罗敢死队"。拦路劫道的活计终究被政府所扫除，但从那以后，俄罗村开始了一条"作茧自缚"的道路。

最让人惊愕的是，2011年左右，市政府决定在纯彝区选一个村打造一个风情小镇，发展特色旅游，要给家家户户都送一套比今天的"彝家新寨"项目更漂亮的别墅，当时负责这个项目的县长选择了俄罗村并开始了前期工作，却最终由于村民之间的土地矛盾闹得前功尽弃、不欢而散，也只好把这千载难逢的机遇拱手让给了附近哈曲乡的解放村，自此，俄罗村再也没有获得过任何重要项目支持。土地协调问题成了俄罗村的一个顽疾，在全县的贫困村退出时间表中，俄罗村也由于脱贫难度太大被放到了最后。

今天，我们沿路可以看到越来越多的村庄全面建起了彝家新寨，且不说已经富起来的哈曲乡解放村，就是曾经讨不到老婆的黑竹沟镇古井村村民，也家家户户住上了砖混结构的新房。古井村有村民告诉我说，他们家经营民宿，在2018年的国庆七天长假中，就赚了2000多元。越来越多的彝家阿米子嫁到这些地方去，至于原地踏步的俄罗村，却渐渐沦为了他们的笑谈。每逢此时，从他们的不屑声中，我也会不自觉地产生愧疚感——自从成为这个"笑谈村"的第一书记伊始，我们的名字就已经牢牢地绑在了一起。

事实上我很感谢这样的挑战，那就好比在一张白纸上绘制全新的图案，每一幕都要悉心去规划、去打理，过程虽然辛苦了些，但有幸参与目睹脱贫攻坚的全貌。

时光如梭，截至2020年7月3日任期结束，我的驻村时间已三年有余。我用心记录着发生在这三年中的点点滴滴，那是一茬又一茬玉米秆的苗壮成长，也是一窝又一窝小猪幼崽的嗷嗷待哺，是一场又一场山洪的恣意咆哮，也是一位又一位村民的离合悲欢。

值得欣慰的是，在众多干部废寝忘食的努力下，在众多群众自力更生的奋斗中，俄罗村终于实现了村容村貌的破茧成蝶。如今的俄罗村，不但有了通村硬化路，而且用上了太阳能路灯；不但有了一百多座彝家新寨，而且村民的经济条件和精神面貌有了极大的改观。

2019 年底，经乐山市脱贫办到村入户验收，俄罗村贫困发生率降到了 0，群众满意度达到 100%，成功退出贫困村序列。而峨边彝族自治县也成为四川省唯一一个入围 2020 年全国脱贫攻坚奖的县城。

俄罗村的脱贫故事，只是华夏大地上无数贫困村这些年巨变的一个缩影，当"笑谈村"彻底成为历史，这三年的峥嵘岁月值得被永久铭记。

书里的每个故事都源自现实，但每一个角色却都不是现实中所对应的某个人物。"物是人非"是我最好的选择，无人会因为任何一个不堪的经历而被读者识记，我们也不需要为任何个体的命运而悲喜，纵使阴霾无数，但黑夜终将过去，待尘埃落尽，希望阳光下的神州大地，沧桑了几千年后，唯有人面桃花、江山如画。

郭　菲

2020 年 10 月 1 日

第一章　故乡

三月的早春，暖流并未眷顾银崖乡的山谷。裹得严严实实的村民们，用彝人特有的扎堆方式站着、蹲着，聚集在银崖乡格洛村村委会的坝子里。坝子不够大，人群便密匝匝地排到了公路上。格洛村的村民们如此期待这一天，因为今天，他们又要参与三年一次的选择。

三年又三年，一些心酸的往事始终在格洛人的心目中隐隐绰绰地浮现，他们似乎早已习惯了失望，却又从未失去期待。下一个三年，那徘徊在村庄上方的阴霾是否会烟消云散？

"莫色拉付，13 票；莫色拉付，14 票；水落林长，8 票；莫色拉付，15 票……"一个个"正"字伴随着唱票员高昂的吆喝声落在黑板上，莫色拉付的心也随之安定下来。虽然竞选对手水落林长已经连任四届格洛村村主任，又是过去村上说一不二的"权威人士"，但精准扶贫以来的这几年，这片土地上对他的反对声从无到有、从小到大，不经意间，水落家族风光的时代已经逐渐过去，莫色拉付相信格洛的未来属于朝气蓬勃的年轻人，而年方 24 岁的他上个月才成为一名正式党员。

"唱票结束！我宣布：最后的得票数为：莫色拉付 268 票，水落林长 104 票，投票人数过半，候选人得票数过半，此次格洛村村民委员会换届选举有效。选举结果将在村公示栏公示十天，有任何问题可以随时向银崖乡政府反映……"负责监督换届选举的银崖乡人大主席曲别那尔话音未落，人群中已骤然响起了热烈的鼓掌声、欢呼声。

"谢谢，谢谢大家支持！"以绝对优势获胜的莫色拉付面露微笑，向人群鞠躬致意。作为胜者，他觉得还应该大气地对水落林长说些什么，却只看到人群的尽头，水落林长头也不回地拂袖而去。在格洛村这一历史性的时刻，没有谁会在意一个失败者的失落，他们只知道，十多年来未变的格局今天终于告一段落，水落家族的"垄断"正式坍塌。

一个多月前，村民们对新当选的那个水落家族的村支书尚持观望态度，当下，更是把希望疯狂地投向即将上任的新一届村主任、银崖乡七个建制村中最年轻的村"两委"成员——莫色拉付。

原以为选举获胜后，自己会狂喜一番，此时此刻，处在一群如炬的目光中，莫色拉付才意识到，从此，自己不再是那个默默的挑战者，而已然变成了全村新的焦点人物，而那个转身离去的背影，三年前的今天，不也是这么风光地享受着成功吗？

莫色拉付搓着双手，春天来了，天气，还是有一点冷。

"村长、村长，你快去看看……"远处赶来一个村民，那是四组的贫困户井克加三，从尘土飞扬的道路上挤进人群，神色慌张地问，"林长村长在哪？"

"呵呵，还什么林长村长？刚尘埃落定了，现在咱们格洛村村长改姓莫色了。"有人鼓噪道。

曲别那尔正在整理一些选举材料，一听，赶忙纠正道：

"嘿，你这么说就是不讲政治了！说多少次了，叫'村主任'，不要叫'村长'，那是以前的称呼，知道吗？还有，在乡政府正式任命之前，格洛村村主任还是水落林长嘛。"

"我管他娘的村长还是村主任，管他娘的水落还是莫色，我家的猪生了个怪胎，谁当了头儿，就去看看啊！"井克加三嚷嚷起来。

看吧，过去那隔岸观火的轻松劲儿已经不属于自己了，背负了一个"长"字，便是背负了彝人心目中那牢不可破的头领地位，那些奇特的、无聊的、无中生有的矛盾，顷刻之间必须亲自去面对了。莫色拉付迅速进入角色，说："哎，老表，都是一家人，别说得那么见外！有什么问题咱们共同来解决，走吧。"

不到半个小时，格洛村的微信群中便传开了一段视频：井克加三的猪圈中，一只刚出生的双头小猪，正在嗷嗷挣扎着，它努力地想像另外一头正常小猪那样站起，但两个脑袋朝两个方向昂起，两只脚向左蹬，两只脚向右蹬，尝试多次，均因步伐无法统一而一次又一次倒下。

微信群中顿时热闹起来。

"好可怜哦！"

"养不大的，看到都难受，弄死算了。"

"这是什么兆头啊？"

"真是邪门啊，活这么久了，还第一次见到。"

"该不会今年格洛村要出大事吧！"

……

视频没拍到的地方，井克加三正在和莫色拉付要价。

"村长，我这老母猪这一胎就产了两头崽子，活一头，还有一头长成啥样你也看到了，我可以说是损失惨重啊！村上是什么意见，可以表个态吗？"井克加三单手撑着猪圈，另一只手叉着腰杆，用一种惯有的"我穷我光荣"的口吻振振有词。

还没正式上任，这才第一天，就遇到这"双头怪物"，莫色拉付实在是有些无奈，村民但凡有些由头，向村上要钱便如此理直气壮，已成惯例，这习气也不知是从何时开始的。

他拍拍井克加三的肩膀说："老表，这种事情我也是第一次遇到，我建议咱们可以参考牲口意外死亡来算算。你看啊，成年猪一头算两千元，意外死亡，村上按惯例是慰问三五百元，这一头刚出生的乳猪嘛，按价值两百计算，村上可以慰问一百元。"

井克加三发出"呼呼"的不屑声，双头小猪也配合般挣扎着叫喊起来，待声音稍弱，井克加三说："一百？你看啊，首先，这不是一头猪，它是两头猪长在一头身上，应该算作两头。其次，今年脱贫的标准是人均年收入必须达到 3300 元，我们一家五口人，我阿嫫、两个娃和我们两口子，合计就要达到……呃……16500 元，这还得扣除成本！我这半年啊，光猪饲料就花了四五千，你给算算，你这一百元的补偿能干个啥啊？"

"不是补偿，再说一次，是慰问。补偿是义务，慰问，只是村上对村民的一种人道关心。"莫色拉付叹口气说，"行，这事我做不了主，我问问林长主任吧。"

莫色拉付极不情愿地拨通了水落林长的电话："你好，林长主任，井克加三的双头猪，群里都看到了吧？我想问问，这慰问多少钱合适啊？"

"哟，拉付主任啊，恭喜你上任啊！慰问，我看就不用了吧，牲口意外死亡属于村民自己承担，国家可没有义务去撒钱啊。何况这东西还没死，还一头变两头啊，哈哈。"

莫色拉付一听有点吃惊，随后就想笑。远的不说，就在年初，水落林长一个侄儿家病死一头三个月大的小猪，村上就"毫不吝啬"地慰问了五百块，美其名曰"绝不能让我们的村民因意外致贫"。不到三个月，这家伙的话风就来了个180度大转弯，莫色拉付也就不想和他多费口舌了。

挂掉电话，莫色拉付又想起了村支书水落阿信，作为彝区中为数不多的女书记，她算是水落家族中通情达理的人，如果她在，至少这入户关怀会显得更加带有官方性质，场面也更易于控制，可她也刚当选不久，正在县里培训，不便电话打扰。

"怎么样？定了吗？"井克加三催促道。

莫色拉付看了看井克加三的脸，这个四十岁中年男人脸上沟壑纵横，守着一个破旧的猪圈当宝贝，看起来也着实有些可怜，便不觉生出恻隐之心，笑笑说："这样，老表，按成年猪的标准慰问，五百，不能再多了。"

"耿直，耿直！"井克加三便喜笑颜开地叫上老婆吉克史雅："给咱们新的村长拿烟来！"

吉克史雅递上两包玉溪说："谢谢村长关心。"

莫色拉付一边推辞一边强调："谢了嫂子，最近嗓子不好不能抽烟。还有，咱们这风气得改一改了，一是以后村组干部为民办事不许'吃、拿、卡、要'，二是不要什么事情都找政府要钱。脱贫，关键得自力更生。"

井克加三愣了愣，示意老婆把烟收回去，然后竖着大拇指夸道："好领导，嘿嘿，好领导。"

周围传来一阵轻微的猪叫声，莫色拉付瞅了瞅猪圈，确定不是从猪圈传来，便问："你们还喂了别的猪吗？"

"没有啊。这不，就生了这点崽子。"井克加三半推着莫色拉付出门，"村长，我家里还有点急事，就不送你了，你慢走。"

待莫色拉付离开，井克加三来到厨房，拾起茅草垛旁边一只嗷嗷叫的小猪，边打屁股边说："叫你出来！叫你出来！看我不第一个吃了你！"然后招呼吉克史雅，"来帮忙把崽子们弄出来。"

两人搭着手又从茅草垛里捞出四只小猪，扔进猪圈。井克加三叮嘱道："今后他来看到这么多小猪，就说都是买来的。"

吉克史雅竖着大拇指夸道："还是你聪明！"

莫色拉付沿着破烂的乌美路往回走，路上，一辆又一辆的工程车经过，扬起一片尘土，连他这个本地人也受不了，只得捂着鼻子艰难前行。这条路是西佳市乌宁县通往凉山州美姑县的省道，去年启动升级改造工程后开始了全面的加宽和维修，一侧要凿开山体，一侧要填乌木河的堤岸，而格洛村是乌美路上必经之地，自工程开始以来全村便饱受施工之苦。

待灰尘散去，莫色拉付咳嗽几声，回头望望，路的尽头是一座高耸的大山，这山光秃秃的，无人居住，山顶一年里有大半年被冰雪覆盖，云雾缭绕，原本山体为黑色，但当冰雪未融时，看上去银光一片，因此得名"银崖山"，而"银崖乡"的名字据说也因此而来。不过此刻正值夕阳西下，山峦呈现出一片金黄，莫色拉付便想，似乎把山名和乡名都叫做"金崖"会更加贴切一点。但另一个传说是，有位彝族祖先在这座山里发现了丰富的银矿，从此这一带的彝人就富裕起来了，所以把这座带来财富的圣山叫做"银崖"。可如果这是真的，为什么今天这里的族人还依然顶着"深度贫困村"的帽子过活？像井克加三这样的人，也只是格洛村矛盾的冰山一角而已。

小时候，那银崖山上的银白对莫色拉付来说，如同仙女的银妆，美轮美奂，但到了二十多岁，拿了个大专文凭，回到这里，越看便越觉得那更像是银白的幽灵盘旋在格洛村的上空，阻挡着族人前进的步伐。想到这里，莫色拉付摸出一支烟点上，深吸一口，自言自语地说："任重而道远啊。"

莫色拉付回到家里时，看到他的母亲邛莫毛惹果正在院子里绣着衣服。门没关，一盆坨坨肉和酸菜汤已经摆在桌上，莫色拉付顿时心生一股暖意。

"阿嫫，我回来了。"莫色拉付喊道，"天气冷，叫你不要等我，自己先吃嘛。"

邛莫毛惹果见儿子回来，放下手中的活，起身相迎："回来了？他们都说你选上了，是吗？"

"是。"莫色拉付微微点点头。

儿子的神色逃不过母亲的直觉，邛莫毛惹果问："好事啊，怎么不是很高兴的样子？"

"我也说不清楚。"莫色拉付说，"阿嫫，我才24岁，就当了一村之长，还是挤掉了水落家才选上的，你说我能胜任吗？"

邛莫毛惹果摸着儿子的头，轻轻说："在我和你阿达的心目中，你一直都是最棒的。你阿达生前，就一直想要团结水落和莫色两个家族，弥补他当年的过错，可惜到死也没能如愿。如果他知道你年纪轻轻就成了村主任，该有多高兴啊。"

"可是，我觉得今天能获胜，不是因为我很优秀，只不过是因为水落林长前两年得罪了太多人。村民们对新班子寄予了很高的期待，今天你是恩人，一个不高兴，明天你就是罪人了。"

"呵呵，那是，所以以后你待人接物都要用点心了。至于能不能胜任嘛……你等等，我给你看一样东西。"邛莫毛惹果招呼儿子先吃饭，然后回房间拿出了一本泛黄的本子。

"这是什么？"

"你小学时写的诗歌《故乡》你还记得吗？当时还得了县里二等奖，我都给你留着呢。"邛莫毛惹果翻开一页递给莫色拉付，"来念念吧。"

"天啊，记得记得，当然记得！没想到，这东西阿嬷你还留着呢！"

陈旧的本子有些霉味，但莫色拉付还是忍不住靠近吸了一口，他看着那些歪歪扭扭的字，目光变得柔软而惆怅。

故乡

银崖山麓裹银妆，乌木河水透冰凉。

山重水复无穷尽，却见彝人读书郎。

阿嬷织绣养儿女，阿达采药把家扛。

有朝一日儿长大，不忘格洛我故乡。

"写得真好！"邛莫毛惹果说，"阿嬷虽然没什么文化，但也知道，我们彝族的小学生能写出这样的汉语诗歌，已经很了不起了。在我心中，儿子永远是一等奖。"

莫色拉付声音有些哽咽："我还记得，当时我这句写的是

'阿嫫织绣养儿郎'，结果阿达说，两个'郎'字重复了，而且以后还要给我和格尔生一个妹妹，所以把这句改成了'阿嫫织绣养儿女'。"

"是啊。你当时倔，说这样就不押韵了，所以和阿达吵了一架，一晚上不说话。你这娃娃，哈哈。"

一滴眼泪落在作文本上，把薄薄的纸浸湿了一大片。莫色拉付试图去擦掉，更多的清泪却决堤般涌出："结果我们还是没有妹妹……我想阿达了。如果阿达还在，我再也不和他吵架了。"

"想阿达，那就尽力去完成他的遗愿吧。"邛莫毛惹果的脸上始终呈现出安详的红润，岁月告诉她太多东西，她必须要陪着儿子一起坚强，"'有朝一日儿长大，不忘格洛我故乡。'一个热爱故乡、有情有义的彝族汉子，怎么可能连一个村主任都不能胜任呢？"

莫色拉付调整了情绪，目光变得清朗："阿嫫说得是，现在国家非常重视扶贫工作，政策很多，各种人力物力也都会进来帮助我们，我不是一个人在奋斗，我必须要有信心。"

他当然不是一个人在战斗，这一天晚上，银崖乡七个村村"两委"便接到了乡政府发来的通知："市派驻村第一书记将于本月内到各村报到，请各村村支书、村主任提早做好安排，要给第一书记做好周到的生活保障，但不得大办招待。"

莫色拉付感到了一丝残酷的乐观，他虔诚地点开群文件，去搜寻那个将和他并肩战斗的名字。

精准扶贫

精准扶贫是粗放扶贫的对称，是指针对不同贫困区域环境、不同贫困农户状况，运用科学有效程序对扶贫对象实施精确识别、精确帮扶、精确管理的治贫方式，具体包括"六个精准"：扶贫对象精准、项目安排精准、资金使用精准、措施到户精准、因村派人精准、脱贫成效精准。

早在 2013 年 11 月，习近平总书记到湖南湘西考察时就作出了"实事求是、因地制宜、分类指导、精准扶贫"的重要指示，后逐渐上升为一项基本国策，目标是在 2020 年所有贫困县全部"摘帽"、所有贫困村全部退出，2021 年（建党 100 周年）全面建成小康社会。

十九大报告中，习近平回顾过去五年的工作时说，中国六千多万贫困人口稳定脱贫，贫困发生率从百分之十点二下降到百分之四以下。中国共产党创新提出的精准扶贫政策，以每年减贫 1300 万人以上的成就，书写了人类反贫困斗争史上"最伟大的故事"，赢得了国际社会的高度赞誉。

第二章　远方

　　孔文瀚百无聊赖地躺在沙发上，望着家里墙上的挂钟"滴答滴答"地运转，过了一会儿，他自言自语了一句："一、二、三！"然后一个激灵起身，来到书房，打开电脑，打开PPT，重复着一天前、一周前、一个月以前的工作——备课。

　　明天，他要给学生讲李白的诗歌《将进酒》，所以必须在今晚完善PPT。尽管李白是他最崇拜的古代诗人，每一遍读李白都能获得至高的享受，但当把艺术当作一项技术活来做时，孔文瀚还是在电脑前哈欠连天。

　　他揉揉眼睛，梳理了一下艺术家般的长发，望向窗外。一个精致的小区，一幢幢精致的高楼，一辆辆精致的小车，在华灯初上的城市中展现出迷人的光影，叫人迷醉。他很自豪，三十岁还不到的人生，已经把安身立命的一切安排得妥妥当当：电梯公寓的首付是自己挣来的，每月的公积金自动对冲还款让他不用考虑还贷的问题，西佳师范学院中文系教师的身份让他倍有面子，他还有一个可以"吹"一辈子的经历——二十六七岁的时候曾经被派到印度一所大学的孔子学院做过两年的对外汉语教师。每每想到这些，他就希望身边有一个灵魂伴侣可以和他一起分享这样的夜色，特别是春天。

11

他不是没有机会，相反，给他介绍女友的亲朋已经排起了长队，就连回家吃顿饭，催婚也是逃不掉的话题。孔文瀚也并非拒绝接触，但拿他自己的话来说："浪漫主义者，要的有点多。"

孔文瀚草草地备完课，登录了《英雄联盟》的客户端，果然，看到哥们向旭然也在网上，便迫不及待地发出邀请："来，排位。"

召唤师峡谷是他脱离世俗条条框框的又一寄托，工作之余和向旭然在游戏里并肩战斗，输赢不论，是他最主要的消遣方式。两人实力相当，但玩游戏的风格迥异：向旭然是个商人，在游戏中也把精打细算的性格发挥得淋漓尽致，而孔文瀚的"浪漫主义基因"总是让他的打法豪情万丈，身为"C位"却屡屡"放飞自我"，要么一人带"飞"全场，要么搞得全队崩盘——当然，后者往往占了大多数。每当此时，向旭然就通过麦克风大骂孔文瀚"坑货"，孔文瀚便回应："人生得意须尽欢，你懂个啥？"

不过这样的日子，看起来似乎要结束了。

第二天进课堂时，教桌上多了一瓶矿泉水，孔文瀚问："这是谁的？"

坐在第二排一个漂亮女生说："我给你买的。"

教室里顿时热闹了，有男生喊："孔老师，她爱你——"

她叫陈妍妍，是古代诗词课的课代表，也是课堂上与孔文瀚互动最多的学生。同学的起哄让气氛顿时尴尬，陈妍妍试图去平息无果，睿智的孔文瀚却非常懂得如何在学生面前化解尴尬："我知道了，陈妍妍同学，你一定是看我长成这样，所以心中充满了母爱。"

这堂课孔文瀚发挥得特别好，课后，陈妍妍发来了QQ消息："李白一直是我最爱的诗人，谢谢老师今天精彩的讲解，让我对李白又有了很多新的认识。顺便说一句，老师身上有很多李白的影子，希望能有机会单独和老师谈谈。"

不管是中文系的同事还是学生，有几人会和自己因为教学内容而产生共鸣？孔文瀚开始心旌摇曳，脑海中闪烁出一个词语——"灵魂伴侣"。

接下来的几晚，向旭然在游戏中没有等到孔文瀚上线。他终于打电话问孔文瀚："孔人坑，没你我好不习惯，你晚上干吗去了？"

孔文瀚说："在和一个学生交往。"

"你还有没有师德啊？"

"我又没结婚，哪条法律规定了大学老师不许和学生谈恋爱？再说人家马上也要毕业了。"

"可以啊，确定恋爱关系了？"

"那倒没有，就是交往起来感觉对了路，我正在等一个完美的机会。"

接下来几天，咖啡厅、西餐馆、电影院……甚至孔文瀚的车上都已经有了陈妍妍的气息，他发现自己已经无可救药地陷了进去。

又过了两周，孔文瀚仍然没有等来他要的完美机会。有一天，陈妍妍甚至没有出现在课堂上。望着第二排那个空荡荡的座位，他心不在焉地讲完了课，晚饭后，终于忍不住给陈妍妍打去电话，故作正经地问："陈妍妍同学，请问你今天为什么不来上课呢？"

电话那头传来剧烈的音乐声，陈妍妍说："孔老师，我今天心情特好，所以旷了你的课，对不起。我现在在星玥量贩歌城 217 房间，你可以过来吗？"

"好，我马上过来。"孔文瀚意识到，从一瓶矿泉水开始的故事，今天似乎该有个完美的结果了。

孔文瀚推开 217 包间的时候，陈妍妍正好唱完《听海》的最后一段："说你在离开我的时候，是怎样的心情——"

看到孔文瀚，陈妍妍给了他一个拥抱，喜笑颜开地说："孔老师，您能来，我真高兴。"

孔文瀚对这突如其来的拥抱有一点意外，他缓缓撑开陈妍妍，看到桌上摆放着半瓶啤酒和两个空瓶子，笑问："你在庆祝什么呢？"

陈妍妍邀请孔文瀚坐下，气愤地说："唉，如果他也能像老师这样经常陪在我身边，该有多好啊。"

"'他'是谁啊？"孔文瀚心中泛起了嘀咕。

"我和我男朋友吵架了，他总是说自己工作忙，不能陪我，我们今天闹僵了，分手了。不过，我现在心里好痛快！再也不用管他了，来来来，我们唱歌。"

孔文瀚的心瞬间石化了，从没想到过，眼前这个心爱的女孩，竟然早就心有所属了，那自己算什么呢？不过，好吧，既然分手了，过去的就让它过去吧，这也可以是属于自己的故事，便问道："你男朋友，不，你前男友，是什么情况啊？"

"哼，他这个人，说起来就气，刚参加工作，没什么钱，长得也没老师帅，还一点儿也不浪漫。"

孔文瀚尴尬地笑笑："别把我搭进去嘛。"

陈妍妍喋喋不休地说："穿衣服也没什么品位，又不会照顾女生，反正和老师比，就是非常非常差劲。"

孔文瀚感觉脸红红的："我有这么好吗？"

"当然了，您不知道，在我们班的女生中，您有一个称号，叫'男神'呢。"

"真的吗？"孔文瀚顿时感觉某个点被彻底戳中了，他鼓起勇气说，"妍妍，过去的就让它过去吧，跟我在一起吧，我……我喜欢你，一定不会做出让你伤心的事。"

陈妍妍惊讶地看着孔文瀚，那目光让他失去了方寸，传说中人生最紧张的十秒钟，到来了。

陈妍妍支吾地说："老师，这……我还没心理准备啊。"

"我们可以一起聊李白、聊古诗，我可以带你去旅游，泰国、日本、欧美，都可以啊，我们还可以去李白的故乡——碎叶城……"

陈妍妍本能地退了一步，和孔文瀚保持一段距离，说："可是，我只把您当成最尊敬的老师啊。"

孔文瀚豁出去了："我有房、有车。和我在一起，你什么都不用操心，我还可以给你买苹果手机、买包包。"

孔文瀚无法相信，那么睿智、清高的自己，怎么会完全丧失了理智，说出这样的话来。

孔文瀚看着陈妍妍那张微醺而无所适从的脸蛋，将脸伸了过去，只要她不拒绝，不拒绝……

这时，陈妍妍的手机响了，她推开了孔文瀚，看了看手机，然后飞一般地冲了出去。

"诶，妍妍，你的外套，外面冷——"孔文瀚拿着陈妍妍的外套追了出去，只见陈妍妍一口气冲到街上，大喊一声"元凯——"。

她扑向了守候在楼下的男生，那男生矮矮瘦瘦的，穿着不太时髦的冲锋衣，把陈妍妍紧紧抱住，说道："对不起，妍妍，我以后再忙，都天天给你打电话。"

"男神"的骄傲彻底坍塌，孔文瀚目瞪口呆地走过去，把外套递给陈妍妍问："这位是……？"

陈妍妍乐不可支地说："孔老师，这就是我男友李元凯。"

"前"字没有了，孔文瀚表情复杂地看着这个二十出头的男生，问："你是我们师院的学生吗？"

"哦，不是。"李元凯说，"我是妍妍他们村上的扶贫干部。"

"扶贫干部？"孔文瀚无数次想象过他的身份，独独没猜到过这四个铿锵有力的字眼。

陈妍妍解释道："对不起，孔老师，其实我是个孤儿，从小就没了父母，跟着奶奶长大，如果没有他的全力资助，我根本就没有机会进入师院学习。"

"没事……没事，我明白了。那你们好好聊聊，我还有点事，先走了。"

孔文瀚心如死灰地走进他的座驾——一辆红色的雪佛兰，望着两人携手离去的背影，又重复了一句："扶贫干部？"

四十分钟后，孔文瀚在常去的名叫"浮生若梦"的酒吧里，面对向旭然说出了他作出的一个人生重大决定："兄弟，这老师，我当腻了。我决定了，我要去当一名扶贫干部。"

向旭然不以为然地说："你喝多了。"

孔文瀚又干掉一杯啤酒，然后指着向旭然，坦然地说："我的个性你很了解，我还要补充一下，不是一般的扶贫干部，是要当一个为老百姓做实事，让大家都记着我的扶贫干部。"

在孔文瀚的心目中，这城市的万家灯火已然熄灭，那巍峨的大山、碧绿的田野、淳朴的孩子，正在拨动他心里的罗盘，宛如信仰，在召唤他去追逐诗和远方。

十三个小时后，孔文瀚出现在了西佳师范学院组织部的办公室。

组织部部长陆钢看到孔文瀚的新造型，诧异地说："哟，孔老师，你失恋了？你飘逸的长发呢？"

短发的孔文瀚精神抖擞地说："陆部长，前段时间我记得学院发过一个选派扶贫干部的文件，还可以报名吗？"

陆钢愣了愣："你别告诉我你要报名！"

"我就是来报名的。"

"哟！"陆钢还是有点不敢相信，一个闲云野鹤的中文系一线教师，会来接这"烫手的山芋"。他理了理衣领，说道，"市委组织部在全市选派驻村第一书记，给我们学校分了一个指标。你知道吗？文件发下去四五天了，全院几百个教职工，没有一个来报名的！艰苦地区谁愿意去啊？下周一市委组织部就要面试了，我正愁要不要强行指派呢。"

孔文瀚说："第一书记？很好啊。这名额就给我吧。"

陆钢对这年轻人有点刮目相看了，认真地说："不过，市委要求优中选优，所以条件比较苛刻。你是党员吗？"

"是。"

"文件还要求有在党政机关挂职的工作经历，至少两年。你有吗？"

"党政机关的没有，不过，我外派到印度教过两年中文，不知道算不算？"

陆钢耸耸肩说："总比没有好，试试吧。"

按照文件的要求，陆钢星期一下午便领着孔文瀚来到市委组织部的会议室，参加统一面试。面试由西佳市委组织部长郑书琳亲自把关，面试者轮流进入她的办公室座谈。一个又一个，终于轮到了孔文瀚。

陆钢见到自己的"垂直领导"，还多少有点拘束，郑书琳倒是丝毫没有官架子，和蔼地说："陆部长、孔老师，感谢你们支持市委组织部的工作。孔老师为什么想担任第一书记？谈谈自己的想法吧。"

孔文瀚说："郑部长恐怕不知道，其实我是个浪漫主义者，想到什么就一定会去做。最近不知怎么，感觉在学校里教书太腻了，城里没有故事，我想去山谷里找到属于我的真实。"

陆钢本不想插嘴，一听这话，脸都绿了，打断道："你疯了？这里是市委组织部，不是你那天马行空的课堂。"

郑书琳哈哈大笑两声，和气地说："不愧是教文学的老师，说出来的话就是和机关里的人不一样。陆部长，我今天面试了一天，官话套话都听够了，我看自然点挺好的，让孔老师尽管表达他真实的想法吧。孔老师，你家人支持吗？"

孔文瀚感觉到了领导的善意，也更放开了："我父母完全尊重我的选择，我还没有结婚，也没有孩子，所以没什么牵挂。说起来，驻村扶贫的过程中找到自己的灵魂伴侣，那就更完美了。"

郑书琳又轻轻笑了两声，说："可是我们对驻村第一书记的资质有要求，精准扶贫是一场硬仗，不是儿戏，除了有能力，更要有强烈的责任感，所以我们要求有两年外派到机关挂职的履历，最好是获得过有分量的荣誉。这些你都有吗？"

孔文瀚说："机关的挂职履历我没有，不过我曾经外派去印度一所孔子学院教过两年中文，也正因为长期不在国内，所以没能获得什么荣誉。"

"这样啊……"郑书琳说，"这不符合文件规定，恐怕有点难办了哦。"

"为什么啊？"孔文瀚放高了声音说，"我是发自内心地想当这个第一书记，符不符合那些条件，有什么关系啊？"

陆钢赶紧站起来拉着孔文瀚往门外走。孔文瀚边走边继续坚持道："郑部长，请您破个例吧！我真的想帮助那些需要帮助的人，实现我的人生价值！"

"嗯嗯，两位先别急……"郑书琳看到两人即将离去，清了清嗓子，嘴角一抬，随后说出了一句耐人寻味的话，"这个嘛，荣誉也分为两种：一种是政府给的荣誉，一种是人民给的荣誉。孔老师能在印度工作两年，这是印度人民给你的荣誉，这含金量，我看也不差嘛……"

"您的意思是？"

郑书琳站起身来，继续用微笑表达着她对这个局面的掌控，伸出右手说："孔老师情真意切，我看，可以担此重任。"

陆钢一看领导是在考验孔文瀚，悬着的心才彻底放了下来，两人又回到座位前。孔文瀚一边握手一边感激地说："谢谢郑部长，我一定不负重托。"

郑书琳宽慰地说："话又说回来，我们要求各个单位志愿报名，可是好些面试者，其实都是单位好说歹说拉过来的。扶贫是个'烫手的山芋'，孔老师对这份工作的强烈热情，我感受到了。我把你分到一个很有挑战性的纯彝族贫困村，你愿意去吗？"

孔文瀚拍着胸脯说："越艰苦越好！"

陆钢一听脸又绿了，帮扶一个村，单位要做的远非选个第一书记"一派了之"，而是与它形成长期结对关系，"一荣俱荣、一损俱损"，赶紧递话道："孔老师，你可要想清楚啊。"

郑书琳明白陆钢的担忧，鼓励道："这份工作，一方面是扶贫，另一方面，也是帮你们培养后备干部嘛。我们要求第一书记任期结束后，原单位在选拔干部时，同等条件下优先考虑，年轻人多锻炼锻炼，对学校长远发展也更有好处嘛。去的地方太舒服，那还锻炼什么呢？"

"行行行，那就服从郑部长的安排了。"见郑书琳作出如此高屋建瓴的定调，陆钢也就不多争取什么了。

两天后，市委组织部下发了文件，孔文瀚被派往西佳市乌宁彝族自治县银崖乡格洛村担任驻村第一书记，任期两年。

第一书记

第一书记是指从各级机关优秀年轻干部、后备干部，国有企业、事业单位的优秀人员和以往因年龄原因从领导岗位上调整下来、尚未退休的干部中选派到村（一般为软弱涣散村和贫困村）担任党组织负责人的党员。

第一书记在乡镇党委领导和指导下，依靠村级党组织，带领村"两委"成员开展工作，主要职责任务是帮助建强基层组织、推动精准扶贫、为民办事服务、提升治理水平。

第一书记任期一般为两年，不占村"两委"班子职数，不参加换届选举，任职期间，原则上不承担派出单位工作，原人事关系、工资和福利待遇不变，党组织关系转到村，由县（市、区、旗）党委组织部、乡镇党委和派出单位共同管理。

第三章　月光

　　乌宁彝族自治县是西佳市下属的一个国家级贫困县，位于小凉山片区，离西佳市区有近两个小时的车程，孔文瀚虽然是土生土长的西佳人，却从没来过这里。西佳人一说到"乌宁"，那就是"贫穷""落后"的代名词，这里的彝族人也被西佳人称为"老彝胞"。如果不是因为组织的安排，孔文瀚恐怕一辈子也难得有机会来一趟。

　　孔文瀚开着他的小车，播放着各种少数民族的歌曲，为自己即将开启的全新职业生涯酝酿气氛。车远离了平坦而喧嚣的市区，进入弯弯拐拐的山道，伴随着越来越开阔的蓝天白云，孔文瀚觉得自己的每个毛孔都变得自由了。

　　他的生活原本被分割为无数个规规整整的四十五分钟，规规整整的一个又一个十八周，开学盼着放假，假期里玩够了又盼着开学，开学了又要面对杂七杂八的各种框框。学校总是让人神经紧绷：比如上课时必须带着课程标准、教案、教学计划、教材，缺一不可；比如如果在铃声之后踏进教室或者下课铃响之前下课就会算作教学事故；比如校领导可以通过监控随时远程听课，一个不注意就会被"黄牌预警"……更别说各种各样的课题、项目、报表，哪个不推给年轻老师来执笔？

日复一日、年复一年的规整让他产生了一种莫名的恐惧感，为此他把《肖申克的救赎》中的一句经典台词作为自己的座右铭："有的鸟儿注定不会被关在笼子里，因为它们的每一片羽毛都闪耀着自由的光辉。"他想逃离，却又舍不得好不容易奋斗出来的一份精致，为此，他又接受了同一部电影里的现实："监狱的高墙实在是很有趣。刚入狱的时候，你痛恨周围的高墙；慢慢地，你生活在了其中；最终你会发现自己不得不依靠它而生存。"

所幸今天他在这规整中争取到了别样的春暖花开，把生命投身到山河大地，去感受人间冷暖、世事沧桑，这让他喜出望外。

当然，他也有些忧心忡忡，就在出发前几日，新选派的第一书记们在市委党校集中培训时，他与其他派往乌宁的第一书记在微信群里有过交流。当时有位书记问他去哪个乡，孔文瀚回答"银崖乡"时，对方马上回了一个惊恐万分的表情，又回答"格洛村"时，对方回复："银崖乡？而且还是格洛村？"孔文瀚问："格洛村怎么了？"对方只是说："你去了就知道了，祝孔书记好运！"然后有人跟上"补刀"："孔书记运气实在太好了！""让我们期待孔书记凯旋归来。"

就在今天上午，孔文瀚去乌宁县组织部办理党组织关系转移时，办事员也忍不住多嘴提醒："孔书记要去的银崖乡，是乌宁县数一数二的老大难乡，格洛村又是银崖乡最头痛的村，没有之一。您辛苦了。"

孔文瀚的回答是："我一个人在印度待了两年都可以搞得定，还怕我家乡一个村？"

车渐渐驶入乌宁县，那些建筑也呈现出不同程度的异乡情调、红、黄、黑三种色调占据了主体，一座别致的彝族牛角图腾建筑竖立在县城边上，上面用彝汉两种文字书写着"乌宁欢迎您"。孔文瀚拍下照片，发到朋友圈，配文是："有点儿意思。"

很快就更有意思了——吃过午饭，从乌宁到银崖的四十来公里的公路，向这位初来乍到的孔书记表达出热烈的"欢迎"。

首先是限行。由于乌美路施工，乌宁县和美姑县的入口处只在中午十二点到下午一点以及下午五点到六点这两个时间段放行，孔文瀚错过了中午，直接熬到了下午五点再度出发。

然后是爆胎。孔文瀚的小车在坑坑洼洼的施工道路上颠簸，人难受也就罢了，轮胎还被碎石划破，只好叫上周围热心的彝族兄弟帮他换好备胎。彝族兄弟得知他要赴银崖，调侃说："从银崖驾校毕业的，开全国的路都不怕。"

最后是封路。由于某路段塌方不得不实行交通管制，孔文瀚再次被卡在路上。路边堡坎上挂了十二个巨大的标语牌，上书"解决问题用法 化解矛盾靠法"，让他不禁思索要去的究竟是怎样的一片天地。百无聊赖中，他眼睁睁地看着挖掘机在夕阳余晖中操作了四十分钟，才再度上路。

晚上八点左右，孔文瀚终于进入了格洛村地界。人困马乏、视线模糊、道路颠簸，他的车左支右绌，轧到了一只鸡。

孔文瀚早已没了脾气，他无奈地将车停在路中间，下车查看。见车轮下的那只公鸡已没有了动静，只得仰天长叹一声，朝道路两侧喊道："请问这是谁的鸡啊？"

一群人走了过来，其中带头的是一个个子不高却壮实的汉子，瞪圆了眼睛说："嗬，这不是我家的鸡吗？"

"对不起，我不是故意的，第一次开这么烂的路。"孔文瀚表达了歉意，问，"鸡多少钱？我赔你。"

孔文瀚正要掏钱包，汉子的话把他震住了："既然是不小心，那就陪个三千块算了。"

"什么，一只鸡三千块钱？"孔文瀚不敢相信自己的耳朵。

"对啊，我们这里都是这个价。"汉子不以为然地说。

"就算是土鸡，最多也就一两百块钱，这是什么鸡，可以值三千？"

人群逐渐围拢过来，在昏黄的灯光中，孔文瀚感到一股巨大的压迫感。而周围那些彝族风格的房屋也提醒他，也许这里不能用常规的办法来解决问题。

领头的汉子掰着手指说："一只鸡是值不了那么多钱，可是鸡要生蛋啊，蛋又要生鸡，一直生下去，你说说，你轧死了多少鸡，多少蛋啊？这三千块钱，算便宜的了。"

孔文瀚知道自己被敲诈了，这场面，不掏钱，怕是走不了，他只能祈求先把价格谈点下来，过了眼前这关再作打算，便说："可是我身上没带那么多钱。"

"没事，可以微信支付，咱们会玩。"

孔文瀚只好说："我卡上也没那么多钱。"

汉子一屁股坐在车头上，厉声喝道："那你就别走了，把火熄了，叫人来拿了钱再说吧。"

熄了火，孔文瀚和人群僵持了几分钟，他已经感觉到火药桶随时会爆炸，只差某个举动点燃导火索。他在心里盘算着两种选择：一是给钱消灾，二是开跑报警。

他最终选择了后者，趁着人群稍有松懈，飞快地跑开并准备拨110。

"站到！"汉子喊，"给我追——"

有那么一瞬间，孔文瀚甚至想到自己会不会被打死在这里。

"都等一下！"

刚跑出没几步，一个响亮的声音传来，汉子和孔文瀚都下意识地停下了脚步，看到人群中挤出一个青年，喝住了众人。

"水落阿牛，你又在搞'鸡生蛋蛋生鸡'的名堂！"青年说，"快给人家道歉！"

叫水落阿牛的汉子收起了锋芒，但还是不依不饶地说："是他轧死了我的鸡，为什么要我道歉啊？"

青年厉声说："你这样的人，活该当一辈子贫困户！你要钱是吧？要多少？明天到村委会来领！"

原本沉默的人群开始骚动，水落阿牛放低了音量说："那你说怎么办吧。"

"轧死算了，一分钱也不赔！"青年走向孔文瀚，友好地说，"对不起，我代他向你道歉，你是汉胞吧？"

孔文瀚说："是，我是刚派到的格洛村第一书记，我叫孔文瀚。"

青年睁大了眼睛，惊讶地说："啊，你就是孔书记？我就是格洛村村主任莫色拉付啊，我们通了好几次电话的。"

"啊？原来我已经到格洛村了？太好了！"孔文瀚彻底放心下来，"要不是你来得及时，我正要报警呢。"

莫色拉付紧紧握了握孔文瀚的手，对着人群说："大家听好了，这是来帮助我们脱贫的第一书记孔书记，大家以后要多多关照。"然后加重语气对水落阿牛说，"尤其是你，水落阿牛。鸡的事，怎么说？"

水落阿牛听到过这样那样的书记，唯独没听说过"第一"

书记，这"第一"两个字充满着谜样的力量，在彝人的心目中多少有种"头领"的味道，只好心不甘情不愿地说："你说不赔就不赔了吧。"

孔文瀚释怀了，主动过来递上两百块钱，说："损坏了群众的财产，怎么能一走了之呢？就按市场价来吧。"

"不用不用。"莫色拉付用力地把孔文瀚的手推回去，水落阿牛不敢接也不说话。孔文瀚只好搬出纪律："拉付主任，你不要一来就让我犯政治错误嘛。"

这样，这场闹剧才得以平息。

人群散去。孔文瀚载着莫色拉付继续在崎岖的道路上艰难前行。莫色拉付说："孔书记，你不是外人，我得给你交个底。格洛村条件很艰苦，民风也是常被人诟病……唉，有什么得罪的地方，请孔书记多多包涵。"

孔文瀚苦笑着问："这个水落阿牛是谁啊？这里的人都这样吗？"

"唉……"莫色拉付叹口气说，"他的哥哥水落林长，是上一届村主任，这不是刚选举完嘛，他们记恨我'抢'走了村主任的位置，所以尽是给我添乱。当然，这样的人有是有，但大多数人还是讲道理的，刚才围观的人也并不是都支持他的做法。反正，格洛村的情况很复杂，一两句话说不完，你想听的话，我改天慢慢跟你介绍。"

孔文瀚疲惫地说："行，先在乡上找个馆子随便吃点什么吧。"

莫色拉付惊讶地问："孔书记还没吃饭啊？"

"唉，我五点就从乌宁出发，一直赶路，哪来的时间吃饭啊？"

莫色拉付指着周围稀稀拉拉的房子说："银崖乡政府就建在格洛村，你现在看到的，既是格洛村的中心，也是银崖乡的中心。说来惭愧，咱们乡没有规模化的街道，甚至连个饭馆也没有。"

孔文瀚不解地问："没有竞争，就开一家啊。这路两边有些房子还挺大的，怎么就没人想赚钱呢？"

"赚什么钱啊，亏钱还差不多。"莫色拉付揶揄道，"不是没有人尝试过，都开垮了。咱们这整个银崖乡都是亲戚，这家是我的老表，那家是我的侄儿，你这一开，都来吃饭，然后赊你的账，不垮才怪呢。"

孔文瀚泄气地问："那乡政府一定要接待的话，怎么办呢？"

"接待都去觉依镇。孔书记想吃好东西的话，我们去觉依镇。"

"那是多远啊？"

"离银崖十三四公里的样子。不过也在修路，得多开一会儿。"

孔文瀚绝望地叹口气："这路，得开四五十分钟吧，这都几点了，算了吧。"

"怎么能不吃饭呢？"莫色拉付说，"去我家吃吧，我让阿嬷，就是我妈做点彝族的坨坨肉，给你接风洗尘。"

"不用不用，我背包里还有干粮。我太累了，麻烦拉付主任先带我去住的地方吧。"孔文瀚早已是泄气的皮球，他从来没有像现在这样想念城市的便利，想念那个只要手指一点，外卖就会自动"飞来"的家。

现在，他的家，已经变成了格洛村小学的一间教师宿舍，单间，十来平方米，无装修，无独立卫生间。

车停在小学门口一块平地上，莫色拉付领着孔文瀚，打开宿舍门，把钥匙交给孔文瀚，交代了学校的作息时间和管理制度，递上一支烟，抱歉地说："咱们格洛村没有饭馆，也没有旅馆，只能提供这样的条件，委屈孔书记了。"

"说哪里去了，这条件挺好的。"孔文瀚稍微恢复了一点元气，一屁股坐在床上。他经历了一天的折腾，此刻能安定下来抽支烟，已经是极大的安慰。

孔文瀚大快朵颐地啃起了干面包，又打开茶杯，见里面的菊花茶所剩无几，便摇了摇茶杯，底朝天地往嘴里送茶。莫色拉付见状，赶紧招呼道："孔书记口干了吧？我这里准备了一箱水。"

孔文瀚正想表扬"你们准备得真周到"，看到莫色拉付从角落的箱子里提出四瓶啤酒，顿时就傻眼了，问："就没有普通的矿泉水吗？"

莫色拉付嘿嘿笑道："有啊，可是在我们热情好客的彝族人眼里，水就是酒，酒就是水，有汉族兄弟从远方来，我们支格阿尔的后人，怎么能不以美酒招待？"

"我晕……"孔文瀚正要崩溃之际，突然被那句"支格阿尔的后人"触动。西佳人对彝族文化并不陌生，作为大学教师的孔文瀚也多少明白支格阿尔在彝族人心目中的神圣地位，他突然有了一点使命感：站在面前的这个年轻人，他的祖先，早已在脚下这片土地上生存繁衍了几千年，留下了伟大的史诗《勒俄特依》，形成了一个以雄鹰为图腾的民族，而今天，这个彝族村落几千年来最后的一点贫困，将在自己的帮助下，彻底结束！

这还不够浪漫吗？这还不够壮阔吗？

孔文瀚突然哈哈大笑起来，把一天的痛苦经历都抛在了脑后，像那个他最爱的李白，享受起这不可复制的当下。

他接过一瓶啤酒，和莫色拉付一起踱到室外。月光从没有像今晚这般明亮，如水银泻地般洒满人间。层峦叠嶂的山影在月光下弹奏着虫鸣交响曲，静谧而优雅，还有那不远处，乌木河的潺潺流水声，让这一刻分外诗意盎然。

"世外桃源啊！哈哈！"孔文瀚激动地与莫色拉付碰酒瓶，豪迈地说道，"莫使金樽空对月！孔子的后人和支格阿尔的后人，今晚不醉不归！"

"说得太好了！"莫色拉付也受到了感染，伸展开双臂，激情地说："孔书记，欢迎来到格洛村！支朵！"

贫困村

贫困村的确定由村民委员会申请，经乡镇、县、地级以上市人民政府逐级审查后，报省人民政府扶贫开发主管部门批准并向社会公布。

确定贫困村的主要依据是：农民人均纯收入、农民人均产粮、农民人均住房面积、未解决饮水困难人口、人均农村用电量、自然村（屯）通公路率、适龄儿童入学率、医疗卫生条件、广播电视覆盖率、贫困人口数量以及扶贫开发工作情况，兼顾石山面积革命老区、少数民族县（乡）、边境县（市）、库区移民等综合指标。

贫困村退出的条件各地不尽相同，在四川，退出标准为"一低五有"：贫困发生率低于 3%，有硬化路、有面积和功能达标的卫生室、有面积和功能达标的文化室、有集体经济收入（集体经济人均年收入不低于 5 元，民族地区人均年收入不低于 3 元）、有至少一处通信网络。

第四章　格洛

　　孔文瀚很久没睡得这么踏实了，经历了一天的奔波，加上酒精的麻醉，而且再也没有那些教学任务需要思考，这一夜睡得如同婴儿般无忧无虑。他甚至梦到了自己小学的时候，在雄壮的国歌声中，五星红旗冉冉升起，老师告诉他们要奋发图强，做社会主义事业的接班人……

　　他很快意识到这不是梦境，而是现实。此刻，格洛村小学正在举行升旗仪式。"向右看齐！""向前看！"主持人高昂的指令声被音响放大到震耳欲聋，瞬间便令孔文瀚睡意全无了。

　　孔文瀚没有地方可去，睡眼惺忪地坐起来，在房间里又乖乖地听了一遍小学老师的谆谆教诲。尽管他自己也是老师，但是当主持老师用严厉的话语批评某些不遵守纪律的学生时，孔文瀚还是禁不住把心提到了嗓子眼，仿佛回到了那段男孩子最会惹是生非的时光。他忽然觉得，也许这里的老师更应该受到尊重，他希望将来能为这所学校做点什么。

　　尽管关爱贫困山区儿童一直是扶贫工作中的一个焦点，所有的慈善机构和爱心人士对此都很关注，享受那手留余香的快乐，可精准扶贫绝对不是他们想象中的赠人玫瑰那么简单。这是一个庞大的系统工程，有严格的工作、考评体系，不同身份的扶贫干部只能在其中扮演着各种螺丝钉角色，这角色时而美好，时而枯燥，时而激情澎湃，时而又压力倍增，比如孔文瀚接到的第一个任务——精准识别比对。

就在聆听老师训话的当头，孔文瀚的手机响了，莫色拉付通知他去村委会开会。村委会离村小学并不远——走路约摸七八分钟的路程，可莫色拉付仍然骑着他的电瓶车来接孔文瀚前往，彝族人的待客之道让孔文瀚备感温暖。

格洛村村委会坐落在乌美路旁，是一幢不具有丝毫彝族风格的两层建筑，背靠着一座大山。孔文瀚原本以为会有一个像样的会议需要他去说点什么、做点什么，他甚至打好了一个长达十分钟的腹稿，要对村组干部说一番既能仰望星空，又可埋头探路的精彩演讲，作为他的"就职演说"——作为中文系老师，这简直是易如反掌。可是当他到达村委会的一刻，他放弃了。

村委会像一幢废弃的小厂矿，这并不是什么大问题，可是位于一楼的会议室被一把大锁锁上，几个村组干部蹲着、站着，在坝子里抽烟的景象实在寒碜。孔文瀚请莫色拉付打开会议室的门，得到的答复是："这锁是被贫困户锁上的，好几个月了。"

"村委会会议室被贫困户给锁了？"孔文瀚哭笑不得，问，"什么原因？"

莫色拉付说："贫困户按规定应该享受小额信用贷款，可是信用社不贷给他们，惹恼了一些人。他们只认村'两委'，以为是村'两委'从中作梗，所以一气之下，就把这门锁上了。我去找过那个上锁的人，承诺我们新一届的村'两委'会给他解决问题，请他打开，可是，他仍然坚持一天贷不到款，就一天不给我们开门。"

"谁啊？胆子那么大？"

"二组一个叫鲁克英雄的贫困户。"

"真是活见鬼了！他不开，你们把锁砸了就好了嘛。"

"孔书记，这个人你可千万不要去惹他，这是个酒疯子，还蹲过大牢的。"莫色拉付苦笑一下，语重心长地说，"再说了，砸一把锁容易，砸开老百姓的心结难啊。"

孔文瀚不甘心地问："那话又说回来，既然国家有规定，信用社凭什么不给贫困户贷款啊？"

莫色拉付说："觉依信用社那边，我们可以改天去拜访，今天把大家召集起来，是有更重要的事情，那就是要去走访五十户农户。时间紧迫，我们上去说吧。"

村委会二楼有三间办公室，门上分别写着"村支书纪检组长""村主任文书"和"第一书记"。孔文瀚正要稍微庆幸下他有一个独立的办公室，却发现一根晾衣杆悬挂在门口，上面晾着小孩和女人的衣服，从窗户看进去，里面并没有办公设备，而只有简单的家什。

莫色拉付尴尬地说："不好意思啊孔书记，因为这间办公室长期没人用，所以暂时给村民住了，在他们搬走之前，你可以先用我们的办公室。"

"这又是什么情况啊？"此时孔文瀚只想笑了。

莫色拉付指着村委会对面的一幢两层烂尾楼说："贫困户按照规定可以享受彝家新寨建设，一组有个叫莫色木干的贫困户，正在修那房子的时候，乌美路开始了升级改造，按照法律规定，省道两侧十五米以内不能建房子，所以叫他拆除，但是补偿问题一直没达成一致意见，于是就'钉'在了那里。人家原拆原建，老房子已经拆掉了，咱们总不能让他们全家睡马路吧，所以他老婆孩子就只得安置在这儿了，莫色木干本人去外地打工了。"

"这个莫色木干，是你的亲戚吗？"孔文瀚问。

"是亲戚，不过你千万不要认为我优亲厚友啊，咱们这格洛村，水落和莫色是两个大姓，占了总人口的60%还多，加上两家通婚的，说来说去，都是亲戚。其实别说格洛村，就是放眼整个银崖乡、整个乌宁县，你随便找个彝胞，可能都攀得上亲戚。你们汉胞不敢想象吧？哈哈。"

"行，我倒是无所谓，就在住的地方办公也行，不过这么一说，咱们这村问题还真不少啊。"孔文瀚突然想到了什么，问，"对了，怎么村'两委'就只看到你？村支书呢？"

"村支书是个女的，叫水落阿信，最近一直在乌宁培训，估计快回来了吧。"

众人进了村主任的办公室，孔文瀚随即看到天花板与墙壁的拐角处有一个大洞，只能勉强用塑料膜遮风挡雨。这场景又勾起了孔文瀚的好奇："咱们这村委会，是不是危房啊？"

莫色拉付早习惯了这环境，压根儿没觉得那是个问题，一看孔文瀚望着那个大洞，才反应过来，比比画画地说："哦，你说这个啊？这是去年，山上的滚石落下来，砸坏的。咱们这村委会背靠大山，是个地质灾害点，到了雨季，难免有石头落下来。乌美路动工以后，为了拓宽道路又动了山体，就更容易掉石头了。"

孔文瀚顿时感到头皮发麻，甚至在心里演练着当头上发生巨响的一瞬间，自己应该用什么样的方式躲避。然后他说："我看这村委会也修了一二十年了吧，且不说位于地质灾害点，这条件也无法满足正常办公吧？为什么不申请异地重建啊？"

"岂止是老旧？别忘了，咱们这村委会也是挨着乌美路的，严格来说属于违章建筑，按理说必须得异地重建，但现在还不是时候。"

"那要等到什么时候呢？"

莫色拉付指着山上的方向答道："银崖乡深处山区，80%都是地质灾害点，只有一、二组上面有一块平的玉米地，我们的确准备把村委会搬上去，再建一个文化院坝，可是没有通组公路。得先有通组公路，才能多快好省地搬运材料。"

"那为什么不修路呢？是没钱吗？"

莫色拉付苦笑着说："钱不是最大的问题，地才是问题啊。那些村民不让出来，怎么修啊？"

"那就给点补偿，征地呗。"

莫色拉付大笑几声，摇头不作答复，就连旁边几个组长都哈哈笑了起来，仿佛一群大学生在享受着童言无忌的乐趣。

孔文瀚被搞得丈二和尚摸不着头脑，知道事不简单，停止了他的"十万个为什么"，自我解围说："看来我想得太简单了，我一个城里长大的汉胞，客场作战，今后还请大家多多指教。说正事儿吧，拉付主任，咱们今天是什么任务？"

"是这样，昨天县脱贫办发了一份文件，要对目前所有建档立卡贫困户再进行一次精准识别比对，防止错评、漏评。"莫色拉付打印了几份表格，分到各个组长手里，补充道，"方法是：随机走访五十户农户，请他们谈谈有没有应该评为贫困户而没评上的，或者举报那些不符合条件却混入贫困户的人。这是全省最后一次精准识别比对，错过了这次，系统就要关闭，将来不能再增加或者减少。一旦将来督查组查到错评、漏评，脱贫一律一票否决，你们知道事情的严重性了吧？"

孔文瀚心里顿时紧张了起来，但想到还有机会可以纠正错误，又产生了一种迫不及待要为人民服务的正义感，便问："咱们格洛村一共有多少户建档立卡贫困户呢？"

莫色拉付说："不多不少，正好一百户，在全县算是第一梯队的。"

于是，走访五十户的任务分解成五组，四个组长一人走访十户，孔文瀚由于初来乍到，不认识路，由莫色拉付陪同，也走访十户。他们从陡峭的石梯往山上攀爬，莫色拉付轻车熟路，孔文瀚却爬得气喘吁吁，时不时要莫色拉付拉一把，于是惭愧地说："唉，真不知道我是来扶贫的，还是来被扶的。"

终于到了村民聚集点，一幢幢或旧或新的房屋被一米多宽的路隔开，一些看上去七八十岁的彝族大妈坐在一块稍微宽敞点的路旁空地上绣着什么，看见两人手拿资料路过，纷纷停下手中的活，叽叽喳喳地用彝语交流起来。莫色拉付笑着说："孔书记，可别看这些上了年纪的大妈不太懂汉语，这里可是咱们格洛村的'情报中心'，每天有些什么人从这里过、去了哪里、手里拿着什么，不消半日，就要传遍格洛村。"说完，他指着孔文瀚，冲着大妈们说："第一书记，孔书记。"

大妈们笑笑点头，孔文瀚挥手致意。

每走访一家，周围的邻居就要拉着孔文瀚到他们家里去看看，仿佛迎接什么吉祥物。村民们根本不在乎贫困户精准识别的问题，他们看到新的领导，纷纷试图提出一些可能会被应允的要求。孔文瀚初来乍到，对各种政策都还不熟悉，莫色拉付不住地帮着解围。

"他们真的都这么困难吗？怎么感觉个个都是贫困户？"离开一处聚集点，回到小路上，孔文瀚问。

"每个领导来他们都这样，就说刚才那个要求修排污管道的，他自己把房子建在排污渠旁边，当初我们怎么劝他他都不听，现在嫌臭，就要求我们给上游的住户修排污管道，你说我们能怎么办？再说回这个精准识别比对，搞了几轮了，应该说目前评出的贫困户已经很精准了。"莫色拉付想了想说，"不过，前面有一家，或许真的有困难，孔书记去关心一下吧。"

走到一个老旧的院子外，莫色拉付喊了一声："阿花——"

半晌，门徐徐开启，一个年轻的彝族姑娘，双手缠着绷带，艰难地推开房门走了出来。尽管她的手已经不听使唤，但她还是弯腰尝试着给两人抬小板凳。

孔文瀚看得心酸，让她不用麻烦，然后问莫色拉付她的情况。

"这是我堂妹莫色阿花。"莫色拉付又向着阿花说，"这是新来的第一书记，孔书记。"

莫色阿花招呼道："书记好。"

莫色拉付说："她今年23岁，独自带了两个娃娃，一个两岁，一个才刚出生几个月。本来有一个完整的家庭，可上个月，他们两口子骑摩托回家的时候，遇到限行，男人硬冲关卡，冲是冲过去了，但对面来了辆大货车，为了躲避，连人带车一起摔进了河里。男的死了，她两只手也摔断了，可他们不是贫困户，冲关又被判了全责，丧葬医疗费都得自己出，现在家里已经欠了四万多块钱了。"

莫色阿花央求着说："书记，主任，请你们帮帮忙，把我纳入贫困户吧，我实在是过不下去了。"

孔文瀚问莫色拉付："可以吗？"

莫色拉付摇摇头说："初评的时候，他们两口子有稳定工作，光阿花一个人在城里卖手机月收入都有两三千。现在虽然发生了意外，可以后她的手好了仍然有劳动能力，我们只能申请临时生活救助，可那点钱只是杯水车薪，解决不了她的问题。看看孔书记有没有什么别的主意？"

孔文瀚听得心里沉甸甸的，他仿佛可以看到，深夜时分，她一次次被噩梦生生唤醒，被回忆折磨得肝肠寸断。尽管孔文瀚并没有把握，但他还是毫不犹豫地说了句："行，这个事情，交给我。"

莫色阿花感激涕零地说："谢谢孔书记，如果能帮到我，你就是我的再造恩人。我不会像他们那样扭着闹着要当贫困户，等我手好了，我会再去城里打工的。"

告别了莫色阿花，莫色拉付忍不住问道："孔书记，你为什么要当场答应她？"

孔文瀚不解地反问："怎么？我是干部，她是村民，我答应为她解决问题，有什么不对吗？"

莫色拉付尴尬地笑笑："哦不不不，我当然不是说你不对，可是，孔书记初来乍到，对政策还不熟悉，你知道这样的问题应该用什么方式解决吗？如果没有政策支持，你又如何兑现你的承诺？难道私人掏腰包给她吗？"

孔文瀚长期在象牙塔内工作，当然对基层扶贫政策不了解，甚至"政策"一词对他而言，更多意味着国家的大政方针，在他的观念中，助人不过是人之本分，一时和"政策"还联系不起来。经过莫色拉付一提醒，他才若有所悟："也是啊……不过，我就不信了，难道没有政策支持，我们就一点办法也没有吗？"

莫色拉付宽慰地笑笑，拍拍孔文瀚的肩膀："孔书记，你和他们不一样。"

孔文瀚一愣："和谁？有什么不一样？"

"我见过好多的干部，他们遇到这种事情，固定的答复有三种——'我尽量争取一下''我会向有关部门反映''我回去再研究一下政策'。你知道，你的一句'交给我'意味着什么吗？意味着承诺！你的每一句话，他们都会当作是官方承诺，是一定会兑现的，这是对你最不利的回复。"

孔文瀚心里瞬间不踏实起来，但还是笑笑说："拉付主任，你也不赖啊。她可是你的堂妹，只要你有心，我不信你没有办法把她弄进贫困户名单。"

正说着，莫色拉付手机响了，他接起来，面色沉重地说："好的，知道了。我马上到。"挂掉电话，对孔文瀚说："不好意思，我有点急事要去处理一下。我们走访了七户了，还差三户，就麻烦孔书记自己去了。"

孔文瀚问："什么事情这么急啊？"

莫色拉付想了想说："都说家丑不可外扬，可孔书记以后也是我们村上的一员了，我就直说了。先说好，不要外传。"

"好。"

"唉，婚姻纠纷。有个咱们的村民嫁到隔壁瓦罗村才半年，当时收了人家彩礼十五万，结果现在男方出轨，女方提出离婚，男方却要让女方赔偿双倍彩礼，也就是三十万。女方本就有点精神问题，被逼急了，昨夜就上吊了。她的家人正聚在瓦罗村，要砸男方的房子，我得赶去瓦罗协调纠纷。"

孔文瀚顿时愕然："那，这到底是谁对谁错啊？"

"谁对谁错，还得先了解事情的真相，再听听德高望重者的意见。但归根到底，咱们这儿婚姻纠纷十之八九，都是高彩礼惹的祸。"说完，莫色拉付耸耸肩，便往山下赶去。

尽管孔文瀚早已对事情的离奇性做好了心理准备，可离奇到这等程度，他还是情不自禁张大了嘴巴。他朝莫色拉付离开的方向站了一会儿，然后看了看时间，盘算着，这个时间段，本该是他在讲台上和同学们分享中国传统诗词的时刻。他向四周远眺，青山绿水、蓝天白云、小桥人家，不正是诗里的世外桃源吗？

"长风破浪会有时，直挂云帆济沧海。"他自言自语念叨着，转身继续向前完成剩下的工作，对自己说，"欢迎来到格洛村。"

贫困户

精准扶贫实施以来，标准意义上的贫困户均为"建档立卡贫困户"的简称，又称为"建卡户""精准户"等，指因病、因残、因学、缺技术等因素，导致家庭人均纯收入在当年贫困线以下、愁吃愁穿的家庭。贫困户必须以户口为单位整户纳入。

新增的贫困户和需返贫的贫困户向村"两委"提交贫困户申请书，经过村"两委"和驻村工作组入户核实、村民代表大会民主评议、村级公示、乡镇核查、县级抽查等程序确定。贫困户享受小额信贷、住院报销、建房补助、学费减免、物化补贴、免费培训、公益性岗位等一系列帮扶措施。

贫困户脱贫的条件各地不尽相同，在四川，脱贫标准为"一超六有""两不愁三保障"，即：年人均纯收入稳定超过国家扶贫标准且吃穿不愁，有义务教育保障、有基本医疗保障、有住房安全保障、有安全饮用水、有生活用电、有广播电视。

第五章　恩人

　　格洛村村委会办公室里，孔文瀚和莫色拉付正面面相觑，愁眉不展。孔文瀚用手指头有节奏地敲击着办公桌，仿佛在思忖着什么良策，然后自言自语地说："怎么偏偏是他啊？"

　　莫色拉付也苦笑着附和道："是啊，是谁不好，怎么偏偏是水落阿牛？"他的目光落在组长收集上来的入户反馈信息上——那四个组长走访的四十户农户中，有二户举报了水落阿牛不符合贫困户条件，原因是他有一个妹妹，在乌宁县城里开了一家小店，做服装生意。如若查实，按照规定，他们必须把水落阿牛整户的贫困户身份清退。

　　孔文瀚问："水落阿牛有一个曾经吃财政饭的哥哥，现在又冒出一个经商的妹妹，这么明显的问题，怎么就给评上贫困户了呢？"

　　莫色拉付说："他们家的情况，我得跟孔书记具体说一下。他们三兄妹是分了户的，大哥水落林长结婚后就独立成户，水落阿牛也结了婚，但他妹妹水落支美一直在西佳读大学，所以户口暂时跟着水落阿牛。当时的村主任水落林长要把他们'操作'成贫困户，是很容易的事情，这叫'因学致贫'嘛。后来他妹妹毕业了，我们都不知道她在做什么，昨天通过走访才知

43

道，原来她毕业之前就在城里开店做生意了。按照规定，村民在评为贫困户后注册工商营业执照，靠做买卖脱贫的，应继续保留贫困户身份，可一户贫困户里只要有一人在初评之前持有工商营业执照并正常经营，整户都必须清退。"

"既然有文件规定，那咱们就报上去吧。"孔文瀚说这话的时候，其实心里也没底，他不知道水落阿牛会有怎样的"反弹"，希望莫色拉付能有个完美的主意。

"哎呀，我想想……"莫色拉付显然知道打破村民的既得利益是什么后果，特别是像水落阿牛这样的人。

正犯着愁，说曹操曹操就到，水落阿牛不请自来，到了村委会，他显然还不知道将面临的问题，反而变本加厉地提出了要求："孔书记，我今天来找你，是想请你帮个忙，我阿达患有长期慢性病，我想给他申请个低保。"

孔文瀚问："什么病啊？"

水落阿牛可怜巴巴地说："胃病啊。吃了好多药了，真的，我们家都快被拖垮了。"

莫色拉付厉声说道："胃病就来申请低保？哦，喝酒的时候喝得痛快，喝出胃病来了就来找政府买单？你去问问周围的乡亲，哪个没有胃病？"

"哪有你这么为老百姓服务的？"水落阿牛趾高气昂地说，"上面批不批是上面的问题，可你们报不报就是你们的问题了！这要是上一届的班子，早就帮咱们做主了！"

"精准扶贫你也吃，低保你还想吃，下一步，你是不是还要申请残疾补助？"莫色拉付还想说些什么，孔文瀚看到他总是冲在矛盾的第一线，为自己"挡刀"，便鼓起勇气说："低保的事情先放一放，阿牛，今天正想找你说说贫困户资格的问题。有村民反映你不符合贫困户的条件，因为你妹妹在城里做生意，按道理，我们不能不作清退处理。"

水落阿牛一听，脸上顿时起了横肉："哪个杂种举报的？老子去弄死他！"

孔文瀚说："这肯定不能说，就问你，是不是真的？"

水落阿牛嚷嚷道："我妹妹是我妹妹，关我屁事啊？"

孔文瀚耸耸肩说："你们是一户的，按照规定，不符合条件的就得清退，我们必须对所有村民一碗水端平，对吧阿牛？"

"谁敢？"水落阿牛说完，气急败坏地甩手而去，抛下一句，"我们走着瞧！"

莫色拉付叹口气说："看吧，想清退贫困户，阻力太大了。"

"可是这么典型的错评一旦被督查查出来，那可是严重的问题啊。于公于私，这事都必须得做，除非……"孔文瀚突然想到了什么，说，"我想我应该去城里找他妹妹谈谈，再听听她怎么说。"

莫色拉付眼睛一亮："对啊，我们可以从水落支美那里突破啊，初评那会儿，她还没毕业，就算有个营业执照，也不一定在正常经营吧？我这几天都得留在这儿处理瓦罗村的事，这事，就麻烦孔书记下一趟乌宁了。"

孔文瀚对这个"下"字有一点疑惑，他认为从乡下"上县城"的说法更符合汉语思维，大概乌宁地势比银崖低，这些彝族兄弟更习惯于这种直观的表达。

然而，孔文瀚万万没有想到，报复来得如此之快——他的一个车胎被人扎了一根钉子进去。这里没有摄像头可以取证，但不难想象这是谁的"杰作"。孔文瀚只好请莫色拉付找人来补胎，自己则第二天一早乘坐班车赶到乌宁。

县城很小，孔文瀚很快就找到了步行街上一家叫做"支美姐姐"的服装店。店铺不大，经营着各式各样的彝族女性服装和首饰，一个女孩子正守在柜台玩着手机，看到孔文瀚进来，热情迎接道："欢迎光临，要给家人选点什么吗？"

女孩长得精致而苗条，白嫩的脸庞与大多数黧黑的彝族人迥然不同，看起来有几分书卷气。

孔文瀚说："不好意思，我不是来买东西的，我是来找人的。请问你是不是叫水落支美，格洛村水落阿牛的妹妹。"

女孩诧异地问："我是。请问你是谁啊？"

"我是格洛村的扶贫第一书记，我叫孔文瀚。"

水落支美一听是扶贫干部，立刻满怀敬意地说："真的啊？孔书记好！需要我帮什么忙吗？"

看起来是容易沟通的对象，孔文瀚顿时对这女孩生了几分好感，说道："最近县里在搞贫困户精准识别比对，由于你在经商，你们这户的贫困户身份可能会被清退，当然也包括你哥哥水落阿牛，所以我特意来拜访拜访你，想听听你的看法。"

孔文瀚原以为她会竭力地争取什么，所以带着商量的口气开场，没想到水落支美不以为意地回应了一句："清退就清退呗，我没什么意见。"

孔文瀚好奇地问："怎么这么轻松？我遇到的村民，抢着要当贫困户还来不及呢。"

水落支美不屑地说："物以类聚、人以群分，一辈子待在格洛的人，才把那些东西当个宝，明明是井底之蛙，还个个自以为自己最聪明。"

46

孔文瀚立刻对水落支美刮目相看，心里一直悬着的石头落了下来，赞道："不愧是大学生啊，跟你哥哥不一样。你是哪所大学毕业的啊？"

　　水落支美说："我去年从西佳师院毕业的。"

　　"啊！"孔文瀚惊讶道，"我就是西佳师院中文系的老师，派到你们村扶贫的。"

　　"真的啊？"看着帅气文雅的孔文瀚，水落支美眼里尽是敬佩，"那我应该叫你孔书记，还是孔老师呢？"

　　"还是叫我孔老师吧，我是中文系的老师，你读的哪个系？"

　　"我是音乐系毕业的。不过，我们也听说过，中文系有个叫孔文瀚的老师，讲李白讲得特好。"

　　"哪里哪里。"孔文瀚心里美美的，接着问，"你毕业以后就回来创业了吗？不去找工作吗？"

　　"是啊，说起来，我在学校里，就受到了国家各种各样的帮助，助学贷款、'雨露计划'、爱心捐赠什么的，毕业之前，我就决定创业开店，学校还提供了创业基金。现在我就想为推广彝族文化尽一份力，这小店，只是个开始。"水落支美对孔文瀚敞开了心扉。

　　"好，作为你的老师和你们村的扶贫干部，我一定会努力帮助你实现你的梦想。"孔文瀚的脸上，满满都是慰藉。

　　"谢谢孔老师。"水落支美想了想问，"我哥哥，没有为难你们吧？有什么事，你告诉我，我去说他，他最怕我了。"

　　孔文瀚的脸色稍微凝重了一点说："有一点儿难。"

　　水落支美对事情猜到了个七八分，便说："孔老师不要着急，我哥哥虽然是很喜欢占便宜，但他其实是个很好的人，他嘴上凶，但从来不会因为私利动手。唯一一次打架，还是我小学的时候，我被班上三个男孩子欺负了，他一个去打人家三个呢。"

"我也相信，人的本性都是好的。"孔文瀚轻叹一声说，"可是，我要怎么把事情摆平啊？"

"不要担心，昨天哥哥打电话给我，说是给我介绍了一个男朋友，我明天正好要回格洛相亲，到时候我们选个适当的时机，一起坐下来谈谈吧。"

这时，一只白色的蝴蝶飞到一件彝族衣服上，水落支美小心翼翼地用右手捏着蝴蝶翅膀的边缘部位，放到自己左手手掌上，她面带笑意，轻轻地对着蝴蝶吹了一口气，望着蝴蝶晃晃悠悠地飞走。

看着这个美好的画面，孔文瀚竟情不自禁在脑海中浮现出《登徒子好色赋》中的名句来形容面前这个长相堪称完美的彝族女孩："增之一分则太长，减之一分则太短；着粉则太白，施朱则太赤。"再联想到与她满脸横肉的阿牛哥哥有如云泥之别，不觉哑然一笑，诚挚地说："行，那就这么定了。也祝你事业和爱情双丰收！"

难题似乎有解了，孔文瀚心情无比舒畅，抽了一支欢喜烟。

由于道路不畅，当天孔文瀚没有赶回银崖，住在县城一家商务酒店。晚上，他到县城一家网吧打发时间，他好些天没玩《英雄联盟》，手都痒了。

向旭然边游戏边在语音频道极力调侃："哟，孔书记，整天忙国家大事，终于想起小弟了？你的扶贫工作干得怎么样了？"

孔文瀚苦笑着说："唉，别调侃我了，不亲自来体验一把，不知道基层工作有多繁琐，这才几天，就已经是百事缠身了。"

"有没有什么我能帮得上忙的？"

孔文瀚边"战斗"边说："别急，打完这局再说……喂，上路！上路来支援一下！"

这一局又输了。在等待下一局的间隙，孔文瀚想到了什么，说："有个事情看看你能不能想想办法。有个村民，我们村主任的堂妹，上个月出了车祸，丈夫死了，她双手也断了，但她不是贫困户，所有医疗费用都要自己承担，现在欠了人家几万块钱。我答应帮她渡过难关，你这位老板，能不能召集朋友献点爱心？"

向旭然当然知道孔义瀚要表达什么，但他还是抓住一切可以利用的机会调侃："哟，'堂妹'啊？我也忍不住作诗一首：孔老专注干妇联，深入一线已多年，若得周末不回城，全村堂妹笑开颜……"

孔文瀚自我解嘲道："好诗！好诗！麻烦你看看，可以为咱们的妇女朋友做些什么吧？"

向旭然这才认真地说："献爱心没问题，可这几万也不是一个小数目啊。"

"也没让你一个人捐款啊，你那些生意上的朋友，能不能都来出出力？"

向旭然苦笑道："生意上哪来的真朋友？称兄道弟，不过是逢场作戏。说句心里话，自从毕业以后，你这样有趣的家伙就越来越少了。这样吧，我给你支个招，你去网上发个公益众筹，我帮你全力转发，只有借助网络传播的力量，筹款的效果才能最大化。"

"对啊，公益众筹啊！"孔文瀚茅塞顿开，"有这么好的渠道，一定能帮她撑过这道难关！哎呀呀，我怎么就没想到呢？"

"呵呵，凡是钱能解决的问题，都不是问题嘛。"向旭然说完他的生意经，话锋一转，"开始了，开始了！走走走，跟上！"

第二天，孔文瀚赶回格洛就直奔莫色阿花的家，帮她拍好了身份证、X光片、住院发票等资料，并用她的手机下载了一款公益众筹App，编辑了一段感人肺腑的求助文。

孩子，让妈妈再抱你一次

我叫莫色阿花，今年23岁，家住西佳市乌宁彝族自治县银崖乡格洛村一组。我丈夫比我大三岁，我们有两个孩子，一个两岁，一个才半岁。这原本是一个虽不富裕却温馨无比的家，然而，上个月一场突如其来的灾难，让我们瞬间家破人亡。

那天，我们去县城办一点事情，回银崖乡的时候，由于我慌着回家喂孩子，就催促丈夫把摩托车开快一点。那条路正在封闭施工，道路限行，我就劝丈夫作了一个愚蠢的决定——闯杆。路上，我们遇到一辆正在施工的大货车驶来，丈夫慌忙躲避，不慎掉到了山谷里。丈夫为了保护我，用自己的身体垫着我，当场死亡，而我虽捡回了命，全身也多处受伤，双手骨折。

我失去了爱我的丈夫，也失去了城里的工作，我不是建档立卡贫困户，无法享受公费医疗。为了治疗，我卖掉了所有的牲口，可至今还欠下外债四万多元，更不用说未来的各种检查和二次手术的费用。这几万块钱，也许对于你们来说不算什么，可是对我们小凉山彝区的村民来说，却如同泰山压顶。

我的父亲患有精神疾病，母亲是个没文化的彝族妇女，她除了帮我带带两个嗷嗷待哺的孩子，不能从经济上给予任何帮助。我想到了自杀，可是一想到家人，想到丈夫拼死换来的这条命，我告诉自己必须坚强起来。

然而，我应该怎么坚强呢？我甚至已经无法用双手抱起自己的孩子了。绝望之际，我不得不向社会求助，恳请各位爱心人士在力所能及的范围内献上一点爱心。您的一点星火相助，对我都是黑暗中的光亮，只要渡过眼前这难关，我还会用健康的双手，奋斗出精彩的人生。

谢谢你们！

编辑发送完毕，孔文瀚轻轻吐了口气，把手机还给莫色阿花说："我这就回去把它转发到朋友圈和我从小学到研究生的同学群、第一书记群、对外汉语教师群，还有我们师院的同事群、学生群。我的朋友也会帮着转发，相信一传十、十传百，借助社会的力量，凑上几万块钱不成问题。"

两行热泪从莫色阿花的脸上流下，让她那张沧桑而羞涩的脸庞楚楚动人，她从来没有期待过，一个素不相识的扶贫干部，会这么快地作出回应，然后从头到尾替自己打理好一切。她哽咽着说："孔书记，你实在是我的救命恩人，请你等一下。"

莫色阿花转身回了房间，艰难地用双手捧着一瓶啤酒和两包烟出来，塞给孔文瀚说："我没有什么可以给你的，一点心意，请你收下。"

孔文瀚急得直往回推："我怎么还能收你的东西？快拿回去。"

莫色阿花说："彝胞讲求知恩图报，你帮了我这么大的忙，你不收，我怎么能安心？"

"唉，好好好，我就抽一支。"孔文瀚从中抽出一支烟，点上，把其他东西硬是放回房间桌子上，说，"现在我收了你的谢礼，你可以安心了。你再坚持，我就要不安心了。"

莫色阿花终于不再坚持，艰难地擦着眼泪说："多来坐坐，等我手好了，孔书记一定要来吃我做的腊肉啊。"

孔文瀚嘴上答应着离去，他深吸了一口烟，眼眶也不觉湿润了。

精准识别比对

贫困户的识别难免有不科学、不公正之处，一旦发现错评、漏评，相关单位会受到严肃问责，因此对贫困户身份的精准识别比对工作会不定期开展，不断纠正错误，保证纳入漏评户、清退错评户。

2015年底曾爆发了"马山事件"，媒体报道广西马山县"3119人不符合扶贫建档立卡标准，非贫困对象享受扶贫政策"。经调查，这3119人中，超过贫困线标准、不符合建档立卡条件的3048人，已于2015年9月全面停止享受扶贫政策待遇。该县已对县扶贫办、县财政局、县民政局等单位12名相关责任人进行责任追究。

2016年起，各地随即开展了大规模的贫困户精准识别比对工作，符合以下条件的"四类人员"，贫困户身份必须予以清退：户中至少一人名下有商品房；户中至少一人拥有机动车辆（用于运输业并作为主要谋生手段的除外）；户中至少一人持有营业执照（评为贫困户后注册的除外）；户中至少一人享受财政工资。

第六章　人心

　　水落支美坐在回银崖的班车上，时而紧张，时而开怀。对一个 23 岁的彝族女孩来说，单身的时间似乎有些长了。她知道阿嫫结婚时是 18 岁，尽管《婚姻法》上规定的女性婚龄是 20 岁，但自治县充分考虑了民族习俗，将女性婚龄降低到 18 岁。事实上，即使不到 18 岁办不了结婚证，好些彝族姑娘也会在更小的时候就步入事实婚姻。她曾经的同学，好些都已成为一两个孩子的母亲，在朋友圈里晒着各自的圆满。尽管水落支美在大学期间不乏追求者，但她还是拒绝了那些汉族同学——与彝族人在一起，他们需要磨合的东西更少一些。

　　大学期间水落支美谈过一个彝族男友，大三的时候，两人本已谈婚论嫁，可没想到男方"劈腿"，两人便分手了。她受到了巨大的打击，发誓大学期间不再考虑个人问题，把精力都投到了学习和创业上，这一耽搁，就是近两年的时间。

　　家人的介绍让水落支美觉得更靠谱一些，她只担心一个问题，那就是男方的眼光能不能跳出那个狭隘的山谷，成为她值得托付理想的另一半，为此，她只在电话中问了哥哥那个男人的身份。水落阿牛告诉她，对方是银崖乡解放村人，在乌宁当公务员，生活稳定，也"见过世面"，这让水落支美有了较高的期待。

不过，水落支美万万没有想到，除了公务员这个信息，哥哥隐瞒的那些信息她全部难以接受。在水落阿牛家中，她看到了那个早已等候多时的男人，四十来岁，头发都快秃了，老练地对着她介绍自己，最后说："我离过婚，还有一个娃娃刚读高中，如果你不介意的话，我和我儿子也没问题的。"

之后的对话便在尴尬中进行，尽管水落阿牛极力撮合，尽管两人都保持着应有的礼节，但两人都已明白这桩婚事不可能成功。男人自知没趣，留下礼包，不到二十分钟便匆匆离开。水落阿牛完全看不懂状况，送走了男人，对水落支美说："怎么样？没问题的话，这周就去把结婚证领了吧。"

水落支美的脸色瞬间变得难看，质问道："哥，你什么意思啊？"

水落阿牛说："不就是年纪大了点，离过婚有孩子吗？其他条件都是挺好的啊。"

水落支美根本不想回答他的问题，反问："这个事情，阿达知道吗？"

"这是我朋友前天刚介绍的，阿达没见过，但我跟他提过。人家在乌宁、西佳都有房子，我听他的意思，只要能成，彩礼至少给二十万，你说阿达能不同意吗？"

"所以，你们都没问题，就不管我愿不愿意嫁了？"水落支美看了看男人留下的东西，礼品袋里有两瓶五粮液、两条中华烟，突然觉得自己身为女性有些卑微，便问，"在你的心目中，我水落支美到底是什么地位啊？"

水落阿牛一愣，深怕妹妹一个不高兴把事情搅黄了，满口的好听话："当然是我们水落家最可爱的妹妹啊，哎呀，我也

55

料到了，你第一次见面的印象可能不是太好，可是你想想，感情是可以慢慢培养的啊，不是有新闻上说 60 多岁的退休老教师，还娶了 20 岁的学生呢。人家也是大学毕业，跟你配。咱们这里大学学历真不多，至少人家能陪你看懂新闻联播嘛。"

这个哥哥，把大学生和看懂新闻联播联系在一起，水落支美无奈地叹了口气说："退一万步说，就算这些条件都没问题，你凭什么叫我这周内就去扯证？"

水落阿牛眼睛一亮："这么说，你慢慢接受他的条件了？"

"我可没这么说。"水落支美来劲儿了，"你要我这周去扯证，你以为我不知道你在想什么吗？这个事情想都别想！明天就把这些礼物给人家退回去，一点儿情也不要欠他的。"

"支美，你不要太过分了，我的忍耐可是有限度的。"水落阿牛语气变得锋利，"人家辛辛苦苦坐了几个小时的车回来，就为了见你一面，你这样对待人家，还有没有良心？"

"良心？你的良心哪里去了？"水落支美的声音因为愤怒变得有些颤抖，"口口声声说我是你最爱的妹妹，为了你那点利益，就把我当成筹码，这就是你的良心？"

水落阿牛也杠上了，呵斥道："我就最后问你一句，你到底嫁不嫁？"

"不嫁！坚决不嫁！"水落支美满脸泪水地抗拒。

"好，你不嫁，我就去找阿达，让他来做主！你要是不从，看他还认不认你这个女儿！"水落阿牛拿起电话，作出拨打状。

水落支美实在难以想象哥哥会对自己如此刻薄寡情，这不是她熟悉的那个哥哥，她哀伤地看了一眼这个家，然后大哭着跑出屋子。

"站到！你要去哪？"水落阿牛跟了出去，喊着，"支美——"

水落支美头也不回，加快步伐往村委会的方向走。

村委会里，孔文瀚和莫色拉付正在二楼办公室等着水落支美选择一个"适当的时机"带着哥哥来谈贫困户身份的问题，没想到，等来的却是一个怒气冲冲、伤心欲绝的女孩子。刚冲进村委会大门，水落支美就喊道："孔老师，求求你现在就把水落阿牛的贫困户身份取消吧！不能再等了！"

孔文瀚在二楼走廊看到了水落支美的反常神态，后面还跟着神色慌张的水落阿牛，这场景着实出乎意料，不禁皱起了眉头。他当然不知道水落支美今天和相亲对象经历过什么，但这画面怎么看也不像是一个"适当的时机"。孔文瀚赶忙走下坝子，招呼道："支美，有什么话，你慢慢说。"

水落阿牛随后赶到，对孔文瀚说："孔书记，她跟我吵了架，说话不经过大脑，你可别听她瞎说啊。"然后拉着水落支美往外走，嘟囔道："别丢人了，快跟我回去。"

水落支美奋力地甩开水落阿牛的拉扯，喊道："我不走，我没有你这样的哥哥！"

莫色拉付也走了下来，四人在院子里正好站成一个正方形。莫色拉付说："就算你们两位不来，我们也要上门拜访。既然都来了，咱们就把话摊开说吧。女士优先，支美，到底发生了什么事？"

水落支美理了理被拉扯歪的衣袖，稳了稳情绪说道："他今天安排我跟一个离过婚的老男人相亲，还要我们这周就去扯结婚证，以为我不知道他心里在算计什么吗？无非就是要我赶快嫁到外面去，好把我的名字从他的户口本上划掉，这样我做生意也好，打工也好，赚再多的钱，都不会影响他的贫困户身份!"

孔文瀚问:"阿牛,真是这样吗?"

水落阿牛的眼光躲闪了一阵,在心里盘算着各种对自己有利的回答,但话说到这份上,也就放弃了,豁出去说道:"对,我就是这么想的,可是,这有什么错吗?我就是想当贫困户,可是你们不让啊,所以我不为难你们,我……我当天就给朋友打了个电话,请他帮我介绍一个事业有成的男人,我想尽快把支美嫁出去。这样一来,我,保留贫困户身份,支美,少奋斗十年,你们,也省得麻烦,大家皆大欢喜,这不正是你们想要的吗?"

水落支美虽然早已猜到水落阿牛的心思,但当这话由哥哥亲口说出来时,她的心还是凉了半截,摇摇头说:"要我的户口迁出去容易,可是你这心里的魔鬼,什么时候才能迁出去啊?"

"我的心怎么了?"水落阿牛问。

"自从有了精准扶贫,你的心里就只盯着那个贫困户身份,这个对你就那么重要吗?"

水落阿牛反驳道:"你难道不也享受了贫困户身份的好处吗?你读一个大学,多少人给你资助、给你慰问?如果没有我们努力给你争取身份,你读得完这个大学吗?"

"是,我是接受了很多人的帮助,可是……可是正因为如此,我才知道人不能仅仅靠被同情、被怜悯生活,我得去奋斗、去回馈社会。可你呢?"水落支美停顿了一下,哽咽道,"我印象中的二哥,为了教训欺负我的男孩子,一个人去帮我出气;为了写好一份入党申请书,出现一个错别字都要重写;为了我考上大学,到城里给人洗盘子挣钱,帮我买营养品……

可是，你知道你现在变成什么样子了吗？"

水落阿牛被说中了心中脆弱的地方，眼神变得柔软了些，沉默了下来。

水落支美继续说："自从精准扶贫开始，那个以前的阿牛哥哥就死了！为了评上贫困户，你把所有的活路都辞掉了，把收入降到贫困线以下；为了向扶贫干部索要更多的好处，每次上面来检查，你都把扶贫干部说得一无是处；还有，那个有名的'鸡生蛋蛋生鸡'，已经成了全乌宁的笑话，你知道吗？乌宁人一说到银崖就摇头，说到格洛更是唉声叹气，谁也不愿意上咱们这儿来，你就没想过你给家乡抹了多少黑吗？"

孔文瀚不自觉地摸摸后脑勺说："那个……鸡生蛋蛋生鸡，我也见识过呢。"

莫色拉付则说："还有低保，比你困难的人还有很多，你有手有脚三十岁不到，也好意思申请低保，是不是政府要给我们人人都发一份低保你才满意？"

水落支美说："我一直以我们彝族人知恩图报的美德而骄傲，国家已经给了我们那么多优惠政策，怎么给得越多，哥哥就变得越没心没肺了呢？这还是我们顶天立地的彝族汉子吗？这样的人，我一个小女子也打心眼里看不起！阿嫫的在天之灵也不会原谅你！"

水落阿牛受到了巨大震慑，自知理亏，无法反驳，可还是用防御的口吻说："就算你们说的是对的，可是这方圆几十公里，这银崖、这乌宁，不，我看是全国的贫困山区，有谁不想争着当贫困户的？啊？就算是错，那也不是我水落阿牛一个人的错！变的又不是我一个人，你们怎么就针对我一个人讲这些大道理呢？"

"不是因为你身在贫困山区，所以你要当贫困户，恰恰相反，正是因为你心里只看到这个，所以你永远走不出这可怜的山谷。"水落支美坚定地说道，"我以前也是这里的一员，我太清楚这里的人们在想些什么。可是，你出去看看城里的那些大学生，再听听教授们精彩的讲课，和他们谈谈对这个世界的看法，看看他们会不会把看懂新闻联播当成一件了不起的事情？人家从来没想过当贫困户，可为什么人家的日子比你好十倍、百倍？"

孔文瀚也趁势说道："阿牛，环境是可以很大程度上改变一个人的，我们师院里的彝族同学越来越多，这也说明越来越多的彝族同胞希望孩子接受更好的教育，不希望他们一辈子只待在这些狭隘、落后的圈子里啊。"

水落阿牛说："对，你们说得都对，我承认，我们这里确实是狭隘、落后，特别是我这样的人，尤其狭隘、落后！可是，我确实需要钱啊！我儿子才六岁，一直有慢性病，我得给他治病，你们知道吗？这个贫困户身份，我说什么也不能退！"

"小伟的病，我们可以想别的办法。哥哥，该说的我都说了，我这就回乌宁了，只要不让我乱嫁人，你要我把户口迁到哪里，我都没意见，但是我希望你好好考虑考虑我们今天说的话。孔老师、拉付主任，我先走了。"水落支美说完，头也不回地走了。水落阿牛还想冲着妹妹说点什么，莫色拉付劝住他："让她走吧，大家都把话说透了，得冷静下来好好消化一下。"

孔文瀚说："贫困户的事情先放一放，你还是说说你孩子的事吧。他得了什么病？"

水落阿牛把目光从远去的水落支美身上移回来，说："我有两个娃，大的那个叫水小伟，就是他有怪病。"

孔文瀚问："你不是姓水落吗？怎么儿子就姓一个'水'字？"

莫色拉付解释道："哦，孔书记不太清楚，咱们彝族的姓氏不那么严格，一些村民担心孩子去城里读书、找工作不方便，就根据读音改汉姓了。比如水落改姓水、莫色改姓莫、鲁克改姓鲁，最近十来年都是这样。"

孔文瀚点点头说："这说明在阿牛心里，是非常希望后人走出山谷、融入城里的，不过这样一来，咱们彝族的风味少了不少，也蛮可惜的。"

水落阿牛说："在家谱上是不会变的，家谱上，他还叫'水落小伟'。再说了，只要日子过得好，姓什么有啥关系啊，对不对？就拿这贫困户身份来说，我要是有钱，能给孩子治好病，我还争这些干吗？"

孔文瀚说："行，那小伟到底是什么病？"

水落阿牛指着自己的鼻头说："他就是鼻子上有一些问题，已经两年了，跑了很多医院，都治不好。"

孔文瀚说："我可以去看看吗？"

水落阿牛没想到孔文瀚会这么关心孩子的病情，着实一愣，盘算了一下说："他现在在上课，要不这样吧，过两个星期我们本来就打算去西佳的大医院检查一下，孔书记要是不嫌弃，要不要一起去看看？"

气氛缓和了不少，孔文瀚拍拍水落阿牛的肩膀，笑着说："行，我周末本来就可以回西佳，那你来了跟我联系。"

水落阿牛褪尽了所有的戾气，跟孔文瀚握了手，转身离去。走了不远，孔文瀚想到了什么，又叫住他："阿牛，再等一下。"

水落阿牛转身问道："还有什么事吗？"

"支美说你以前写过入党申请书，你最后入党了吗？"

阿牛喊道："党龄五年了！"

待阿牛走后，孔文瀚对莫色拉付说："没想到这家伙还是个党员呢，党性还有待加强啊。"

莫色拉付点点头说："不过经过今天这么一闹，他的态度倒是好了很多。孔书记真有你的，先收服了他妹妹，又收服了他。"

"哈哈，正常交流，哪里谈得上'收服'？"孔文瀚谦虚一把说，"而且那得他妹妹自己懂事才行。"

谈到"妹妹"一词，莫色拉付想到了什么，又说："对了，阿花给我打了电话，说你帮他发起的众筹，一天不到已经凑了三千多块钱了……而且，其中有个网友捐了一千块，那头像像是你的车。孔书记，那就是你吧？"

"区区小事，何足挂齿？"孔文瀚开怀说道，"咱们一个问题一个问题解决，格洛村一定会变得越来越好！拉付主任，不说不知道，我来之前，很多人就提醒我，银崖，尤其是格洛，是个老大难地方。你说，要是这'鸡生蛋蛋生鸡'的问题给摆平了，咱们是不是就好开展工作了啊？"

"哈哈哈，我也希望是这样啊。"这次轮到莫色拉付大笑一番，他递给孔文瀚一支烟，叹口气说，"孔书记，这水落阿牛，只不过是格洛问题的冰山一角而已哦。"

孔文瀚做个鬼脸，吸一口烟，看了看此刻如血的残阳、苍翠的群山，这千百年来不变的宁静……

"江山如画啊！"孔文瀚感叹完，回头用眼角扫了扫会议室那把大锁，调侃道，"那接下来咱们要面对哪路'神仙'呢？"

一辆工程车沿着乌美路驶过，扬起了一片尘土，飘进了村委会。莫色拉付捂着鼻子说："过两天村支书就要回来了，培训这么久，肯定会带回来很多任务，咱们等着吧。"

哟，那个传说中的村支书水落阿信，要加入"战队"了。

低保户

农村最低生活保障对象是家庭年人均纯收入低于当地最低生活保障标准的农村居民，主要是因病残、年老体弱、丧失劳动能力以及生存条件恶劣等原因造成生活常年困难的农村居民。

农村最低生活保障标准由县级以上地方人民政府按照能够维持当地农村居民全年基本生活所必需的吃饭、穿衣、用水、用电等费用确定，并报上一级地方人民政府备案后公布执行。农村最低生活保障标准分为 A、B、C 三档，并且随着当地生活必需品价格变化和人民生活水平提高逐年进行调整。

农村低保户在精准扶贫实施以前就长期存在，因此和贫困户属于两个层面的问题。低保户大多是无劳动能力的老人或者丧失劳动能力的残疾人，而贫困户既包括需要政策兜底的人，又包括通过扶持可以自力更生实现脱贫的人。所以从逻辑关系看，贫困户不一定是低保户，而低保户均应纳入贫困户。

第七章 困境

　　孔文瀚见到水落阿信是在他履职的第二个星期。

　　一个个子不高、微微发福但非常精神的彝族女子，平淡无奇地和孔文瀚在村委会办公室会面。她的双耳垂着大大的耳环，黑框眼镜为她增添了几分稳重，她用彝族人惯有的热情招呼道："孔书记，上周我不在，你们辛苦了。"

　　莫色拉付介绍道："阿信书记本来在西昌一家公司当白领，今年二月份专门赶回来参加村支书选举，这一选上，就把工作辞了，这一来收入可是比以前少多了。为了格洛村，你们都付出了很多。"

　　孔文瀚夸道："说哪里去了，你们才是有为青年。"

　　水落阿信微微一笑说："孔书记见笑了，想必你也知道，格洛村头疼的事情太多，我也是希望回来为家乡做一点事情。这一届干完，格洛村脱贫，我还会出去继续上班的。"

　　孔文瀚点点头："咱们可是赶上好时代了，未来两三年，咱们就是一个团队了。"

　　水落阿信赞同地回应道："别的我不敢说，但我敢保证，现在的格洛村班子绝对是风气最正、最团结的队伍。那个水落阿牛，虽然也算是我的亲戚，但是贫困户身份的问题，我是绝对站在政策一边的，孔书记费心了。"

水落阿信情真意切，孔文瀚为身在这样一个团队中感到庆幸，他听说过个别村寨存在村"两委"互相拆台，或者第一书记和村"两委"扯皮推诿的问题。尽管格洛村依旧复杂，但这样一来他可以把更多的精力用于工作本身而不是内耗，心中不禁憧憬起了接下来的挑战，豪迈地说道："既然是一个团队，那咱们就要有一个坚固的阵地，接下来，我们先把楼下那把大锁砸开吧！"

"孔书记说到点子上了，这正是我们要开会讨论的事情。"水落阿信喝了口水，翻开笔记本，讲道，"培训期间，县上已经对银崖乡小额信贷使用率过低的问题进行了通报，全县贫困户贷款率是 52.7%，而银崖乡的贫困户贷款率是 34.1%，也就是说 100 个贫困户中只有 34 户获得了小额信贷，而我们格洛村的贷款率为 0。一户贫困户本来至少可以贷一两万，这对他们来说可不是小数目，现在一分钱也看不到，拿什么来发展？村民能不闹吗？"

莫色拉付补充道："就是上次我说的，觉依信用社不放贷款出来。只要这个问题解决了，这把锁就可以砸开了。"

孔文瀚点点头，坏笑一声说："不瞒你们说，上周我就把这个情况通过第一书记 App 反馈给了市委组织部，组织部回复说已经与觉依镇信用社进行了沟通，咱们这就去觉依镇看看吧。"

觉依镇离银崖乡十四公里，处在西佳市西南边缘，为觉依镇、银崖乡、普达乡、枫坪乡的中心，信用社、派出所、中学等都设在这里，被乌宁人戏称为"三乡一镇"的"心脏"。十年前，觉依镇经过改建，已经变成一个街道笔直、建筑规范、彝味浓厚的风情小镇。镇周围的山上可以隐隐约约看到米黄色的别墅，宽阔的乌美路穿镇而过，一阵阵凉风在这没有屏障的街道上恣意刮过，让孔文瀚一下车就收紧了大衣。

孔文瀚并没有把车直接开到信用社，对村"两委"来说，他们也难得起心来光顾一下"心脏"，要办的事情也不止一件。莫色拉付说，正好要核对一下格洛村最新的人口数据，所以要先去觉依派出所提取户口信息，还说："顺便让孔书记认识一下我弟弟。"

不过来得不巧，觉依派出所大门开着却空无一人，莫色拉付纳闷地问对面小卖部的老板："派出所人呢？"柜员说："都在卫生院呢。"

"出什么事了？"孔文瀚问。

老板说："卫生院医死了人，家属正在围攻卫生院，他们都赶过去了。"

镇不大，时间还早，三人便步行来到觉依镇卫生院，远远便看见门口那密密匝匝的人群，正和七八个警察对峙。虽然双方都没动手，但一个妇女哭天喊地的哀嚎声还是让这场面充斥着浓浓的火药味。

莫色拉付冲着边上一个年轻的警察喊道："格尔！"

那个叫格尔的警察听到声音，朝三人看过来，随后便走过来问："你们怎么来了？"

介绍完孔文瀚，莫色拉付说道："这是我弟弟莫色格尔，在觉依镇派出所工作，各个村每次更新人口信息都要来找他。但是根据规定，派出所不能用网络传文件，只能带U盘过来拷贝。"

莫色格尔说："三位辛苦了，我们去派出所吧。"

水落阿信说:"这里发生了什么事?你走得开吗?"

莫色格尔说:"唉,这是格洛村嫁到普达乡瓦格布村的村民,她一岁的儿子发烧,昨晚半夜弄过来打针,结果死在了卫生院里。原因还在调查中,暂时没什么大问题,我们去去就回。"

孔文瀚朝悲痛欲绝的妇女注视良久,自言自语地说了一句:"生命在这里,总是那么容易就逝去了。"

在派出所拷贝完毕,莫色格尔一边把U盘递给莫色拉付,一边无奈地说道:"原来格洛村都是人口输入地,好多女人都愿意嫁进来,因为格洛村在公路旁,下乌宁方便,否则到各个村还要打十元、二十元的摩的。别看钱不多,但是十年二十年,一辈子下来,得节约多少钱?但这一年多来,很少有女人嫁进来了,反而格洛的女人拼命地往外嫁。人口数据是不会撒谎的,大家都对格洛没信心啊!别人发展得轰轰烈烈,但格洛还是原地踏步。孔书记,我们都没什么文化,哥哥这个村主任缺乏经验,你还得多教教他,我们一起重新把格洛的大旗竖起来。"

孔文瀚笑笑说:"好!让'三乡一镇'的姑娘都争着要嫁给咱们格洛村的汉子!"

告别了莫色格尔,三人来到觉依镇信用社找主任阿左沙机,却被告知外出。不过这次他们没等太久,因为阿左沙机这"外出"实在太近,他正在信用社斜对面的一家补鞋匠那里补鞋。这个胖乎乎如同弥勒佛一样的主任,敲着他刚补好的黑色皮鞋,套在脚上,起身走两步,觉得舒服了,便笑眯眯地转身给钱,再一转身,便正好撞见孔文瀚三人。

介绍完毕,阿左沙机露出委屈的表情说道:"哎呀呀,你

68

就是格洛村第一书记孔文瀚啊？兄弟，你把村民贷不到款的情况都告到市委组织部去了，人家立刻就给我打电话，要我给你一个交代，我正愁没你的电话呢。"

孔文瀚拍拍脑袋说道："沙主任，真是不好意思啊，其实我就想看看那第一书记的 App 好不好用，反馈了问题有没有回复，所以随便发了一条。没想到啊，这么灵！"

"哈哈哈，是这样啊。"阿左沙机瞬间就恢复了那弥勒佛一样的笑容，好脾气地说道，"贷款问题很多村都有，但这被举报上去还是头一遭，这说明孔书记是个有责任心的干部嘛。其实你们格洛村贷款的问题，也困扰我很久了，走，咱们去我办公室谈吧。"

阿左沙机的办公室在信用社二楼，待四人坐定，阿左沙机冲着旁边的办公室喊道："小林，麻烦倒三杯茶水——"

孔文瀚摆摆手说："不用客气，直接说问题吧，格洛村村民为什么都贷不到款？"

阿左沙机让三人稍等，起身在文件柜中找出一个文件盒，交给孔文瀚说："书记请打开看看，我给你们解释。"

打开盒子，里面是厚厚一叠信用评级表。阿左沙机说："根据省上的政策，每户贫困户可以享受 1 万—5 万的小额贷款，期限三年，政府贴息，用于发展产业，具体贷款数额根据不同的信用等级而定。孔书记是城里人，应该申请过信用卡，明白这个道理吧？"

孔文瀚点点头说："对，既然是贷款，就是要还的，根据发展实力和偿还能力评级，我能理解。比如这第一户，就评了四星。既然评好了，为什么贷不到款呢？"

"唉，难就难在这里。"阿左沙机说，"格洛村一百户贫困户，除了老弱病残以外，一共 86 户符合贷款条件，这 86 户全部都申请了贷款，连那种什么产业基础也没有的人也不例外。"

莫色拉付插话说："唉，还真是这样，对个别游手好闲的村民来说，有钱拿，不要白不要啊。"

水落阿信也说："是，有些人才不管名义是什么，你说是产业贷款，但到了他们手里，或许就拿去修房子、买家具，甚至吃喝玩乐，三年以后，能追回来多少，可是个未知数啊。"

孔文瀚说："那不是要评级嘛，根据他们的条件，能不能贷、贷多少，一一考察以后确定不就行了？"

阿左沙机大笑几声说："孔书记果然还是城里人办信用卡的思维啊，如果真这么规范，我们又何尝不想去造福村民呢？可是，负责评级的风控团队就是村'两委'啊，现在还要加上第一书记。你们上一届的村'两委'啊，为了不得罪村民，就把这 86 户全部评为了四星。"

"啊？"孔文瀚张大了嘴巴，然后一一翻看表格。果然，所有表格上全是清一色的四星，莫色拉付和水落阿信也着实诧异不已。

"为什么不放贷款，这就是原因。"阿左沙机说，"我甚至觉得，你们上一届村'两委'故意这么干，就是把皮球踢给我们，让我们不敢放款，这样他们就不怕村民三年后赖账导致担责，而他们还可以美其名曰对 86 户村民一视同仁，既规避了不作为的责任，又规避了赖账的风险！呵呵，厉害吧？"

孔文瀚问："如果三年之后，贫困户不还钱，会有什么后果？"

阿左沙机说："政府会组织调查组调查，如果确实是因为

70

经营不善导致无法还款，就会通知我们把它们做成坏账，最后政府统一买单。这本来是极端个例，也不宜跟农户宣传，但是现在好像所有人都知道了。"

莫色拉付调侃道："是的，都传开了。我敢说，一旦那些别有用心的贫困户获得了贷款，他们的心思多半不会放在发展上，而是放在怎么才能合理做成坏账上。"

孔文瀚继续问："那么签了字的风控团队会怎么样呢？"

"会被追责，档案里会有污点。"阿左沙机掏出烟递给孔文瀚和莫色拉付，叹口气说，"现在的问题是：贷款贷不出去，你们也会被追责，要贷出去，就必须保证贷款安全，就要由你们三位组成风控团队重新科学评级。当然，如果你们仍然坚持全四星，我也尊重你们的意见，只是现在是终身追责制，即使三年之后你们三位都不在这个岗位了，签字仍然有效。"

阿左沙机故意把"终身追责制"四个字拖得又重又长，他知道，和孔文瀚他们要面对的麻烦比起来，自己被投诉到市委组织部的事儿简直是小儿科。

水落阿信说："那只有一个办法，就是评出真正需要发展的人，保证三年后能偿还，而这样的人，我心里很清楚，不超过三十户。"

莫色拉付不太同意："三十户？我看有二十户就不错了！可你觉得其他几十户会轻易放弃这么好的机会吗？"

孔文瀚说："难道那把锁永远砸不开了吗？"

怎么做都是错，真是个死局！

孔文瀚呆呆地望着眼前的这几个人，突然感觉像在梦里。我在干吗？为什么会在这里？我应该白天上课，晚上游戏，享受云淡风轻啊！怎么会在这里陷入这样的"三难境地"？

更叫人心绪难平的是，这是否已经是格洛村最难啃的骨头？抑或仍然只是莫色拉付口中的"冰山一角"？

可这终究不是游戏，孔文瀚无法在疲惫的时候潇洒地选择"退出游戏"，自己选择的路，就是再苦再难也得撑下去。

几天后，格洛村召开了新一届班子上任以来第一次村民代表大会。

一群老年村民心不在焉地蹲在村委会坝子里，对他们来说，他们已记不得上一次开村民代表大会是什么时候的事情了。他们是村民的代表，但也被某些人"代表"了很多年。他们反映过、闹过，但情况丝毫没有得到改善。年轻人出去打工了，他们也老了，现在也爱争不争了。

按照与村"两委"的商议，孔文瀚作为"最后的防线"，没有在这次村民代表大会上发言，莫色拉付主持道："村民们关心了很久的小额贷款问题，我们已经去觉依镇信用社了解过情况。我们需要对格洛村一百户贫困户进行重新评级，只要评级科学合理，咱们贫困户很快就可以获得贷款。咱们村'两委'和第一书记拟了一份信用评级的方案草案，今天请大家来审阅并提出修改建议。"

众人领到《银崖乡格洛村小额信贷信用评级方案（草案）》，看也不看，有人就提议："我同意，只要能解决问题，我相信你们。"

"对，不用看了，通过！"有人附议，并举起了手。

"通过！"

"同意！"

一双双手举了起来，这场景让三人有点不知所措。孔文瀚瞅着水落阿信小声说："怎么这么容易？"

水落阿信微微一笑，不作答复。

莫色拉付说："好，既然大家都没意见，那就请大家签字并按手印吧。"

整个会议在非常和谐的氛围中落幕，孔文瀚正要准备给所有人发一支烟表表心意，一个老头凑上来说："三位，你们怎么评都没关系，但是至少得给我评个四星啊。我家里可是养了两头猪的，饲料钱一个月要花上千块，急着用钱啊！"

莫色拉付正说着"会考虑的"，立马又有人围上来："我家也养了一头猪、十只鸡，必须四星贷款啊！"

一个又一个围上来，养猪的、养鸡的、种土豆的、种玉米的，都只有一个诉求：别人我不管，我评级得高。

除开非贫困户代表早早离开，会议俨然变成了贫困户代表们和三人的争论。孔文瀚把烟捂了起来，一支也不想发了。

好不容易把人群打发走，三人回到办公室，瘫倒在椅子上，相对无言。

抽完一支闷烟，掐灭烟头，孔文瀚才发声："本想借代表的力量让信用评级制度民主化的，这不成'勾兑会议'了吗？贫困户代表都评四星，那些不是代表的贫困户上哪说理去？"

"这些人，找他们问收入的时候，都把鸡苗、猪苗藏起来，生怕你把他们收入算高了。一说到评级贷款，个个又把自己的家底说得风风光光。"水落阿信苦笑着叹道，"唉，人心哪！"

莫色拉付心里也高兴不起来，想了想，自我安慰说："还是可以稍微乐观一点，至少重新评级的方案是通过了啊，等正式评级的时候，咱们该评几星评几星，难道还有人敢乱来不成？"

"但愿吧……"水落阿信喃喃地说。

孔文瀚默默地走下楼，摸了摸会议室大门上的大锁，手指上立马沾满了灰尘。他望向天空，心里作了一个决定。

扶贫小额信贷

扶贫小额信贷是专门为建档立卡贫困户获得发展资金而量身定制的扶贫贷款产品，主要是为贫困户提供5万元以下、3年以内、免担保免抵押、基准利率放贷、财政贴息、县级建立风险补偿金的信用贷款。

已录入建档立卡信息系统的贫困户，凡有发展愿望、生产能力、发展项目和还款能力的，都有资格申请贷款。村级组织除对申请人审查外，还要对申请发展的项目进行评估，根据项目规模和生产周期初步审查其贷款金额和贷款期限。银行对申请人情况进行复核，如情况基本属实，原则上满足贫困户提出的贷款申请额度和使用期限，但贷款额度不超过5万元，期限不超过3年。

扶贫小额信贷不是救济款，只能用于发展产业，增加收入。不能用来盖房子、娶媳妇、还债以及用于吃喝等与增收脱贫无关的支出。

在贫困户贷款本（息）到期前1个月，贷款发放银行通过信贷员，或由村级组织通知贷款户，提醒其按时还本付息。对逾期的，贷款发放银行和村级组织采取公示、广播、到户等方式，催促逾期贷款户偿还贷款本（息）。若催收后仍不还款，将由县政府组织调查队进行调查，若属于经营不善导致无法还款，可由政府代为偿还；若属于恶意拖欠，将会有不良信用记录上银行"黑名单"且承担法律责任，相关村级组织也会承担一定政治责任。

第八章　英雄

　　格洛村二组，一间破旧的砖瓦房子，在杂草丛生的山坡上沧桑地遥望乌木河，在阴云密布的天空下，如同为拍摄恐怖电影专门搭建的布景。这是贫困户鲁克英雄的家，就是那个锁上村委会会议室大门的"英雄"。

　　孔文瀚没叫村"两委"陪同，他想独自和鲁克英雄谈谈。

　　孔文瀚大声冲着房子喊了三声"鲁克英雄"，无人应答，倒是好心的邻居小男孩走了出来，说："鲁克英雄不在，你是谁啊？"

　　孔文瀚本来并不太想跟小男孩说得那么详细，但想到市委组织部对第一书记的考核要求，其中一项就是村民是否能说出第一书记的名字，于是对他说："我是格洛村的第一书记，我叫孔文瀚，你要记住哦。"

　　小男孩立刻站得端正，做了个敬礼的动作，认真地说："敬礼！"

　　这是银崖乡最引以为豪的"光荣传统"。走在乌美路银崖段，只要知道对方是远道而来的客人，小孩子十有八九都会伫立敬礼，只要听到国歌响起，小孩子十有八九都会停步默唱。孔文瀚顿时觉得很感动，立刻回了一个敬礼。

小男孩随后说："你可以去小池塘看看，他常常喝得烂醉，在那里睡觉。"

"睡地上？"

"是啊。"

孔文瀚顿时觉得背脊都僵硬了起来。

当然"小池塘"并不是一个真的池塘，或许很久以前是，但如今只是一个地名，就位于乌美路格洛地界边缘。孔文瀚很快就到了，果然看到一个光头中年男子正仰面躺在地上。他的衣服敞开，左手捂着的圆滚滚的肚子，随着呼吸起伏，男人的舌头还时不时地舔舔嘴唇，似乎在回味什么。四月的格洛沟并不暖和，这一天还阴云密布，孔文瀚觉得换成自己这么躺上一小会儿，恐怕要请一个星期病假了。

来往的路人并不关心这个醉鬼，似乎对这光景早已见怪不怪。时不时有汽车路过此地，司机得把头伸出窗外，观察着男人与车的距离，在本就颠簸的路上，如履薄冰般缓缓通过。

孔文瀚问旁边的住户："这个人是不是二组的鲁克英雄啊？"

得到肯定的答复后，孔文瀚又问："他一般要在这里躺多久啊？"

对方回答："一般两三个小时吧。这不，已经躺了两个多小时了，应该快醒了。"

此刻，开始下起了小雨，雨水无声地落在鲁克英雄的身上，他舌头舔嘴唇的频率随即加快。孔文瀚判断着他快要醒了，便打开手里的雨伞给他遮住头部，在一旁等待，街边的住户则好心地给他盖上了装猪饲料的编织袋。

不到十分钟，鲁克英雄果然醒来，他推开雨伞，抓开编织袋，哈欠连天地伸伸懒腰，起身扭扭腰板，自顾自地就着公路边的山体小便。

待他稍微稳定，孔文瀚上前友善地招呼一句："鲁克英雄，你好。"

"你是哪个？"鲁克英雄尚未开眠，懒洋洋地问。

"我是格洛村的第一书记，我叫孔文瀚。"孔文瀚程式化地介绍完毕，直接说明来意，"我专程来拜访你，也没什么别的事，只是想买你一把钥匙，就是村委会会议室的钥匙。我给你一百块钱，如何？"

一听到钱，鲁克英雄立刻喜笑颜开，露出东倒西歪的大黄牙。就在孔文瀚以为即将搞定之时，鲁克英雄伸出一根指头，说："一千块，少一分都不行。"说完，他打了一个大大的嗝，散发出一股浓烈的酒精味，在被小雨洗刷过的清新空气中格外刺鼻。

孔文瀚顿觉反胃，但还是不疾不徐地说："英雄，有什么问题咱们可以沟通解决，可是你把会议室锁了，我们老蹲在院子里开大会小会，这叫什么事儿啊？村组干部的威信何在啊？"

"威信？我就是要让你们这些当官的威信扫地。你们给老百姓添堵，我他妈也给你们添堵！"鲁克英雄愤愤地说。

"我想你可能误会了，我不是当官的，我是学校的老师，派下来扶贫的。再说了，给你们添了堵，那也都是以前的事情。问题我都知道，有人做了手脚，让村民贷不到款，我就是来纠正这个错误的。"

鲁克英雄听到对方是老师，又直面问题，戾气收敛了些许，说："那你说说，你打算怎么纠正啊？"

孔文瀚说："我和村'两委'准备重新进行信用评级，推动信用社贷款给贫困户。你不卖钥匙给我也行，让我看看你的产业，给你做个偿还能力的评估，只要你把钱用在发展上，我们就可以给你贷款。这样，你就愿意把锁打开了吧？"

"好，一言为定！那你去我家里看看吧。"

孔文瀚帮鲁克英雄撑着雨伞，回到那个鬼屋般的房子。鲁克英雄打开鸡笼子，有两只鸡和五只小鸡跳了出来，问道："你看看这些够不够？"

孔文瀚失望地反问："没了？"

鲁克英雄想了想说："厨房里还有十几个鸡蛋，其他确实没了。"

孔文瀚问："你们不是家家户户至少要养一头年猪吗？"

鲁克英雄目光躲闪了一下，说："家人都没了，我一个苦命汉，杀猪给谁吃啊？"

孔文瀚纳闷地问："我看过全村的花名册，你不是还有一个女儿，叫鲁克云曲吗？"

鲁克英雄急促地说："嫁人了。你别问那么多，你就说，这够评上几星？"

孔文瀚摇摇头说："猪值钱，鸡不值钱啊。你就这点东西，又不去打工，怎么活啊？"

鲁克英雄说："我有低保，下个月还可以去打点笋子，喝酒是够了。"

孔文瀚顺势说："你别喝酒了，去做点正事吧。我看你才四十多岁，现在很多工厂专门来招贫困户，你完全可以去试试啊。"

鲁克英雄"哼哼"笑了两声，反问道："你要是老板，愿意招一个坐过牢的人吗？"

孔文瀚这才想起莫色拉付早就提醒过他鲁克英雄有过案底，立刻抱歉地说道："对不起。"

"不用道歉。"鲁克英雄说，"到底能不能贷到款？你倒是给个痛快话啊。"

孔文瀚不想破坏这好不容易和他搭上的话茬，虽然心里知道不可能，但还是留着后路说："具体要信用社来定，我会尽量帮你争取的。你等我消息。"

雨渐渐大了起来，孔文瀚离开鲁克英雄家，回宿舍休息。整整一周没解决实际问题，明天又是周五，他太疲惫了，只想回城好好洗个澡，然后找向旭然痛快倾诉一番。

向旭然开的广告公司位于西佳宏远新区的一幢高档写字楼上，名字就叫"旭然广告"。上次两人见面，还是在孔文瀚失恋后的那晚，所以当向旭然看到孔文瀚的第一眼，狂笑了一番，问："你的头发呢？"

孔文瀚指着脑袋说："我这不是头发是什么？"

"你知道我问的是什么。"向旭然笑完，才发现他的员工正张大嘴巴望着自己，意识到笑得有些过火，清清嗓子说，"三千烦恼丝，断了挺好的。那个……你要约我，哪里都行啊，来我公司有何贵干啊？"

孔文瀚递给向旭然一本红色的册子，说："这是乌宁县统一印制的《帮扶手册》，我翻了翻我们村的，发现之前联户干部填的很多信息反复涂改，有点乱，所以干脆找你照着做一些空白的，我叫他们重填。"

向旭然说："唉，说到这个扶贫资料啊，自从你们这批第一书记下去以后，各种文件、各种报表、各种宣传手册层出不穷，可把我们这些打印店、广告公司乐坏了。你们这是'精准扶贫'，还是'精准填表'啊？"

孔文瀚像找到了知音，笑道："唉，就是就是。说到这个啊，我可真是深有体会。那些形式主义的东西就像是电脑病毒，反形式主义的文件就像杀毒软件，你刚杀掉一个病毒，好一段时间，它换个马甲又重新出来骚扰你：你把'每月总结'杀了，它就变成'月度工作报告'；你把'每周例会'禁了，它就变成'扶贫周周碰'……杀毒软件啊，永远赶不上病毒变异的速度。"

"哈哈，形象，形象！"向旭然笑笑，"算了，不吐槽了，你要做多少本啊？"

"我们村一百户贫困户，每户要两本，农户手里一本，村上一本，这就是两百本，再备用五十本吧……"孔文瀚想了想，怕"二百五"这个数字又被向旭然拿来做文章，改口道，"再备用四十本，一共二百四十本，记得给我开发票。"

"李芸——"向旭然招呼一个美女过来，递过本子，说，"照着这个册子做二百四十本。"

"好的，向总。"李芸接过册子，转身离去。

"他们设计需要些时间，你别站着了，坐，坐。"向旭然招呼孔文瀚坐下，问，"你那第一书记的工作干得怎么样了？"

"正好跟你讨教一下，你脑子活，看看有没有什么主意。"孔文瀚把信用贷款遇到的问题对向旭然娓娓道来，郁闷道，"贷不贷款都是错，犯愁啊！"

向旭然听完，用老练的口气说道："按我的理解吧，这个世界上各种关系，归根到底都是一种商品交易，我们每一个人都是商人，贩卖的商品就是自己的能力。我们这些开公司的自不必说，医生卖他的医术，教师卖他的知识，而你，知道你卖的是什么吗？"

孔文瀚说："你想说'为人民服务'吗？"

"不是。"向旭然摇摇头说，"既然是商品交易，那就有一个成本和产出的问题，组织让你们去扶贫，就是要你们用自己的能力，做到用有限的成本，获得最大的收益。所以，这些贷款，我个人认为，你们应该严格把关，贷给那些踏实肯干、有生意头脑的贫困户。那个什么英雄，我看已经无可救药了，贷款给他，他就会改头换面吗？至于那把锁，直接砸了不就好了嘛！"

"对啊，扶贫不是做慈善，一切还是按规矩来比较好，我应该强势一点。"孔文瀚不住地点头，"两害相权取其轻。我正在犹豫，你这么一说，我就踏实了。资金安全在各种利害关系中排第一位。"

这个周末，孔文瀚真开始反省自己了，驻村工作的日子还长，如果"浪漫主义者"的角色迟迟不能转换，那今后的工作岂不越来越难以开展？

又是星期一，孔文瀚带着这样的决心，一到格洛就来到村委会，准备找村"两委"严格落实信用评级方案。

村委会办公室里，鲁克英雄正和水落阿信、莫色拉付相对而坐。孔文瀚听到的第一句话是鲁克英雄在质问："我女儿没有死，你们凭什么说她已经死了？"

孔文瀚便问道："你们在讨论什么？"

水落阿信解释道："孔书记，是这样，鲁克英雄的女儿鲁克云曲，从小就失踪了，到现在已经二十年了。根据法律，失踪四年就可以办理死亡证明，可是他一直不肯。针对现在精准扶贫政策，我们再次建议他办理鲁克云曲的死亡证明，这样我们就可以合理给他最多两千块钱的慰问金，这是对他好。"

孔文瀚愣得不轻，问鲁克英雄："你不是说云曲嫁出去了吗？"

水落阿信问："怎么？你们联系过了？"

孔文瀚回答道："是啊，上周四我就去过英雄家里，本来是想看看他家的情况适不适合贷款，是他告诉我女儿嫁出去了。"

鲁克英雄放高音量说："对啊，云曲三岁的时候失踪，过了二十年了，你说是不是该嫁人了？我昨晚还梦到她，她长得像个明星，微笑着告诉我说：'阿达，我结婚了，嫁给了一个帅气的小伙子，祝我们幸福吧。'她每大夜里都会来和我聊天，你们凭什么说她已经死了？"

"你小声点。"莫色拉付说，"谁也没说她死了，是法律上'宣告死亡'，让你得到一笔慰问金，其他什么也没变啊。"

鲁克英雄情绪有些波动，摇头说："宣告死亡也不行，她是我唯一的寄托！人，不能没有寄托是吧？我怕我心里放弃了，她就再也不会来梦里找我了。这个事情，不用再谈了。"鲁克英雄说完，转身离开了村委会。

孔文瀚情绪变得忧郁，问："他女儿怎么失踪的啊？"

莫色拉付说："唉，说起来也够惨的，二十年前，在格洛沟那边的小池塘，他的老婆把女儿放在路边，下乌木河去解手，就几分钟的时间，回来孩子就没了。那个年代又没有现在这么多高科技，没了就没了。他老婆没多久发了疯，他本人各个城市一边去打工一边寻找，西佳去了，西昌去了，什么成都、北京都去过，可还是没找到。找女儿需要巨大的开支，他老婆后来几年又病重，他就回来铤而走险，种植罂粟，被关了五年。前几年出来以后，他老婆死了，他就一个人整天借酒浇愁。找工作人家不要他，好不容易可以贷点款搞发展，又贷不到，你说他能不愤怒吗？"

这一晚，孔文瀚在电脑上搜索关键词，找到了一条最近两年内频繁发布的寻人启事。寻人启事里在介绍了鲁克云曲的基本信息后，有这么一段家属附言：

云曲，这么多年，你都去哪了？在外面过得好吗？自从你走了以后，你阿嫫就疯掉了！阿达没有怪她，阿达怎么忍心怪她呢？阿达去过很多城市找你，可是你却不愿意见上阿达一面。前几年，你阿嫫去世了，临终时，阿嫫最后的心愿就是见你一面，可还是未能如愿！阿达知道你是很想见阿嫫和阿达的，只是因为某些原因不方便吧？不管你在哪里，请你一定要照顾好自己。你从小就爱哭闹，阿达不忍心你受到欺负你知道吗？如果遇到如意郎君，你要学会收敛坏脾气，做一个贤妻良母；如果遇到过不去的坎，那就回家吧，我们的家从来没变过。

这则寻人启事，配的是一张泛黄的三岁女童照片，照片上的她在傻笑，露出洁白的小兔牙。

孔文瀚对着屏幕沉默了良久，连续抽了三支烟，在烟雾中猜想着这个故事一段段定格的过往，随后，在微信朋友圈中写下了一段话："世上没有真正的感同身受。这厢，有人为失去了丈夫撕心裂肺；那厢，有人为别离了女儿肝肠寸断。人们为形形色色的厄运向生活哭喊，而你只是觉得这个邻居太过吵闹。"

感慨良久，那个浑浑噩噩的醉鬼形象，在他的心里逐渐有了色彩。

联户干部

联户干部又称帮扶干部、包户干部，受市县机关或国有企业派遣下到基层，每人结对帮扶通常不超过十户贫困户。

与第一书记长期脱产，既要"包村"又要入户不同，联户干部不用全脱产，也一般不负责村级事务，主要工作职责是深入结对贫困户家庭，对结对对象情况进行实时跟踪，宣传扶贫政策，填写户档资料，收集群众诉求，慰问特困群体。

联户干部入户的频率为一个月一次或两次，认真负责的联户干部可以很快获得贫困户的认可，但也有个别走过场的联户干部，每次入户问村民同样的问题，填完资料以后就匆匆离开，造成贫困户反感。为了让干群关系更加亲密，各地又推广了类似联户干部和贫困户"同吃同住同劳动"的结对帮扶方式。

第九章 钥匙

翌日，孔文瀚又去了鲁克英雄的家，这一次，他突然发现，这座荒凉的房子，似乎已经有了火热的温度。

鲁克英雄正坐在院子里的一条板凳上，一口一口抽着闷烟，呆呆地望着小池塘的方向，看到孔文瀚向自己走来，愣了一愣，站起身来。

孔文瀚开门见山地说："英雄，我给你带来了一个好消息，你的小额贷款，我帮你申请下来了。"

"真的吗？"鲁克英雄先是一惊，然后冷静下来，苦笑说，"孔书记，你就别安慰我了。我们贫困户虽然文化程度不高，但是对关系到切身利益的政策可不糊涂。消息早就传开了，说村民代表大会通过的评级方案里要求申请人已经具备一定的产业规模，最低门槛都是五千元，我就这几只鸡，我跳起来都摸不到啊。"

"规定是死的，人是活的嘛。"孔文瀚说，"只要你保证把贷款用在脱贫致富上，我相信我能做到。"

鲁克英雄不置可否，语气缓和了一点："其实，这几天，我算是感受到了，孔书记也好，村'两委'也罢，都在努力地帮我争取利益。说到底，我这样一无所有的苦命男人图个啥啊，不就图个被尊重吗？只要我找你们说话的时候，你们不要步子走那么快，还有我找你们办事的时候，你们能给我一个正眼、一个微笑，那就够了。孔书记，你对我是尊重的，请你原谅我上次对你说的那些话。"

孔文瀚听得鼻子酸酸的，连忙说："千万别这么说，和你经历的那些事儿比起来，那算什么？是我们做得还不够，所以更想帮你。"说完，一屁股坐在小板凳上，做出一副倾听的姿态。

鲁克英雄问："孔书记，你有孩子吗？"

"没有。连女朋友都不知道在哪呢。"

鲁克英雄哀伤地说："就在这院子里，那时候啊，我天天抱着云曲讲故事，她小时候总是问我一些我回答不上来的问题：'阿达，太阳为什么是圆的啊？''阿达，为什么其他山是绿的，但银崖山是黑的啊？'我就说，是神仙把太阳捏成了圆形，把银崖山涂成了黑色。哈哈，你说，不然我应该怎么回答啊？"

孔文瀚鼻子更酸了，那些欢乐的画面像黑白电影一样在眼前飞快地闪回：鲁克英雄把小云曲抱在怀里，女儿双眼天真，父亲笑容无邪。

他连忙递上一支烟，安抚鲁克英雄的同时，也调整自己的情绪。

鲁克英雄点上烟说："云曲走了以后，我就拼了命地去寻找，家里的积蓄花光了，还欠了亲戚几万块钱，亲戚都说不用我还了，也劝我说：你命不好，算了吧。但我总觉得云曲什么时候会突然回来，我怕她找不到家，所以房子一直保持着二十年前的原样，还有，孔书记你看……"

两人起身进入鲁克英雄的房子，鲁克英雄指着那些成双成对的东西说："女儿用得着的东西，我都准备着。大到床，小到牙刷、毛巾、拖鞋、碗筷，我都准备了两套，我一套，云曲一套，你说，要是云曲哪天突然回来，我们这格洛又不好买东西，云曲会多失望啊。不过你说，云曲现在该穿多大的鞋子呢？35码？36码？万一她的脚长得特别大怎么办呢？哈哈。"鲁克英雄的声音愈发沙哑，满满地透着无奈和绝望。

　　孔文瀚安慰道："你的心情，我都理解，可是生活还是要继续的，我们还得一起向前看啊。"

　　"我已经没有动力了，我的人生，只有一片黑暗。"

　　"在黑暗中，哪怕一丝烛光也可以成为太阳，照亮我们回家的路，不是吗？"

　　"是啊，是啊，云曲会回来的，会回来的。"鲁克英雄一边喃喃自语，一边从卧室抽屉里掏出一把钥匙，递给孔义瀚，"这是村委会会议室的钥匙，孔书记拿去吧，不收你的钱，我那都是说的气话。"

　　孔文瀚感动地回应："英雄，我不是来找你要钥匙的，这个事情，你不用勉强。"

　　鲁克英雄说："好好带领格洛村脱贫致富吧，咱们这里苦了太久了，谁不是在死撑着盼望改变？我们的希望，就寄托在孔书记你们身上了。"

　　孔文瀚的眼角有些湿润，他想去接，突然一个念头在心里燃起，把手收回说："我想拜托你一件事。"

　　"你说。"

　　"开锁，对格洛村来说，是一件大事，它打开的不仅仅是会议室的锁，也是人心的锁，所以我希望有一种仪式感。"孔文瀚指着村委会的方向说，"后天下午两点，我们要在村委会集中公布小额信贷的信用评级结果，我想请英雄你亲自来一趟，当着全村贫困户的面把锁打开。"

"呵呵，格洛人不是那么容易就改变的。"鲁克英雄笑笑说，"不过，孔书记难得有这份心，我听你的。"

两天后，天气晴朗，格洛村贫困户信用评级结果在村委会统一公布。86 户申请贷款的贫困户中，除了极少数在外地打工的，都早早来到村委会院子里等着。

说起来，自从忙完换届选举，村委会就好久没有这么热闹过了。

孔文瀚、水落阿信、莫色拉付手中拿着评级结果，和人群保持着适度的距离，还在商讨着一些具体的流程，因担心村民情绪激动，莫色格尔也专门请了假来旁听。

待鲁克英雄到达村委会，孔文瀚一边迎接，一边走到人群跟前，宣布道："格洛村的村民们，让大家久等了！今天，是格洛村的一个大日子，大家反映了很久的贷款问题，今天会有一个结果。同时，咱们村委会会议室的大锁，由于某些原因，一直没有打开。这把锁啊，困扰了我几个星期，也困扰了大家很长时间，但是今天，格洛村无会议室可用的日子就要结束了！我特地邀请了鲁克英雄，亲自为我们开锁，大家欢迎！"

人群中爆发出一阵掌声、欢呼声。鲁克英雄说："大家今后要相信第一书记，相信村'两委'，他们心里都是装着咱们的。今天，就请大家到里边议事吧。"

鲁克英雄打开了锁，当着众人的面，将锁和钥匙一起扔进了垃圾桶，人群喧哗着挤进会议室，简单地擦擦椅子，便纷纷坐下。座位很快就坐满了，过道也挤满了人。

孔文瀚霎时找到了他要的仪式感，一股激情油然而生，但水落阿信和莫色拉付还是面色凝重，因为他们太清楚了，贫困户们要的又岂止是一个会议室。按照之前三人协定的评级结果，86 户中，只有 23 户达到三星，符合贷款条件，其中只有 9 户达到四星，能获得两万元的贷款。对于那无法获得贷款的人，他们只能劝其继续努力，提升信用等级。他们已经预料到，接下来的一个小时，村民们倒的苦水，一定够他们喝上一壶。

考虑到孔文瀚擅长公开发言，又和村民没有家族纠葛，信用评级的结果，就由这个第一书记来宣布。

三人坐在主席台上，孔文瀚掏出稿子，看了看，突然露出谜一样的微笑，把稿子和评级结果都扔到一边，站起身来。气氛一时凝固了，连一根针掉到地上的声音都听得见。

"个别村民朋友可能不认识我，我是新上任的第一书记，我叫孔文瀚。今天，我要告诉大家一个好消息！"孔文瀚用激昂的语气说，"经过我们风控团队反复的评议，我宣布，在座的所有申请小额贷款的贫困户……"

孔文瀚又停顿几秒，直到所有人都睁圆了眼睛看着他，才说："全部评为四星！获得两万元贷款！"

人群中立马爆发出一阵山呼海啸般的欢呼声，盖过了所有的声音，有的农户跳上椅子举起双手，有的把衣服脱下抛向空中，有的和邻座的村民拥抱。

孔文瀚嘴角上扬，他感觉到自己的胸口有一把烈火正在熊熊燃烧，将他的生命点亮，心里对向旭然说：对不起，兄弟，我又"放飞"了！

借着欢呼声浪的掩盖，水落阿信拉着孔文瀚说："孔书记，你这是什么意思？说出去的话泼出去的水，再也收不回来啊！"

莫色拉付也有些不满地说："我们商议的结果不是这样的啊，你怎么能这么说？"

孔文瀚笑笑说："所有后果，我来承担。"

"请大家安静下来！"孔文瀚好不容易让大家安静下来，苦口婆心地说，"大家激动的心情我可以理解，但是我得把话交代清楚，按照我们原来的评级方案，这样的结果是根本不可能的。可是，有一个村民对我说过这样一句话：'我们谁不是在死撑着盼望改变？'乡亲们，你们知道吗？很多人告诉过我，格洛村是全县乃至全市最艰苦的一个地方，因为他们都说，这里的村民民风不好，可是我来了以后，慢慢体会到，人性都是美好的，所有矛盾的背后，是一颗又一颗渴望圆满的心，是一双又一双望眼欲穿的眼睛！你们期盼着改变，可是却没有可以改变的能力。所以，我愿意协助大家，让大家都能获得贷款。这对我来说，是一个巨大的风险，因为我一旦签字，就意味着会被终身追责，三年之后，如果你们不能还钱，我就会被处分，甚至被开除公职，所以我恳求在座的各位，你们获得贷款以后，请你们真的把钱用在发展产业上，少抽点烟，少喝点酒，少打点牌！不管是养殖业、种植业，还是经营小卖部，请用你们勤劳的双手，去创造价值、创造财富！只要你们不放弃希望，我也愿意为了你们而赌上我的前途！因为只有这样，你们的父母才能少一点病痛，你们的妻子或者丈夫才能少一点奔波，你们的儿女才能多一点快乐。"

有些村民默默地擦起了眼角。

孔文瀚握紧拳头继续燃烧着说："我们都是支格阿尔的后人，我们的身上，都流淌着那个带领我们彝族同胞战天斗地的伟大英雄的血液。再强大的妖魔鬼怪，在我们彝族同胞的面前，都会灰飞烟灭。所以我在这里拜托大家……"孔文瀚深深地鞠了一躬，说，"我拜托大家，一定不要让我们失望，谢谢你们！"

一如既往地安静，突然，有一两声稀稀拉拉的掌声，随后，越来越多的掌声响起，直到潮水般的掌声响彻这块寂寞了太久的山谷。

鲁克英雄站起身来，喊道："我想代表所有的贫困户承诺：我们一定用好这笔钱，把心思用在发展产业上，让收入一年高过一年，日子一天好过一天。大家说，好不好？"

"好！好！"的声音不绝于耳。

"对，我也承诺，绝不浪费一分钱的贷款！我宣布，今天起——戒酒！"

"好，我也宣布——我戒烟！"

"我戒老婆！"这句话引来一阵哄堂大笑。台上孔文瀚三人也被逗乐了。

待笑声稍微停息，孔文瀚说："好，那么，今天的会议到此结束，请乡亲们都回去休息，我会尽快完成各种手续，与信用社交涉，两周内争取给大家把钱打到一卡通上。散会！"

一个原本困难重重的活动，在皆大欢喜的结局中顺利完成，待人们都心满意足地散去，三人开始了善后工作。

水落阿信又皱起了眉头，问："孔书记，你真的敢签这个字吗？"

"是啊，我们……"莫色拉付也抬头看了看水落阿信，不方便继续说下去。

孔文瀚看出了两人的担忧，呵呵一笑，说："如果不解决面上的问题，将来还有更棘手的工作要他们配合该怎么办呢？两位不必担心，我早就想好了，这个字，你们不用签。信用社那儿不是早就有 86 户农户的四星评级表吗？我直接把我的名字加在上一届村'两委'名字后面就行了。沙主任不是说了吗？如果我们还是坚持全部四星，他也会尊重。总之，这个事情是我任性而为，绝不能让你们跟着我冒风险。"

说完，孔文瀚又跟莫色格尔握手，轻松地说："格尔，今天也辛苦你了。我知道你在担心什么，不过要我说嘛，村民们大多数时候还是蛮可爱的，嘿嘿。"

莫色格尔感慨地说："孔书记，你今天算是让我们见识到了你的风采，口才犀利、激情四射！连我都知道贷款的问题有多么复杂，没想到这么难以掌控的局面，被你搞定了，你来格洛村当第一书记，实在是我们的福分啊！"

"也没什么，就好像讲了一堂课，给了大家一些启发。"孔文瀚想到了什么，又问，"那天觉依镇卫生院医死了小孩的事情怎么样了？"

莫色格尔一愣，随即反应过来，说："哦，都协调好了，是卫生院的责任，他们会妥善处理的。"

"那就好。各位，我还有一点事，就先回宿舍了。"说完，孔文瀚挥挥手离去。

看着孔文瀚离去的背影，三个人继续发表感慨。

莫色格尔问："你们说，经过这么一遭，咱们的村民会不会被感化啊？"

莫色拉付低声说："多少有点作用吧。不过格洛是什么样，我们都很清楚，要想一个会议就让大家彻底改变，怕是太乐观了……和格洛村真正的问题比起来，贷款问题只是小问题啊。"

"他可真是个'疯子'啊。"水落阿信超然地说，"可是不知道为什么，我愿意和他一起'疯'。"

莫色拉付微微一笑，回应道："不，阿信主任，我倒觉得，孔书记没疯，疯的是我们。"

"啊？"水落阿信愣了半晌，细品这句话的意思，最后还是不解，问道："这我就不明白了，拉付主任，你说你年纪轻轻，怎么说话跟个世外高人似的？"

莫色格尔调侃道："别说你了，连我这亲弟弟也想不明白呢。"

莫色拉付叹了口气，说："我是想说，我们，怎么就不能相信村民一次呢？"

莫色格尔率先醒悟过来，挤了挤眉毛，轻轻点点头。

水落阿信也明白了："是啊，一个外人，居然愿意为了一个没有瓜葛的格洛村，把自己的前途赌上……你说，我们生在这里、长在这里，有什么理由老是对满村的亲朋好友设防呢？"

两人相视一笑，把目光转向孔文瀚的背影，莫色拉付喊："等一下，孔书记！"

见孔文瀚没有应答，两人追了上去："孔书记、孔书记，等一下啊！"

孔文瀚终于听到他们的呼喊，回头看去，莫色拉付和水落阿信正挥着手跑来。

"还有什么要嘱咐的吗？"孔文瀚纳闷地问。

莫色拉付说："孔书记，这个难题，我们不能让你一个人去面对。新的评级结果，我也签名！"

水落阿信说："我们可是风控团队啊，既然是一个团队，你怎么能扔下我们独自潇洒？"

莫色拉付又说："要'疯'，大家一起'疯'；要扛，大家一起扛。"

孔文瀚的心被触碰到了，嘴角微微有些颤抖，说："走，我们立刻开车去觉依镇，把字签了。今晚我请客，不醉不归，哈哈哈！"

水落阿信大笑说："孔书记，你今天就是再开心，也不能酒驾啊，哈哈哈。"

"哦哦哦，对对对，那就以茶代酒了。"

"怕啥？就是要喝个痛快！我们是让你不必开车，你忘了我弟弟格尔了？今晚让他负责接送，哈哈哈！"

帮扶手册

帮扶手册又叫扶贫手册、痕迹管理簿等，用于精准记录每户贫困户从识别年度到 2020 年的动态信息，盖上公章后有效，是贫困户享受扶贫政策的凭证。

各地帮扶手册的具体形式不尽相同，但一般来讲，为确保对贫困户做到"四清"，即：家庭基本情况清、致贫原因清、帮扶责任清、帮扶措施清。第一页主要用于记录贫困户的基本信息、致贫原因、家庭成员、识别当年年收入等，第二页用于填写五年帮扶规划，之后按年度或按月记录贫困户的收入数据。

帮扶手册一式两份，一份存于村上，一份存于农户手中，一般由第一书记、联户干部、驻村工作队等帮扶责任人填写，两份必须完全同步更新，保证数据一致。

第十章 娃儿

　　每个星期五是孔文瀚最欢喜的日子，因为第一书记在忙完一周的工作，可以回家休整休整。

　　在乌宁县最大的足浴堂"索玛足浴"，孔文瀚放松心情躺在沙发上，玩着手机，犒劳自己的双脚。只是，这份犒劳让他有一点无福消受。

　　"哎呀，就是那里！好痛，轻一点！"孔文瀚被工号为15号的大姐按到了小腿肚上的痛处，忍不住尖叫起来。

　　15号大姐笑笑说："人家都说，按脚板疼的人，孝顺，按腿肚子疼的人，专情。你是吗？"

　　孔文瀚忍着痛说："你说的两样特征我都有，可我主要是天天上山下村，工作累出来的。啊——轻点！"

　　"怪不得，我看你是城里人，细皮嫩肉的，这已经是减小了力度了。唉，你们这些长期坐车的老板，腿脚真不行啊。"她皮肤黝黑，双手也有些粗糙，身材匀称而结实，双手握力一点也不输男人。

　　孔文瀚说："唉，我要是老板就好了……我就一个派下来搞扶贫的，不是刚工作没几个星期嘛，还没习惯，整天爬山上上下下，腿酸得踩油门刹车都痛。这不周末回西佳嘛，顺便就来乌宁找你们给治治。"

"扶贫扶贫，唉，你们什么时候把我也扶一下吧。"15号大姐稍微减轻了力度。

孔文瀚顿时感觉舒服了不少，说："我现在不就是在扶你吗？我这120块钱消费，你能提多少啊？"

"我是这里唯一的高级技师嘛，老板给我开一半，60块。"

"是吗？难怪你这么敬业，把我按这么重……啊，痛痛痛！"孔文瀚惨叫几声，问，"你们做这一行的，力气都这么大吗？"

"那倒不是，这里就我力气最大，我结婚之前就在老家背河沙，一天来回背二十多趟，练出来了。我按得重，也是为了对客户负责任嘛，有些技师不负责任，把客户哄好就行。我们这儿一到晚上，醉鬼多得很，他们很吃这一套。不过我做这一行十多年了，这样的人，永远成不了真正的技师。"

15号大姐精准寻找着穴位，并一一讲解它们对身体的作用，让孔文瀚充分地体会到了"专业"的味道。随后她细细地替孔文瀚修剪脚上的皮，说："你的脚脱皮有些严重，用我们这里的一种特效药洗洗，脱皮问题立刻解决，至少管半年。"

"是吗？多少钱啊？"

"两百二。"

孔文瀚先是觉得她有些"套路"，把自己说成最好的技师，便于推销更贵的药水，但考虑到脱皮问题确实严重，心想不妨一试，便说："行，那下次再来找你。"

15号大姐便和孔文瀚互加微信，孔文瀚问："怎么称呼你呢？"

"阿罗金梅，你叫我金梅就行。"

服务结束，孔文瀚正躺在沙发上闭目养神，此时，手机响了，一看是陌生的号码，迟疑了一下，随后还是接了起来。

对方说："孔书记，你好，我是水落阿牛。"

"哦，阿牛啊，你好。"

水落阿牛自从上次被妹妹劈头盖脸教训一番以后，对孔文瀚的态度就逐渐好转。后来贫困户小额贷款事件，由于水落阿牛贫困户的身份悬而未决，孔文瀚只能承诺他初步评为四星，但最终能否获得贷款要信用社决定，所以他以为阿牛这次打电话是催问贷款的问题，没想到水落阿牛说的是："后天不是星期天嘛，我要带我娃到西佳人民医院作一个检查，就是他鼻子的问题，不知道孔书记有没有时间一起去看看。"

孔文瀚早就承诺过陪同，所以爽快地答应下来。

两天后，按照约定的时间，孔文瀚在西佳中心站等来了水落阿牛父子俩，水落阿牛一见到孔文瀚便客气地说："真是麻烦你了，还亲自来车站接我们。"然后随手递给孔文瀚两包烟。

孔文瀚依旧只是抽出了一支，捏在手里晃晃说："谢礼我已经收过了，剩下的你拿回去吧，今后也别送了。"

水落阿牛也不再坚持，带着儿子水小伟坐在孔文瀚的后排，说："不过我担心一个问题，大医院人满为患，我们又是乌宁的，不知道在这里能不能使用贫困户绿色通道？"

孔文瀚从容地说："这个问题，我也想到了。不用担心，人民医院也派了第一书记，就咱们银崖挖托村的彭涅书记，他也是个热心人，我给他打过电话了，他二话不说，立刻安排，让你走绿色通道。"

"第一书记们都是有心人啊！"

水小伟在后座一言不发，只是不住地抽着鼻子，时不时发出"呼、呼"的声音。孔文瀚从后视镜里看到了这个瘦娃子可怜巴巴的表情，问："小伟到底是什么问题？"

水落阿牛叹口气说："唉，他今年才六岁，从去年开始就一直这样。乡卫生院去过了，乌宁所有医院也都去过了，每个医院说法都不一样。政府只给贫困户报住院的账，我这前前后后花了一万多都得自己承担，娃的病还越来越严重。我也没什么文化，说不好到底是什么病，去西佳又怕人生地不熟，所以才麻烦你带带我们。"

三人走绿色通道，很快见到了耳鼻喉科的主治医师，水落阿牛没有急着说孩子的病情，而是第一时间给医生介绍："这是我们村的第一书记，专门陪着我来的。"

医生显然对这个问题没有太大兴趣，敷衍着点了一下头，说："等前面一个病人检查完就轮到你们了。"

就在那间诊室里，一个看起来比水小伟还大一点的男孩子，正坐在诊断仪器的座椅上接受检查。管子像小蛇般无情地伸进男孩的鼻孔拍摄，尽管男孩的家人和医生都在为他加油，但他还是因为疼痛而不住地哭喊。

水落阿牛对水小伟说："这么大的男娃，还没我家小伟勇敢，是不是？"

孔文瀚心疼地看着水小伟，只见他紧紧地抓住水落阿牛的手，面无表情地望着眼前的场景——那场景他太熟悉，这一年来，他也一次又一次地坐在那个位子上，接受疼痛难忍的检查。

轮到水小伟了，他默默地爬上那个座椅，任凭医生和护士的操作，他始终一声不吭。每一秒都那么的漫长，水小伟也只能眼巴巴地斜望着水落阿牛，泪水从他瘦削的脸上止不住地淌下来，和豆大的汗珠混在一起。

孔文瀚感觉自己的眼角快挂不住了，水落阿牛还是强装着笑脸说："我娃儿就是这样，打落了门牙往肚子里吞。他在幼儿园里，就因为这个病，小朋友都不理他，他也不爱和谁搭腔。我真的很怕，作为他的阿达，我就是倾家荡产也想治好他的病。可是孔书记你知道吗，其实我心里，也做好了最坏的打算，如果大医院还是解决不了问题，如果他的病一直加重，我……我只能说，我过去干了很多坏事，这就是报应吧。"

孔文瀚呵斥道："别瞎说了，就算真有报应，孩子也是无辜的。"

"孔书记不知道，今天你看到的情况，已经算好的了，天气冷的时候，他这毛病才叫真严重！很多时候，半夜娃娃醒来，一个劲儿地抽鼻子，一个劲儿地咳嗽，折腾一晚上睡不着，他睡不好吃不香，所以长这么瘦、这么矮。"

检查终于结束，水小伟面如死灰地从设备下徐徐下来，水落阿牛赶忙凑上去问医生："怎么样？"

医生告诉他这是鼻窦炎，除了吃药，鼻孔里还有很多淤积物需要坚持清洗，便帮他们开好药方，指着外面说："一共480元，到那边缴费取药。"

水落阿牛去完成了缴费取药的流程，禁不住地感叹："孔书记，是不是因为你在旁边，他们才不敢欺负我们啊？我之前每一次花费，都少不了一千块钱啊！这次才480块，有你在真是太好了！"

"怎么可能是因为我？"孔文瀚不知道说什么好，只想为这对父子多做一点什么，便说，"你的房子本来就靠着大路，这修路又加重了空气污染……这样吧，我家里有一台不用的空气净化器，明天下村给你们送来。今天你们难得来一次，就在西佳多玩玩，晚上我请你们吃饭。"

水落阿牛激动地说："孔书记太费心了！西佳我就不待了，住一晚，最便宜的旅馆也要 80 块钱啊，我们这就赶回去。"

自始至终，水小伟也没有和孔文瀚说上一句话，他的沉默如此令人揪心，在孔文瀚的心中打上了深深的烙印。

孔文瀚把水落阿牛父子送到车站，就开车回家了，出发前顺便看了看手机，发现微信上有一条未读信息，是阿罗金梅发来的："上午好，你的脚好些了吗？"

第一次看到洗脚还有"售后服务"的，孔文瀚哑然失笑，回复："不好意思，上午一直在忙。好多了，谢谢金梅关心。"

阿罗金梅很快回复："那就好，你要多注意休息。我在自家也开了洗脚服务，价格是门店的七八折。"

孔文瀚回了一个"嗯嗯"便开车上路。

第二天，孔文瀚带着空气净化器，来到水落阿牛的家中，手把手教水落阿牛使用。水落阿牛看着崭新的设备，问："孔书记，这一看就是新买的吧？"

这确实是孔文瀚星期天在商场里花 158 元买下的，钱不多，也并不打算通过什么途径报销，但他说："不是，我以前图新鲜，买来玩玩，用了一次以后就觉得没多大意思，就放杂物间了，但是对你们正实用。以后小伟回来做作业、睡觉什么的，都把它打开，空气好一点总是不错的。"

水落阿牛一边道谢，一边从厨房里拿出一块腊肉递给孔文瀚："孔书记带回去，给嫂子也尝尝吧。"

孔文瀚眉头一皱："我一个寡男人，没有老婆。还有，我不是说了，不要给我送任何东西吗？"

"你带我娃去看病，又给我送这么好的东西，这一次，你不收，我坚决不让你走。"

"唉，阿牛啊……"孔文瀚多愁善感地说，"不是我说你，咱们村里这些村民，有的时候真让人气得想动手打架，但有的时候又常常把我感动得稀里哗啦的……既然你一定要送我东西，我看这样吧……我给你一个机会，只要你把握住，发展起来，等你成功的那天，你送什么我都收！"

水落阿牛点头道："好，你说。"

孔文瀚说："是这样，县委组织部要求每个村由第一书记牵头，发展一个'党员精准示范项目'，选一户党员户起模范带头作用，发展一个产业，带动全村致富。这个项目只要申报成功，县委组织部分三年给户主两万元的补贴，第一年一万二，后两年各四千，我还可以向我们学院申请每年再给你一千元补贴。"

"这钱……需要还吗？"

"强调一下，这不是贷款，而是补贴，所以是不用还的！你不是党员吗？你看如何？"

水落阿牛一听，顿时嘴角都翘了起来，说："天啊，这支持力度实在是太大了！"但很快又冷静下来说："格洛村那么多党员，我来接这么大的好事，那别人会怎么说？"

"我看了一下，格洛村一共24个党员，大部分都在外面打工，或者担任村组干部，符合条件的，最多不超过十个人。"

"十个人也不少啊，你觉得我有什么优势呢？"

孔文瀚早就预料到了水落阿牛的担忧，解释道："一说到发展产业啊，咱们农民第一个想到的就是养猪、养鸡什么的，这不好。养殖业，价格波动大，环评要求严格，而且一旦发生猪流感、禽流感什么的，就啥都没了，更别说带动全村致富了。所以，我想到了一个人，那就是你的妹妹水落支美，你们不是一户的吗？她就是你最大的优势啊！"

水落阿牛恍然大悟："你的意思是说，让我们来发展彝族刺绣产业？"

孔文瀚点点头："对，支美本来就在经营这些东西，现在我要你牵个头，召集那些擅长刺绣的妇女们一起来工作，给支美供货，我再通过我的圈子帮你们拓展销售渠道，这不是皆大欢喜的项目吗？"

水落阿牛一拍手说："真是太棒了！咱们格洛村，你随便扔一块石头都可以砸到会刺绣的女人。孔书记，你真是英明！"

"英不英明要看结果，所以你不要让我失望啊。等你成功，别说送我腊肉，你就是送我一头猪，我都不拒绝。"孔文瀚想了想说，"对了，这个事情，还必须要经过党员代表的同意，我们尽快召集党员来座谈，一起确定下来。"

翌日下午三点，包括水落阿牛在内的十二名党员陆续到了村委会，等待关于党员精准示范项目的民主座谈。孔文瀚发现，自从上次信用评级会议后，格洛村召集会议似乎变得容易了，迟到的现象也少了很多，但这次，唯有水落阿信这个村支书迟到了。

等了片刻，到会人员逐渐不耐烦起来，陆续有村民站起来到活动室外抽烟，孔文瀚担心人心散了，给水落阿信打去电话："阿信书记，三点过了，都在等你呢。你在哪呢？"

水落阿信急促地说："对不起孔书记，那边的会议我恐怕参加不了了，这边发生了一些急事，我和拉付主任正在全力解决呢。"

"什么事这么急啊？"

"最近乌美路道路拓宽工程推进到格洛段了，要拓宽路基就牵涉到征地的问题，有几户村民不满意补偿方案，带了十多个人来阻工阻路，我们正在全力协调。"

"有没有什么需要我帮忙的？"

"孔书记不是格洛村的人，对很多错综复杂的关系不清楚，所以我和拉付主任这个阶段并不打算让你参与调解纠纷。况且党员示范项目也是一项重要的工作，我们村'两委'这段时间估计都没空了，那边的事情，就麻烦孔书记全权负责了。"

电话的那头，不时传来鼎沸的争吵声，一个男人喊道："喂，不要动手——不要动手——"

水落阿信说："就这样吧，我去忙了！"

挂掉电话，孔文瀚深深叹了一口气，回到主席台上，对着众人说："阿信书记因公请假，好了，我们现在开始开会。"

医疗救助政策

为防止贫困户因病"致贫"、因病"返贫",国家为贫困户提供了优厚的医疗救助政策。

对已纳入最低生活保障范围的建卡贫困人口在定点医疗机构发生的政策范围内的住院费用,经城乡居民医保、新农合、大病保险、各类补充医疗保险及商业保险报销后的个人负担费用,在年度救助限额内给予救助。一般情况下,"五保户"是全额救助,低保户和建档立卡的贫困户则可以享受 95% 的报销比例,起付线也从 6000 元降到了3000 元。而且,贫困户就医的时候可以先看病后给钱,报销的时候可以直接结算报销后的费用,这样的举措在很大程度上缓解了贫困户们的经济压力。

此外,2016 年,中央和地方财政专项拨款用于提高大病保险保费标准,对纳入"医疗救助脱贫一批"范围的建档立卡贫困户,大病保险对其在城乡居民基本医保、新农合报销后剩余的住院费用(即原来由个人承担的部分)不设起付线和封顶线,给予全额理赔。

第十一章　德古

　　格洛村居民分布的大体格局是：乌美路从北向南贯穿全村，以格洛村村委会为中心，沿着乌美路往两侧走，各有一处居民聚集点，往北（乌宁方向）走五百米左右，是一、二组的入口处，叫做"尔扩"，从尔扩往山上爬十多分钟可抵达一、二组聚集点；往南（美姑方向）走一千米左右，则是三、四组入口处，叫做"格洛沟"，从格洛沟往山上走十五分钟左右，即是三、四组的聚集点。再往南走，就是小池塘，小池塘往外便是挖托村的地界。而沿途这一公里多的大路上，也有不少各组的村民沿路建房，由于乌美路升级改造牵涉到数量庞大的征地工作，又和脱贫攻坚的彝家新寨建设相互影响，格洛村便成为土地和住房问题的矛盾多发点，阻工阻路时有发生。

　　此时，格洛沟，两拨八人组合正对峙着：一拨是上一任村主任水落林长带领的阻工方八人，一拨是由现任村组干部和施工队组成的谈判方八人。双方都有自己坚定不移的立场，已经僵持了十多分钟，他们在等一个人的到来，他们相信这个人能给出一个双方都能信服的解决方案。

　　这个人就是银崖乡人大主席曲别那尔。

　　曲别那尔虽是人大主席，但自从乌美路动工以来，就被分派负责全乡的乌美路升级改造协调工作。尽管阻工阻路的现象各村多少都有，但像格洛村这样"一天一小闹、一周一大闹"的情况并不多见，已经成了格洛村"鸡生蛋蛋生鸡"之外的又一张"名片"，因此，曲别那尔不得不把八成的精力耗费在协调土地的问题上，每天在乡政府和农户之间来回奔波。

曲别那尔马不停蹄地赶到格洛沟，来不及喘口气就询问起情况来。

水落林长率先说："那尔主席，施工队不管村民诉求，蛮横施工，导致很多村民利益受损，我来代表他们……"

曲别那尔打断道："林长，好歹你也做过村主任，要有大局观念啊。"

曲别那尔一开口就定了调，现场气氛瞬间就凝固了一半。水落阿信趁机说："林长老表啊，这里又不牵涉到你的地，你就不要动个动代表这、代表那了，还是让当事人来慢慢说吧。"

水落林长歪着嘴说："阿信书记，你不要胳膊肘往外拐啊，怎么当了个村支书，连自己姓什么都忘了？"

"对，我是姓水落，和你们都一样，所以我不会忽视你们的利益，但是我同时也是全村的书记，所以我也不会因为姓氏就厚此薄彼。我们要讲道理，让各位把道理摆出来，我们再来按规矩说话。"

莫色拉付也说："林长，我知道你对我有意见，你们今天来的全是水落家的人，我一看就明白是什么意思。你们的问题啊，我直接就可以答复你们，但我怕你们说我对你们有偏见，所以还是找来了那尔主席，我们今天只就事论事。"

"行行行，让他们自己说。"水落林长把脸撇到一边，抽起了闷烟。

一个村民带头说了："他们施工方，把三组的自来水管道挖断了，我们已经一星期没喝上自来水了，每天都要走半个小时去井里打水！我在电视上看到，每次发生天灾，党和政府总是第一时间赶来给灾民送水送粮食，怎么到了咱们这儿……"

"停停停，只说事！我明白了……"曲别那尔叫停了对方，对施工方说，"怎么又挖断了？"

施工方无奈地说："挖坏管道，是难免的。之前我们已经给三组村民赔了一千块钱，让他们自己去修，组长后来告诉我修好了。没想到后来这个水落拉火说管道又坏了，那次只有他一个人反映，我们想息事宁人，都懒得去考察，又给了他五百。这已经是第三次了！怎么三组其他村民不反映，就他老是在反映呢？"

"好，下一个问题。"曲别那尔一边在笔记本上记录，一边说。

"我是对征地赔偿方案有意见，你们说一亩地赔 30700 元，我没意见，但我家的地，你们给我测出来是 1 亩，明显少了，应该是 1. 15 亩。"

曲别那尔问施工队："是不是这样？"

施工队员说："这个，我们只负责施工，测量面积我们不管的。"

莫色拉付便对曲别那尔解释说："这个我来说。他家的地是斜坡，他按斜坡面积算，是不是 1.15 亩我不知道，但测量标准是按投影面积来算的，那确实是 1 亩，合同上他是签了字的，村委会也签了字。对，当时就是水落林长签的。"

水落林长立刻反驳道："我是签了字，但那是身不由己，没办法！现在我不属于村'两委'了，但勾三股四弦五的道理我还是懂的。为了村民的利益，我个人认为，就应该按照斜坡面积算！我代表村民，要求变更！"

施工方说："你这不是笑话吗？"

曲别那尔赶紧制止，说："下一个。"

"我也是对补偿合同有意见！我签字以后，才看到我阿达写的遗书，原来在我们那块地下面，埋有我家世代相传的宝藏，如果不追加补偿，我就去把硬化路砸了，我挖我家宝藏去！"

……

见后面的村民一个比一个说得离谱，曲别那尔停止了询问，对着众人苦口婆心地说道："各位乡亲，你们要有大局观啊，县委下决心升级这条乌美路，是因为这是一条扶贫之路、生命之路啊！等路修好了，交通方便了，越来越多的人就会来我们银崖旅游，经济不就发展起来了吗？大家口袋里不就有钱了吗？目光放长远一点，不要只盯着眼前这点利益嘛！"

水落林长不屑地说："道理说得蛮好听，说白了，就是要我们牺牲自己的利益，好为你们的政绩做贡献嘛。其实啊，咱们老百姓也是讲道理的，要我们作出牺牲，可以！可为什么光要我们沿路的村民牺牲啊？难道那些住在山上的村民，就只享受交通的方便，不用牺牲了吗？这不公平，大伙儿说，对吧？"

"对！对！"

"我们要公平！"

曲别那尔心中泛起了一股无力感，他一个 58 岁的老干部，眼看就要退休了，没料到职业生涯的最后，还被分派来啃乌美路这块硬骨头。作为一个有风骨的共产党员，硬骨头也不是不能啃，可是他一无权、二无钱，唯一能做的就是兢兢业业地跑腿、苦口婆心地劝说。最开始，村民们念着他是个高风亮节的老干部，还能给几分薄面，可自从今年村"两委"换届以后，矛盾的争议点越来越带有私人恩怨的味道，让他愈发力不从心。

他终于无力地说了一句："这世上哪儿有绝对的公平？"

水落阿信也看出来了，也许从今天开始，矛盾将随着乌美路工程进度的推进不断升级，想了想，说道："好吧，既然要公平，咱们就用彝胞的方式来解决吧。我把阿达叫来，让他来还大家一个公平！"

水落林长愣住了，嚣张的气焰收敛了几分。

莫色拉付问："你真要动用《德古调解法》了？"

水落阿信说："没办法了。"

水落林长和众人窃窃私语了一番，然后说："好，水落达夫是老德古了，他来主持公道，我们服气！"

他们口中的"德古"，便是彝族自古形成的民间"法律人"，一般由德高望重的中老年人担任，他们阅历丰富、能言善辩，能根据彝族的习惯法，不偏不倚地调解民间纠纷。在今天，德古在本家族、家支的纠纷，甚至村寨与村寨的纠纷中，仍扮演着"和平使者"的角色。很多法律难以化解的矛盾，请德古出来做个评判，更加简单而有效。

德古也并不由谁来指派或是需要考取什么资质，只要一个彝人能常常成功调解纠纷，就会自然而然地被村民奉为德古，反之，一个再德高望重的德古，一旦出现了一两次的不公，也会很快失去资格。乌宁县正是看中了德古至今仍在彝区深远的影响，所以取其精华、去其糟粕，根据法治的精神制定了

《德古调解法》，为地区的稳定作出了巨大的贡献。

水落阿信的父亲水落达夫便是格洛村唯一的德古，在村里有着极高的威信，他曾经也盼着子女能成长为新一代的德古，然而水落阿信有别的追求。他们一位选择了民间传统，一位选择了现代制度。此刻，"制度"拨通了"传统"的电话，说："阿达，格洛沟这边有点事，麻烦你过来调解一下。"

另一边，格洛村村委会中，在孔文瀚的主持下，党员代表们就党员精准示范项目的议题展开了激烈的争论。

有代表提出："孔书记，搞什么刺绣啊？农民靠山吃山、靠水吃水，格洛村有的是地，山顶上那个望月坪，还有一百多亩平坝，为什么不利用起来喂羊呢？"

立刻有代表跟上说："不一定要喂羊，我看养牛更好，牛值钱！"

孔文瀚对各种情况做过评估后，早就打定主意推广刺绣项目，是有备而来："各位说的情况我都了解过了。我首先要告诉大家，要发展养殖业是有困难的，为什么？大家都知道，我们国家现在不光在抓精准扶贫，环保问题也是重中之重，而且乌宁县政府已经把觉依镇规划为重点打造的彝族风情小镇，要发展'三乡一镇'的旅游业，因此我们这里允许散养牲口，但规模化的养殖业是不鼓励的，这就是为什么我建议大家选择没有污染的刺绣产业。"

又有代表说："孔书记，那不喂牲口也可以搞种植啊，那枫坪乡不就种了两百多亩药材吗？还上过西佳新闻的。"

孔文瀚笑笑说："枫坪乡的药材种植确实搞得风风光光，可是那只是表面现象。后来这个项目被问责了，还上了'佳廉话'节目，为什么？因为管理不善，无专人看护，导致药材坏掉了。"

又有代表说："可是我还是觉得不妥，农村人就懂这些东西，农产品产出来了，卖给谁，多少钱，我们心里都有一本账，我们觉得踏实啊！"

孔文瀚胸有成竹地说："我这么跟大家算一笔账吧，我了解了一下格洛村的情况，会刺绣的妇女占了八成以上。一件男士衣服，成本 200 元，20 天可以织好，卖 1000 元，20 天就能赚 800 元，一个月就是 1200 元；女士的衣服利润则更高。所以，只要家中有人懂刺绣，光这一项就能给大家带来不少收入了。而种植业的平均成本率是 40%，养殖业则是 60%。更重要的是，各家搞刺绣的同时，完全不影响你们发展零散种养殖业，这样下来，谁家一年收入还没有个两三万块钱啊？"

"账是可以这么算，可那是天天有订单的情况，我们织那么多东西出来，卖给谁啊？"

孔文瀚得意地说："这就是有帮扶单位的好处。我们西佳师范学院，教职工有一千多人，学生有一万五千的样子，精准扶贫已经是全社会的热点，我们学院也在大力宣传。很多老师都在问我，说孔老师，你们村有什么特产啊，只要你说一声，我们都来买。你说，我要是卖猪、卖牛、卖药材给人家，人家会要吗？但刺绣就不同了，城里人很喜欢这些手工编织的原生态艺术品，别说一件，有的人一口气可以买三五件送人！这还光是我们学院一个渠道，更别说水落阿牛的妹妹水落支美，本来就在做服装生意，只要有货源，我们就可以通过实体店和网络不断把渠道打开！"

孔文瀚说得有理有据，从代表们的眼神可以看出，他们的疑虑正在消除，认同感也在慢慢建立，但最后有人说："孔书记的话我们可以相信，刺绣可以做，但是我不同意让水落阿牛来牵头！"

说话的这个党员叫莫色军体，曾经是一组的组长，还是格洛村年纪最大的党员，今年88岁。

水落阿牛立刻做出强烈的反应："我凭什么不行啊？"

莫色军体咳嗽两声说："你在银崖乡是什么口碑，你比我们更清楚。"

"老同志质疑得有道理，我也知道大家对水落阿牛有很多意见，我在这里也不好说什么。"孔文瀚对阿牛说，"阿牛，能不能说服大家，就看你自己了。"

水落阿牛清了清嗓子，调整了一下坐姿说："是，如果我来牵头，通过这个项目，我三年可以获得两万多的补贴，但是县委组织部有明确的要求，既然是示范项目，我就要起到带领大家致富的作用。我，水落阿牛，过去的确做了一些自私自利的事情，但是我已经……我已经洗心革面了。在这里，我向大家保证：我获得的补贴，绝对不会用在个人的挥霍上，我一定定期组织优秀的村民外出学习，也一定聘请专家来格洛村给大家培训！更重要的是，我一户人是织不出那么多产品的，我的钱，前期全部用于补贴村民的材料成本，让大家零成本完成产品，卖出去以后，我再把成本收回来，实际上，受惠的是全村人啊！我对我说的话负责，请孔书记监督，也请大家监督！"

孔文瀚满意地点头微笑，对代表们说："这样的承诺，你们满意吗？"

"好，水落阿牛，你这样的话，我还是爱听的，希望你能说到做到！咳咳……"莫色军体咳得厉害，用手捂着嘴，不再

115

作声。

孔文瀚又问："其他人还有什么意见吗？"

见大家纷纷摇头，孔文瀚主持道："好，那么我们现在就举手表决，同意把格洛村党员精准示范项目交给水落阿牛牵头的同志，请举手。"

在场众人的手高高低低地举起。

"好，项目通过！那就请大家在今天的会议记录上签字吧。"

这样，孔文瀚和水落阿牛要过的第一关，就在争议声中有惊无险地过去了，但两人都无从预料，接下来要面对的难关，会如此惊天动地。

党员精准示范项目

党员精准示范项目，顾名思义，即由党员户来牵头，发展产业，起先锋模范作用，并以此带动其他贫困户勤劳致富的项目。牵头人应优先考虑党员中的贫困户，若该村所有党员都非贫困户，则不受此限制。

政府会对党员精准示范项目给予一定的补贴，因此项目的实施需要经过严格的审批程序。具体来说，应选择劳力投入较小、风险较低、技术简单易学、效益提升稳定、带动辐射广泛、在短期内能见成效的项目。程序上，党员精准示范项目由村党组织"第一书记"提议，村党组织集体研究，乡党委审核后报县委组织部门审批，同意后方可实施。

项目在完成初期工程之后，第一书记和村"两委"应对其进行验收，验收合格的，报请县委组织部发放补贴。补贴分三年兑现。

由于党员精准示范项目在脱贫攻坚中的重要性，帮扶单位也往往会对结对村的党员精准示范项目进行重点扶持。

第十二章　希望

一周之后，各村党员精准示范项目的申请有了批复。

这天，孔文瀚洗完衣服正在晾晒，手机响起，点开一看，是银崖乡党委群发来的消息："县委组织部已经对各村党员精准示范项目审批完毕，请各村第一书记速来乡政府领取申请表。"

银崖乡政府就坐落于格洛村尔扩地段下方一块平坝上，平坝大半部分被乌木河包围，宛如一个小岛，离村委会、村小学都只有五分钟路程。孔文瀚轻松地来到组织委员办公室，却被银崖乡组织委员刘亚东当头泼了一盆冷水："真是遗憾啊孔书记，全乡七个村，另外六个的项目都通过了，唯有格洛村的没有通过。"

"什么？"孔文瀚心里像被刀戳了一下，抢过申请表一看，下方的三个格子，分别需要村、乡、县一一盖章，前面两格都有"同意"二字加公章，唯有第三个格子里批注着："不同意。"

"怎么会这样？难道不允许发展刺绣产业吗？"孔文瀚惊讶地问道。

刘亚东耸耸肩说："我也不知道啊，这个，你直接打电话问一下县上好了。"

"县委组织部电话多少？"

刘亚东指着墙上的一份通讯录说："这儿。"

孔文瀚心急火燎地拨出电话，他不敢想象，这个好不容易在村上通过的项目，如果最终失败，他将要面对一个多么失望的水落阿牛。

电话通了。孔文瀚问："喂，是县委组织部吗？我是银崖乡格洛村的第一书记孔文瀚，我想问一下，我们村的党员精准示范项目为什么没有通过啊？"

对方客气地说："你好，孔书记，党员精准示范项目都是白部长亲自审批的，不过你们村的情况我倒是知道一点，项目应该说没有问题，白部长也表示很看好刺绣这个项目，但是，你们选的党员不行。"

孔文瀚说："你是说水落阿牛吗？他为什么不行啊？"

对方说："孔书记上任一个多月了，应该听说过格洛村的'鸡生蛋蛋生鸡'吧，就是这个水落阿牛搞出来的。他身为党员，不洁身自好，现在还在留党察看期间，这样的人怎么能当示范户主呢？"

"留党察看？"孔文瀚心里懊悔不已，当时怎么就忘了问问水落阿信党员的基本情况呢。

事已至此，孔文瀚只好问："那现在我应该怎么办？"

对方说："你们要么重新选一个党员来牵头，要么放弃这个项目。"

孔文瀚想了想说："这个项目，水落阿牛就是最合适的人选，他的妹妹就在乌宁经营彝族服饰，除了他，我实在想不出第二个合适的人，麻烦你帮我跟白部长说一下好吗？"

对方为难地说:"孔书记,不是我怕麻烦,也不是故意刁难你,你是市里派驻的第一书记,对村里的情况也比我熟悉多了,你亲自来组织部,和白部长谈谈,会比我们转达更有效率。为了表达诚意,你还可以把水落阿牛一起带来表决心,争取打动白部长。你觉得呢?"

孔文瀚想想确实是这个道理,便问:"那白部长什么时候在办公室呢?"

"你等等。"对方停了一下,和其他人低声交流了几句,然后回答孔文瀚说:"孔书记,其实,全县,就你们格洛村一个村没通过审批,所以我不知道白部长对那个水落阿牛是什么看法。另外,白部长后天要出差一个星期,所以明天就是最后的机会了。要不要见白部长,孔书记自己决定,但是我个人建议,还是算了吧,换个党员来牵头,这样明天一定可以批下来。"

"这样啊……"孔文瀚犹豫着说,"好的,我考虑一下,明天来县委组织部拜访你们。"

挂掉电话,孔文瀚脸上阴云密布,待在原地若有所思。

一旁的刘亚东见状问:"你明天真的打算去县委组织部吗?"

"是的,错过明天,这个事情就彻底没戏了。"

"唉。"刘亚东叹口气,为难地说,"孔书记,有些事情我本来不该提前告诉你,但听你这么一说,我得提醒你一下:市委组织部现在正在乌宁暗访第一书记的工作情况,据可靠消息,明天暗访组就要来银崖,要查你们的到岗情况,还要查'五个一'帮扶资料。"

"什么?暗访组要来?"孔文瀚大惊失色,"我还什么资料都没有做啊！照你这么说，我得赶回去熬夜补资料了！"

"五个一"驻村帮扶，是以第一书记为首的帮扶体系，包含帮扶单位、联系领导、驻村工作组、第一书记和农技员。孔文瀚就任之前参加培训，就知道有市委组织部的文件里对"五个一"资料有详细的要求：一共分为五大类、27个大项、115个小项。

"真是见了鬼了！为什么偏偏是明天？怎么办？"孔文瀚急得像热锅上的蚂蚁。

刘亚东安慰道："我觉得没什么好纠结的，因为根本没得选。"

孔文瀚问："什么意思？"

刘亚东淡淡一笑，解释说："党员精准示范项目审批不下来，不是孔书记你的责任，你已经尽力了，是水落阿牛不行，所以，取消这个项目，也没人会说你什么。但是'五个一'检查就不一样了，我说句难听的，你们第一书记下村来，就是什么也不做，只要把'五个一'资料做漂亮了，那就是合格的第一书记。所以别想着去乌宁了，你今晚把资料补上，明天好好迎接检查吧。"

离开乡政府，孔文瀚拿着那张没有通过的申请书，步履沉重地往水落阿牛家走，那原本不远的距离被拉得好长，孔文瀚真希望永远不要到达终点。

水落阿牛正在院子里帮水小伟清洗鼻孔。水小伟坐在小板凳上仰头向天，水落阿牛半蹲着用棉签蘸着药水在水小伟的鼻孔里面清理。看到孔文瀚朝自家走来，阿牛停下了手中的事情，抬了根板凳到孔文瀚跟前，招呼道："孔书记，来，坐。"水小伟则独自回到房间里。

"小伟的情况好些了吗？"孔文瀚问。

水落阿牛似有为难地说："反正上次我们去买的药，都在坚持使用，孔书记送的空气净化器，我们也随时都开着的，应该说，还是有点作用的。"

孔文瀚朝屋子里望望，水小伟正就着茶几写作业，旁边的空气净化器正有节奏地喷出白雾。

毫无疑问，水小伟的病情并未有多大好转，但水落阿牛不便明说。

"嗯，按照医生的嘱咐，坚持使用吧。"孔文瀚叹口气，低沉地说，"我今天来是想告诉你一个不太好的消息，你的党员精准示范项目，县里没有给批。"

水落阿牛脸上的笑容立刻消失，问："为什么啊？"

"他们说你现在还在留党察看期间。"孔文瀚话锋一转，安慰说，"不过阿牛，我相信你已经有所改变了。"

水落阿牛问："那我们还有办法吗？"

孔文瀚摇摇头说："该争取的我都已经争取了，对不起。"

水落阿牛默默地站起来，无助地看着屋内的水小伟，表情复杂，然后他稳了稳情绪，强笑着对孔文瀚说："孔书记费心了，你做了那么多的工作，也为格洛村策划了那么好的产业，是我不争气。在那么多人放弃我的时候，只有你看得起我，这份情谊，我会记住的……今天就留下来吃个便饭吧，我让老婆给你烤个鸡翅。"

孔文瀚坚决地推掉，赶回宿舍，从资料堆里翻出了一份市委组织部的文件。

那是"五个一"资料的制作规范，孔文瀚觉得上面的每一条内容都那么沉重。

他点燃一支烟，一行一行往下看：村级年度脱贫计划、帮扶单位年度帮扶计划、驻村工作组年度工作计划、制订各年度计划的会议方案和记录、驻村工作日志、"五个一"驻村帮扶台账、"五个一"考勤表、每周召开一次村级例会会议记录、"一户一策"实施方案、农村党员包户脱贫行动台账、"一村一品"农业产业发展规划、党员精准示范项目实施方案、致富带头人培训台账、"农民夜校"活动方案、"民生、问题、稳定"三本台账……

还没看完，他把文件扔在一边，吐了一口烟，自言自语了一句："这是在耍我吗？"

此时已是正午时分，孔文瀚算了算，即使不吃不喝不拉不睡觉，到明天也不可能全部补完。

正好，微信群里传来了乡政府的通知："紧急通知：明天市委组织部暗访组将到银崖检查第一书记到村情况及'五个一'资料完成情况，请各位第一书记务必高度重视，当作重要的政治任务来对待，今天内全部补完，务必满分通过。"

消息连刷了三遍，一股怒火在孔文瀚的胸口燃起。"政治任务？满分通过？呵呵。"他拿起手机，拨通了水落阿牛的电话："喂，阿牛，告诉你一个好消息，县委组织部的人说咱们的项目还有希望，我明天开车和你一起去县委组织部找白部长，你做好准备。"

孔文瀚想，反正时间已经不多了，就算为格洛村最后做一点实事来作为告别吧。

第二天，在颠簸的山路上，孔文瀚一边开车一边接着电话。电话是银崖乡党委书记介古木来打来的，他用急促的语气说:"孔书记,你在哪儿?暗访组已经来了,其他六个村的第一书记也都把资料抱来了,就差你了。"

孔文瀚淡淡地说:"你好,木来书记,我正在下乌宁的路上,我和水落阿牛准备去找县委组织部谈党员精准示范项目的问题,你们就不要等我了。"

"什么?"介古木来严厉地说,"孔书记,哪一头更重要,你心里不清楚吗?其他事情或许还可以替你挡挡,但今天这事情,你要我怎么办?"

孔文瀚大笑几声说:"当然是老百姓的利益更重要啊。木来书记,今天这事情啊,你不用帮我挡,就照实说我到县里出差好了,至于那资料嘛,我没做完,你也照实跟他们说好了。怎么处理,悉听尊便。"

介古木来遗憾地说:"孔书记,你话说到这个份上,我就真没办法了。"

"好的,辛苦木来书记了。"孔文瀚笑笑,挂掉了电话。

电话开的免提,水落阿牛坐在副驾驶座位上听得清清楚楚,惊讶地问道:"孔书记,你这么做,真的没关系吗?"

孔文瀚强装淡定:"有关系,会被通报吧,全市通报,再抄送一份给我原单位。"

"那还去乌宁干啥?快回去吧。我们改天再去找组织部。"

"来不及了,白部长明天就要出差,今天是最后一天。"

"那我不要这个项目了还不行吗?"

"我不光是为了你啊,也是为了整个格洛村。"孔文瀚一直牢牢地盯着前方,在扑面而来的尘土中找寻着方向,说,"自从我想好了刺绣这个项目,我就仿佛已经看到了格洛村的未来。咱们中国人心里都有一个男耕女织的田园情怀,而你们兄

124

妹，就是我们的希望。只有搞起了产业，全村才会实现造血功能，这，才是脱贫的长远之计，才是真正的'鸡生蛋、蛋生鸡'！只要这一天实现，无论我个人经历了什么，又有什么关系呢？"

水落阿牛张大了嘴巴，问："孔书记，你为了我们，做到这一步，这是何苦啊？"

孔文瀚想了想，淡淡地说："拿你的话来说……就当是我的报应吧。哈哈。"

在县委组织部，孔文瀚、水落阿牛和白部长相对而坐。

听完汇报，白部长说："你们的情况我了解了，诉求我也清楚了，水落阿牛，你在银崖干的那些'好事'，我就不多说了。你给我一个承诺吧，如果你获得这个项目，你打算怎么做？"

水落阿牛看了看孔文瀚，孔文瀚递了个眼色，提示他按原计划如实讲述。

水落阿牛突然用一种解脱的语气说道："我昨天晚上准备了很多话，想着今天怎么来说服白部长，可是这一路走来，我突然不想说那些套话了。我，水落阿牛，从内心里都觉得自己配不上组织这么多的关心，也配不上那两万块钱补贴。真的，白部长、孔书记，我最近常常在反省自己，曾经那个正直的孩子去哪里了？那时候，我为了写好一份入党申请书，真是出现了一个错别字都要重新写一遍，我没文化，一共写了十五次才写好……可后来，精准扶贫来了，大家都看着那点利益，你争我夺，把我的心也搞乱了，玩什么'鸡生蛋蛋生鸡'的游戏，领导看不起我，连我妹妹也看不起我。其实啊，如果我今天碰到两个月以前的我，我也一定会狠狠揍他一顿你们相信吗？我留党察看，我活该！今天，我水落阿牛要再为了这两万块钱绞尽脑汁说服白部长，那我永远也无法告别那个卑微的自己，所以我向两位领导承诺：钱，我不要了！你们批给我，我也全部拿去给其他贫困户买原料，真的！"

孔文瀚听得呆了，说："我没听太懂，原计划不是说用这些钱垫付原料费吗？卖了以后不是还要把成本收回来吗？"

水落阿牛大笑道："一分不收了！孔书记，不是只有你会奉献会牺牲，我阿牛也会，不是要让户主起示范作用带动全村吗？我就这么带动，我高兴、我乐意。哈哈哈。"

白部长在一旁鼓起了掌，喜出望外地说："浪子回头金不换啊，水落阿牛，你说的这些，我服！来，把申请表给我。"

一个鲜红的印章盖在了新打印的申请表上。

"五个一""三个一"

"五个一"驻村帮扶是四川省独创的帮扶机制，具体为：为每个贫困村选派一名联系领导、一个帮扶单位、一名第一书记、一个驻村工作组、一名驻村农技员。其中第一书记为帮扶单位正式职工，需全脱产在贫困村工作，其他力量无需全脱产。

由于第一书记脱产的特殊性，实践中，第一书记往往代替整个"五个一"帮扶力量接受检查。

与"五个一"驻村帮扶对应的是"三个一"驻村帮扶。即为有建档立卡贫困户的每个非贫困村选派"三个一"帮扶力量：对有20户以上贫困户的非贫困村全覆盖选派第一书记、农业技术巡回服务小组、结对帮扶责任人；20户以下贫困户的非贫困村全覆盖选派贫困户帮扶责任人，确保贫困群众困难有人帮、发展有人扶。"三个一"中的第一书记无需全脱产，但要保证每个月驻村时间不低于十天。

第十三章 缘分

"老板娘，点菜!"

"喂，老板娘，我们要吃饭!"

东风饭店的老板娘心不在焉地把菜单扔在孔文瀚和水落阿牛跟前，正眼也不看他们一眼，说了一句"点好了叫我"，便自顾自地回柜台处理其他事情。

孔文瀚耸耸肩说："尝过乌宁好多馆子，这里的人基本都是这个态度。"

"算了，孔书记，今天咱们高兴，就别想这些无聊的事情了。"水落阿牛点好了菜，看了看时间说，"我给支美发一条微信，叫她可以过来了。"

孔文瀚默默地看着手机，那昔日热闹的工作群很是安静。想来，银崖乡六个村的第一书记此刻恐怕还在挨个给暗访组一个资料一个资料作着解释，来证明自己的尽职履责；暗访组的人会擦亮自己的"火眼金睛"找出"五个一"资料里面的问题。他们最喜欢说的一句话就是："如果我检查不出你们的问题，那就是我们的问题。"银崖乡政府的干部则会努力地在双方之间周旋，来证明自己对帮扶干部的严管厚爱。

事实上，每一次检查，前几天开始，全乡就笼罩在紧张的气氛中，让每个身在其中的人无法抽身。一些来乡政府办事的老百姓此时便会见到一群忙里忙外的乡干部、村干部，面色凝重，脚步飞快，似乎连说上几句话的功夫也很难挪出了。

孔文瀚曾经多次对过频过多的检查、暗访吐槽，今天终于不计后果地抛开了这一切，痛快之余，也深深明白今天的一句"悉听尊便"意味着什么，但他毫无遗憾，因为，他已经帮格洛村搭好了通往未来的桥梁。

水落支美几分钟后满面春风地来到东风饭店，问："你们的事情办得怎么样了？"

相由心生，她看起来比上一次见面还要漂亮，孔文瀚调侃道："非常顺利，你得做好心理准备啊，你哥哥啊，未来就是你最大的供货商啦！"

"是吗？你们的那个什么什么示范项目，拿下来了啊？"

饭菜上齐，三人动起了筷子，两人便你一句我一句地把事情的前因后果向水落支美娓娓道来。

听完，水落支美兴奋得像个小孩子："太好了，我那个勤劳正直的阿牛哥哥又回来了，孔老师，这可真是你的功劳啊！"

"哪里哪里，也有支美的功劳啊。"

"我这里还有一句话要说……"水落阿牛尴尬地笑笑，酝酿了几秒，说："孔书记，这贫困户，我不当了。"

孔文瀚一愣："你是同意我们把你的贫困户身份清退了吗？"

水落支美一听，立马兴奋地说："当然得清退了！你想想，那个党员精准示范项目，之所以选择我们这一户，还不是因为你妹妹我在城里做服装生意，能帮乡亲们出货！我啊，就是你的招财猫，你得把我留在你的户口上，乖乖接受清退吧。"

"你这小丫头，你哥哥我是那么势利眼的人吗？我压根儿就不是这个意思。"水落阿牛语重心长地说，"今天，我坐在孔书记车的副驾上，想明白了一个道理，为什么人有三六九等，是因为他们生来就注定了吗？我以前觉得是，但现在我要说：不是。"

孔文瀚停止了手中动作，抬起头来，想倾听他的心声。

水落阿牛举起了酒杯，对孔文瀚说："乡政府门口贴的标语说得好啊：'真是贫困户，大家来帮助；争当贫困户，吓跑儿媳妇。'唉，为了不吓跑我将来的儿媳妇，为了将来我能有资格永远坐在你们这样的人身边，我必须向你们靠拢，第一步，就是得摘掉贫困户的帽子，摘掉那个没心没肺的阿牛哥哥的穷根！"

"'没心没肺的阿牛哥哥'？嘿嘿，支美骂你的话，你还真听进去了呢！"孔文瀚心里的坚冰彻底融化了，与水落阿牛碰杯后，释怀地说："好，在我离开之前，我一定把这个事情办妥！"

水落支美不解地问："孔老师，你说的离开，是什么意思啊？"

孔文瀚便把市委组织部暗访的事情作了解释。

水落阿牛不甘地问："就算是通报，也不至于有这么严重吧？"

孔文瀚满不在乎地说："严不严重，也不过是回西佳师院当个普通老师而已，我来这一个多月，能为格洛村做几件实事，已经圆了我一个梦，没什么好遗憾的了。不管以后我在哪里，做什么，我都会关注咱们格洛村的发展。"

"也对，咱们不要把你拴在这旮旯，孔书记的未来无可限量。"水落阿牛豪放地说完，好像突然想到了什么，再次举起酒杯，懊悔地说，"孔书记，还有一个事情请你原谅，你的车胎，是我扎破的……我现在非常后悔，多少钱？我赔你。"

孔文瀚碰杯，贼贼地说："阿牛，你不说我也知道，除了你还能是谁？要不你就赔三千吧，你看啊，我这车胎可以帮我搞运输，帮我挣钱，挣了钱，又可以买更好的车胎，然后又可以帮我挣钱，你说，你这一扎，扎掉我多少钱啊？"

水落阿牛为难地说："孔书记还记恨着我呢。"

"哈哈哈哈哈！"孔文瀚大笑儿声说，"看把你愁的！钱，我就不要了，你如果真想赔我，那就干出一番名堂来！你有事业心，又有一个这么漂亮这么能干的妹妹，我祝你幸福！"

两人一饮而尽，水落阿牛仿佛下定了决心似的说："好！既然孔书记看得上支美，我这当哥哥的就做个主，把支美嫁给孔书记好了！"

孔文瀚听到这话，嘴里的啤酒差点喷出来："啊？说哪儿去了……我从来没有这个意思啊！"

水落支美的脸也"唰"的一下红了，责骂道："哥，你喝多了吧？都什么年代了，你还守着那旧时代的一套。"

水落阿牛不解地问："难道不是这个意思吗？"

水落支美忙不迭地解释道："孔老师别听他瞎说，我们老彝胞，以前是不能随便夸哪个女人漂亮的，尤其不能在哥哥面前夸他妹妹漂亮，只要夸了，那就是要和她处对象的意思啊……"然后又继续责怪水落阿牛："现在城里，男的都叫帅哥，女的都叫美女，就用来区分个性别而已。"

水落阿牛恍然大悟地说："这样啊？原来孔书记不是真心

认为你长得漂亮。"

孔文瀚立刻摆着手道："不不不，支美确实很漂亮，但我也确实不知道你们彝胞的规矩……"

"哎呀，哪儿还有什么规矩？"支美羞答答地说，"再说了，孔老师一个名牌大学毕业的硕士研究生，怎么会看得上我一个小县城里的女生嘛！"

"扎个车胎赔个妹妹，难道还亏了不成？"水落阿牛借着酒劲，干脆地问，"行，管他规矩不规矩，反正话已经搁这儿了，我就问一句：孔书记，你看得上我家支美不？"

看着水落支美那慌乱得如同小鹿的可爱样儿，孔文瀚的心里泛起了一股甜蜜的情愫，他找回了节奏，化被动接招为主动出击："第一，我从来不认为学历有什么重要的，一个人，重要的是要有良好的品性，支美已经不断地证明了这一点；第二，支美让我想到了一句古诗'云想衣裳花想容，春风拂槛露华浓'，哪个男人能不动心呢？不过感情、婚姻什么的，还得看缘分是吧？"

水落支美不敢和孔文瀚的眼光正面交汇，腼腆地笑笑说："就是就是，交给缘分吧。"

虽然是水落阿牛强扭的对话，但两人心里不可能装作什么都没发生过，原本没有火花的两个孤点，到底还是被接上了通道。在孔文瀚的心中，"格洛"二字渐渐有了新的含义。

西佳市是一个有悠久历史底蕴的文化名城，不管新城区这些年来如何发展，孔文瀚始终对老城区情有独钟，每周末回老城区铜铃街18号母亲经营的"三妹烧麦店"吃一顿烧麦，是他的必修课。

说到三妹烧麦，在西佳可是无人不知无人不晓，从孔文瀚有记忆开始，他母亲蒋如珍就在这家门店内忙上忙下，那熟悉的香味伴随着孔文瀚一天天长大。经过二十多年的苦心经营，如今三妹烧麦在西佳又有了两家分店。

蒋如珍把热气腾腾的一笼烧麦端到孔文瀚面前，看着儿子大快朵颐的吃相，若有所思。

待孔文瀚用餐完毕，正用纸巾擦着嘴巴，蒋如珍开口说："文瀚，跟你说个事情，你三爸最近给你相中了一个姑娘，在交通局上班，26 岁，你能不能安排个时间见一下？"

孔文瀚一听又要给他安排相亲，抱怨道："唉，妈，跟你说过多少次了，我的个人问题，你们就不要瞎操心了，我自己会解决的。"

蒋如珍叹口气说："我知道你嫌我们烦，要是前一两年，我也就不多说什么了，你总是说自己会找，叮是我和你爸连个人花花都没看到！下个月你都 30 岁了，人家都说男人三十而立，你说我们这心里能不着急吗？"

"知道啦。"孔文瀚不耐烦地敷衍道，"你就再给我一年的时间好不好，我保证，如果 31 岁以前女友还没着落，你们就是给我介绍个歪瓜裂枣我都答应。"

"瞧你说的，我儿子什么条件我们心里还没个数啊？怎么着，也得过我们老两口这一关啊。"蒋如珍停顿了半晌，忧伤地说，"唉，还有一个事情得跟你说一下，你不要太难过，哆哆前天去世了。"

"什么？哆哆不在了？"孔文瀚瞪大了眼睛，不敢相信自己的耳朵。

哆哆是孔文瀚父母养的一条纯白博美犬，四年前孔文瀚研究生刚毕业时，老两口去狗市一眼相中，买回家便一直养在身边。孔文瀚没有跟父母住在一起，与哆哆的接触不多，感情并不深厚，可此刻还是难以抑制内心的忧伤，问："哆哆才四岁啊，怎么会死呢？"

"前几天小区里放老鼠药，哆哆肯定出去吃了一些，回家不到半个小时就不行了。"

孔文瀚稳了稳情绪说："话又说回来，不是我说你们，好端端的干吗要养条狗啊，麻烦不说，它不在了，搞得人多难过啊。"

蒋如珍不悦地说："所以我说你这孩子，读书是把好手，但有时候人间烟火还是懂得少了点。当年你爸为什么非要养狗啊，还不是因为你迟迟不给我们找个媳妇儿回来。你知道人老了，儿女不在身边，想抱孙子也抱不了，望着空荡荡的房子，一个说话的人都没有，那是种什么滋味吗？"

孔文瀚无言以对，低着嗓音说："那接下来你们有什么打算？再买一条吗？"

"不买了……不养了……"蒋如珍环顾了一圈店铺说，"现在哆哆不在了，你又长期待在乌宁的大山里，我昨天和你爸商量了一晚上，作了一个决定：咱们这三妹烧麦啊，是时候转租出去了。"

"你们要把这店转租出去？"孔文瀚又瞪大了眼睛，"妈，这可是大事，你们可要想好啊！"

蒋如珍淡淡地笑笑，语重心长地说："当然要想好，我们有这想法也不是一天两天了。你爸今年就要退休了，我长年在店上忙活，腿脚也不好使了。我们啊，劳累了大半辈子，也该好好享一下清福了，等过两年有孙子了，我们又有的忙了。所以呢，趁着这点间隙，我和你爸准备好好出去转转，去看看祖国的大好河山，再出国去溜达溜达。对了，我们甚至想过了，报一个印度的团，也去儿子曾经奋斗过的地方好好感受感受。"

孔文瀚顿时感觉到了一股无以名状的忧伤，此刻看见母亲那业已花白的头发，那皱纹泛起的眼角，他才突然发现，原来自己已经好久好久没认真端详过母亲的脸庞了。

"从我有记忆开始，这店子就好像已经成了我的另一个家，我都还记得，小学的时候，旁边是一家冠生园，再过去是天涯相馆，我们这门口有一个墨绿色的邮箱，后来，都拆了。邻居变成了服装店，又变成了手机店，那邮箱变成了 IC 电话亭，再后来，就什么也没有了。只有咱们这三妹烧麦从来没有变过，我从来没有想过，它会有结束的一天。"

蒋如珍自嘲地说："可惜啊，当时你妈妈我是三妹，后来就成了三姐，现在呢，人家小孩都叫我三奶奶了。"

"是啊，可是你和爸这三十年来，还真没怎么出去旅游过呢。"孔文瀚点点头说，"行，凡事都讲个缘分，这店子陪咱们走过了三十年的风风雨雨，缘分尽了，就高高兴兴地送走它吧。你们是该好好享受一下生活了。"

蒋如珍三句话不离主题地说："反正也就当放个暑假，你刚答应了的啊，一年之内，给我找个媳妇儿回来，两年之内，我们得抱上孙子。"

孔文瀚小心翼翼地问："那，要是我找个彝族的女朋友回来，你们会不会支持啊？"

"支持！当然支持啊！只要是你喜欢的，我们就喜欢。"蒋如珍面露喜色地问，"哟，怎么？你跟妈老实交代，是不是下去以后已经给哪个彝族阿米子看上了?"

"哪那么快啊?"孔文瀚赶忙否认,"我只是说,我现在这环境,接触的基本上都是彝族人嘛,那万一真碰上了,还得先有个心理准备不是?"

"好,好,管他彝族汉族,你就是讨个印度老婆回来都行,咱们就一个条件:孝顺。"虽然还是没问出个所以然,蒋如珍已经笑得合不拢嘴了,直觉告诉她,抱孙子这个心愿,不会让她等太久了。

第十四章 初心

第二个星期，毫不意外地，通报文件如约而至。

文件中，暗访组对各乡各村的问题进行了通报：年度帮扶计划缺少领导签字，两次周例会间隔时间大于十天，"民生、问题、稳定"台账记录过少，两期农民夜校没有图片支撑，工作推进会缺少签到表，党员精准示范项目申请表只有复印件没有原件，驻村工作台账与工作日志对应不上……

唯有格洛村的通报简洁明了："第一书记对抗检查，无法提供任何资料。"

西佳市第一书记群里也传达了这份通报文件，不多时，有好事者对此进行了回复。

"我还是第一次看见'对抗检查'呢。"

"孔书记，怎么做到的？"

孔文瀚握着鼠标的手有些颤抖，他有些害怕，但更多的是愤怒，他知道自己接下来要面对的是什么：乡、县、市，一级一级的单位将找他谈话，还有学院会要他做检讨，要他表决心，领导们对他将不再客气，会将他视为"重点关注对象"，但无论如何，最后还是要一个材料一个材料地乖乖补完。

终于忍不住，孔文瀚回复了一句："呵呵，你们猜猜看。"

群里顿时如死水一般地沉寂。

一小时后，孔文瀚接到了市委组织部的电话："孔书记，鉴于你近段时间的表现，请你星期五下午三点来市委组织部进行谈话。"

"行，就算你们不说，我也正想来找你们呢。"

第二天，孔文瀚到了市委组织部，接待他的是个戴眼镜的干练女生，看起来比孔文瀚还要小几岁，请孔文瀚到办公室坐下后，带着与年龄不相称的老练说："孔书记，我是市委组织部二科的联络员张晓露。今天请您来喝杯茶，就是想听听您对我们工作的高见。"

孔文瀚不以为然地说："我没有什么意见，我是来请求召回的。"

张晓露没料到孔文瀚如此反客为主，着实愣得不轻："请求召回？孔书记，你可不要赌气啊。"

孔文瀚心不在焉地看着门外，指着一个方向说："我记得郑部长的办公室在那边，对吧？"

"嗯，怎么了？"

"召回这事，你恐怕做不了主，我要找郑部长，我要找郑——部——长——"孔文瀚故意抬高了嗓门，随即起身，趁张晓露一个不留神，已来到郑书琳办公室前。

张晓露正急得一边跟出去，一边大喊："孔书记，你等等——"郑部长办公室的门缓缓打开了，郑书琳不疾不徐地走出来说："让他进来吧。"

"郑部长，交给我来处理就好了。"张晓露露出担忧的神色。

郑书琳轻摆了一下手，平静地应道："没事，我也想听听他要说什么。"

在部长办公室坐定，郑书琳帮孔文瀚倒了一杯温水，微微一笑说："孔书记，你可以啊，上任不到两个月，名气就已经不小了。"

孔文瀚说："郑部长，我尊敬您，所以我好好说。我没有什么别的目的，就是来请求召回的，格洛村的第一书记，你们另请高明吧。"

郑书琳收起了笑容，语气变得严肃起来："你知道召回意味着什么吗？脱贫攻坚这样的政治任务，你做了逃兵，就是回了师院，也永远抬不起头来！"

"做逃兵，也是你们逼我做的。回去以后，我会跟他们解释，如果学院也信不过我，那没关系，我把所有的公职都辞掉好了。"

"第一书记，都是自愿来的，是来支持我们工作的，我们不希望因此影响任何人的前途，何况是一个大学老师！"

孔文瀚满不在乎地说："郑部长我跟您说过了，我是个浪漫主义者，离开了师院，我一样可以做个自由职业者，我会按我喜欢的方式去生活、去工作。我真的受够了这些条条框框的约束，受够了那些无穷无尽的表格。"

"孔老师说得好。"郑书琳露出颇有深意的微笑，说，"如果你是一个混日子的，我也就不留你了，可是，你以为我坐在办公室里，就什么都不知道吗？你们乡的党委书记介古木来在第一时间就越级向市委组织部汇报了，说你刚去格洛村不久，就解决了困扰村民已久的小额贷款问题，你用你的担当，让贫困户都贷到了款；还有，你对抗检查，是为了带一个村民去县里争取党员精准示范项目……咱们这体制里，干的好事坏事，都藏不住的。我当初选你去啃格洛村这块硬骨头，就是看中了你喜欢打破条条框框的叛逆性格啊……"

话到此处，孔文瀚的声音变得哽咽了："是木来书记……原来郑部长什么都知道。"

"嗯。"郑书琳会心一笑，"所以，为了格洛村，为了那些相信你、关心你、帮助你的人，现在你还坚持要求召回吗？"

郑书琳的挽留让孔文瀚几乎动摇了，但他瞬间想到，自己反对的是形式主义，而不是郑部长，于是铁着心肠提出了两个条件："要我留下可以，郑部长请您给我一个特权，撤销对我的通报，同时，我将来还会拒绝接受任何'五个一'资料的检查。脱贫办的检查都已经够多了，我没有那么多的时间和精力去应付组织部的检查。"

郑书琳摇摇头说："这怎么可能？一些资料也是省上要求的，而且，我给你这么大的特权，别的第一书记知道了会怎么说？"

"所以，我这样的刺头，还是离开这个队伍比较好。"孔文瀚转身准备离去，"我去办手续吧。"

"孔书记，做做资料，真的就那么痛苦吗？"郑书琳酝酿了片刻，尝试着说服孔文瀚，"你好好想想，你所服务的土地，几千年来几乎没有留下什么文字记载，现在，这片土地上将发生翻天覆地的变化。这是一个开创历史的时代，你用你的才华，为后人留下一段宝贵的历史资料，难道不是一件很浪漫的事情吗？"

郑书琳相信，他抓住了孔文瀚的软肋。

如果是从前，这段话已经够孔文瀚受用了，但他走到今天，早已领教了郑书琳的风格，咬着牙拒绝道："郑部长，我知道您坐在这个位置上，早就练就了洞察人心的缜密思维，我相信，一个又一个人，在这间办公室里被您说服，但我今天还是要说，只要不满足我提的条件，我决不回去。"

郑书琳叹了口气，耐着性子说："孔书记，我念你是大学老师，有知识分子的书生意气，所以一直迁就着你，可是你为什么一定要让我为难呢？"

"因为你错了，郑部长，你们都错了！"孔文瀚突然咆哮起来，"中央为什么三令五申发文，要求杜绝形式主义，因为中央知道基层干部的心声！您看过新闻吗？有贫困县为了迎检，一次花费了二十万元制作迎检材料！精准扶贫变成了'精准填表'，我们扶贫干部都被戏称为'表哥''表姐'，国家投入了那么多的人力财力物力，难道就是为了让我们去做这些表面功夫吗？"

两行热泪从孔文瀚的眼睛里流下来，他转身去拉开了办公室的门，丢下一句："就算我不当第一书记，我也会用自己的方式去帮助他们。"

在孔文瀚的心中，格洛村那秀美的山水、热情的村民早已与他紧紧相连，但他不能在这个问题上退让，他也知道，一旦走出这间办公室，一切就结束了。他在心里说：郑部长，求求你叫住我吧，给我一个满意的答复。

"孔书记，你还记得你的初心吗？"郑书琳用一个问句叫停了他的步伐。

"初心？"

孔文瀚一愣，还没想好如何回答，郑书琳接着说："这几年，我们常常在说初心、初心，可真要说起来，你我可还记得，我们今天能聚在这个办公室，是因为什么？"

孔文瀚没有回头，他不想让郑书琳看到他的泪水，他也不知道郑书琳是要推心置腹，还是继续话术攻心。

他突然想到了陈妍妍，又想到了水落支美，笑笑说："不管你信不信，其实，我申请下乡扶贫最初的初心，只不过是想找到属于我的美丽的爱情。"

"你应该知道，我问的是更早以前的初心。"

依稀记得，大二那年，在那面旗帜下，举起右手，庄严宣过的誓言。

孔文瀚的泪水如决堤般涌出，说："当然记得，可是，我牺牲得还不够吗？不到两个月，我车胎就破了四个，有一次赶上塌方，我差点被埋了……这些都不说了，为了那些需要帮助的人，我甚至愿意赌上我的前途，这还不叫牺牲吗？难道一定要我在资料检查问题上退让，才叫牺牲吗？"

"不，我没说你牺牲得不够，而是今天这一幕，让我突然回想起来，我也有过相似的经历。"郑书琳真挚地说，"我是西佳师范学院 1988 级的毕业生，那时候，还叫西佳师专。某个意义上说，孔书记，你是我的老师。大三那年，我因为旷课受了警告处分，我预备党员的预备期也因此延长了一年。可是你知道我为什么旷课吗？因为那天，我在路上遇到一个晕倒的老太太，我送她去了医院。那年代没有手机，我没办法跟辅导员请假，我委屈万分，去找辅导员求情，可他们不信，说哪有那么巧。我闹了系办，于是一直到毕业为止，他们都给我扣上了'问题学生'的帽子。可我不后悔，因为我对得起自己的初心。"

孔文瀚一直没回头，沉默不语。

"孔书记、孔老师，你相信我那天是因为送老太太去医院，所以旷课吗？如果你不相信，请你离去，我一定不再拦你；可如果你相信我的话，请你关上门，我现在有了一些新的考量，或许你可以接受。"

孔文瀚关上了门，退了回来。

"好。我想说的是，市委组织部已经发出的通报文件，肯定是不可能撤销的，但它不代表会对被通报的对象造成严重后果。我们会告知包括师院在内的所有派员单位，这次查出的资料问题不与任何考核挂钩，只是作为一个参考，让大家集思广益，咱们的'五个一'资料应该按什么标准来制定最为科学。另外，我们将在本月内发起'删繁就简'活动，将'五个一'帮扶资料数量降到最低，让第一书记们把更多的精力用在实际工作上，年底之前，市委组织部不会再对第一书记进行暗访。这样，你们可以卸下一块包袱了吧？"

孔文瀚终于回过了头，再也控制不住那压抑已久的心情，对着郑书琳深深鞠躬："我下周，会继续到格洛村工作。谢谢郑部长原谅我的任性，也谢谢您作出这么大的让步！"

郑书琳报以理解的笑容："没有什么让步不让步的，所谓改革，就是不断对现有的政策进行优化嘛。好的，咱们就坚持它；不合适的，咱们就调整它。组织部对干部一向的原则就是严管厚爱，所以，我也感谢你让我们听到了基层的心声，帮助我们更好地制定政策。今后，大家共同努力，答好'扶贫'这张考卷吧。"

删繁就简

在精准扶贫推进过程中，为了对扶贫工作进行监督，大量的村档、户档、报表、驻村帮扶等资料的填报，各级组织部、脱贫办、巡视组的明查暗访，有形式主义的倾向，造成了人力物力的浪费，也造成了群众对精准扶贫工作满意度的降低。有媒体报道，某县级单位不到半年就接受精准扶贫迎检五次，每次花在迎检上的费用高达 20 万。

基层不堪重负的声音也传达到了中央。2017 年，各地开展了不同程度扶贫领域的"删繁就简"工作，要求精简各类扶贫资料，取消未经批准的明查暗访。这些工作，为减少形式主义、提升扶贫实效起到了较为明显的作用。

第十五章　归来

　　尽管孔文瀚主动请求召回的事情在组织部内部传得沸沸扬扬，但外界并不知道，孔文瀚若无其事地回到格洛村，除了水落阿牛和水落支美对他不再辞职的决定欢欣鼓舞，其他似乎什么也没发生过。

　　时间就这么一天天过去，各项工作都在按部就班地向前推进：村民们陆陆续续地利用小额信贷发展生产，接受村"两委"和第一书记监督；水落阿牛被清退掉贫困户身份，格洛村的贫困户数就此减为99户，但很快，他收到了县委组织部发放的12000元党员精准示范项目启动资金，用这些钱帮助村民购买刺绣原料；水落支美经常回到村里，帮助村民提升产品质量，并积极扩大市场；两周后，市委组织部发布了关于"删繁就简"的文件，对"五个一"资料进行了大量删减，鼓舞了扶贫工作人员的士气。

　　格洛村阻工阻路的现象依然时有发生，导致乌美路升级改造工程进度严重受阻。村支书水落阿信配合乡人大主席曲别那尔、父亲水落达夫挨家挨户地调解，倒也没闹出多大的乱子。格洛村迎来了一个短暂的稳定期，但两个月后，一个大事件又一次证明"老大难村"并非"浪得虚名"。

这事，得从彝家新寨的验收工作说起。

孔文瀚履职前一年，格洛村100户贫困户中就有37户已经完成了彝家新寨建设，等待县扶贫移民局验收，合格的农户可获得四万元的财政补贴。在这里，每套住房的造价不到十万元，四万元补贴的力度之大，令人欣喜。可日子一天天过去，全县众多村已经完成了验收，银崖乡却被排到了最后。孔文瀚自上任以来就被许多村民追问住房补贴款什么时候能到账，对此他也只能积极向上反映，却从未得到一个确定的答案。经过乡村干部奔走呼吁，这一天，验收工作终于开始了，整个格洛村翘首以盼。

两个胖胖的男子出现在格洛村，他们并不打算和村干部套近乎，匆匆而来，见面便对村"两委"和孔文瀚说："带路吧。"

水落阿信说："孔书记、拉付主任，你们陪同他们去就好了，我还得去协调乌美路征地的问题，辛苦你们了。"

两人便在孔文瀚和莫色拉付的陪同下，迅速走向居住点，挨家挨户对37户彝家新寨开展验收工作。他们走马观花式地在各家的客厅、厨房、卫生间进进出出，任村民问他们任何问题也一言不发，只是自顾自地在本子上记着些什么。孔文瀚也想对情况有更多了解，不时伸头去看两人本子上记了些什么，两人却总是警惕地将本子合上。孔文瀚实在看不下去，悄悄问莫色拉付："他们这是什么态度啊？"

莫色拉付说："呵呵，理解理解吧，他们去过太多村，知道村民和村组干部对住房问题敏感到什么程度。你想想，要是他们回一句'你的卫生间面积不达标'，就意味着这户村民拿不到补贴，他们今天还走得掉吗？"

孔文瀚这才茅塞顿开，37 户，听上去数字不大，但真一户一户验收起来，没有大半天的工夫还真下不来，如果中途出现任何一点波折，就无法预估需要多少时间了。八月的天热得很纯粹，他开始感谢这两个工作人员的沉默，并祈祷不要节外生枝，但中途众人还是被一个村民给拦住了。对方给了孔文瀚一个笑脸，说了声："书记好。"然后恶狠狠地对莫色拉付说："拉付主任，我女儿香枝的问题怎么解决？"

这是个名叫玛赫明龙的贫困户，孔文瀚从他的态度看出，小额贷款问题的解决已让自己赢得了大部分贫困户的心，便关切地问道："香枝遇到什么问题了？"

玛赫明龙说："孔书记这不关你的事，冤有头债有主，麻烦拉付主任到我家去说清楚吧。"

莫色拉付无奈地说："那就麻烦孔书记带两位同志继续验收吧，我去处理处理就来找你们。"

结果，莫色拉付离开后就再也没有回来跟上三人，幸好几个月下来，孔文瀚已经熟悉了贫困户们的住址，他顺利地带着两位工作人员完成了验收。

孔文瀚对这样的情况早已见怪不怪，相对于第一书记，出生在本村的村组干部更容易成为村民针对的对象。

入夜了，热浪在这青山绿水间收敛了狰狞，格洛村隐没在一片凉爽的黑暗中。孔文瀚累了一天，躺在宿舍的床上闭目养神，突然，手机响了。孔文瀚揉了揉眼睛，看看来电显示，接起来说："拉付主任，请讲。"

电话那头，是莫色拉付醉意阑珊却兴奋的声音："孔书记，今天完成了彝家新寨验收这么大一个事情，高兴啊！来我家喝酒庆祝庆祝吧。"

彝族兄弟总是这么热情，这符合孔文瀚"人生得意须尽欢"的风格。"好，马上过来。"放下电话，孔文瀚便直奔莫色拉付的家。

莫色拉付拿出一箱啤酒、一盆腊肉招待孔文瀚，酒过三巡，庆祝的话说完了，孔文瀚还是忍不住问道："这个玛赫明龙，我看之前挺支持咱们工作的啊，今天怎么变成了那样子？到底找你说什么事情啊？"

"哈哈哈哈。"莫色拉付大笑一阵，又叹口气说，"唉，孔书记，之所以今天找你来，不光是庆祝，也是心里有股气，不吐不快啊。这个玛赫明龙有一儿一女，他女儿玛赫香枝"奉子成婚"，三个月以前嫁到挖托村去了，对方不是贫困户，所以她不再享受精准扶贫政策。上个月，玛赫香枝生孩子花了九千多块，医院不给报销，所以心里很是不爽。"

"不报销，这符合政策规定，他没什么好抱怨的吧？"

"对，我们都很清楚政策，其实他比我们更清楚，但还是想争取一点利益。"

"他要争什么，直接去找乡里、县里的相关部门好了，为什么拉着你？那个样子，就跟有什么深仇大恨似的。"

莫色拉付苦笑着说："那是因为上个月，我带联户干部入户填写明白卡，到他家的时候，把该填的填完了，联户干部正要离开，我提醒了一句，说他女儿玛赫香枝嫁出了，得把她的名字划掉。现在他就死咬着这一点，说人家县上的干部都没说什么，你凭什么把我女儿的贫困户身份清退掉了？听明白了吗？他认为是我个人的意思，把他女儿给弄出去的。呵呵……"

"这本来就是该划掉的名字，可以跟他好好解释嘛。"

148

"唉，没用的，他就是找由头要钱而已，我答应他慰问香枝一千元，这事情就解决了。孔书记你知道吗？过去，水落林长当村主任的时候，得罪了很多人，使得我这个新生力量得到了村民的广泛支持，但是这上任才不到半年，我就感觉到，我的圈子已经变得越来越小了。我全心全意希望为格洛做点好事，可有些村民看我的眼神开始变得躲躲闪闪，在背后对我的议论越来越多……这就是我们格洛……我甚至，开始越来越理解水落林长了……"莫色拉付哽咽着倒完苦水，将手中的一杯啤酒一饮而尽。

孔文瀚看出了莫色拉付的落寞，正想安慰几句，莫色拉付突然问道："对了，你知道'佳廉话'吗？"

莫色拉付说的是西佳电视台一档反腐倡廉的节目，由市纪委主办，每两个月播出一期，每期播出四个涉嫌腐败的案例，由主持人对相关官员进行现场采访，并由观众投票决定对事件的"理解度"。每期西佳市委书记张玉山都要到现场坐镇，也使得这一节目在西佳广受市民关注。

孔文瀚说："当然知道啊，西佳人谁不知道？你们彝胞也看吗？"

莫色拉付看了看时间说："今晚就有一期啊，现在正在直播，据说这期又涉及咱们格洛村呢。唉，全市那么多村，咱们格洛就'有幸'上过两回了。"

"是吗？那快看看吧。"

莫色拉付打开电视，调到西佳电视台，一个西装笔挺的男主持人，正质问台上站着的官员："请问莫色局长，花杆违规收费，已经持续了快一年的时间，群众举报不断，而你作为该县交通局局长，竟然一点也没有回应？"

镜头对准了一个中老年男子，他满头大汗，支吾着说："我们有展开调查，可是因为都是现金交易，证据不确凿，所以一直无法定性……但是，请相信我，本着为人民服务的宗旨，我们还是将涉事的路政大队队长作了廉洁分数扣三分的处理。"

孔文瀚问："这是什么事情啊？"

莫色拉付解释说："这是乌宁县交通局局长莫色时加。乌美路不是长期限行嘛，其实只要你给钱，那守花杆的人就可以放你通过，一般是小车五十、大车一百。不瞒你说，我都为了赶时间给过钱的。这事早就被这条线上的群众举报了不知道多少遍了，他一直没回应，后来，有个记者来暗访，才把这个事情捅出来了。据说他和路政大队队长、施工队、守花杆的人勾结好的，背后拿了不少好处。想想也是真可怕，一天多少车从这里经过啊，一辆车五十、一百，一天要收多少钱？一个月、一年呢？怕是几百万了吧！"

孔文瀚大惊，一拳锤在茶几上，骂道："他奶奶的，难怪这几个月来，一会儿这儿限行，一会儿那儿限行，就是不让车好好通过，我以为真是为了修路，原来是有人在背后捣鬼！"

"这个莫色时加就是从格洛出去的，也算是我远房的亲戚吧。"莫色拉付调侃着说，"咱们格洛村，阻工阻路的现象不是现在才有的。上世纪90年代初的时候，咱们这里就出了有名的'格洛敢死队'，非法设卡收钱，后来被政府'一锅端'了。"

电视上，莫色时加稳住了阵脚，说："……西佳官方微博曝光后，县交通局高度重视，第一时间组织调查组再度对整个乌美路设卡点进行了深入、全面的……"

"莫色局长，我们不是来听你表功的。"主持人义正辞严地打断了他的话，"你只要回答我刚才的问题就可以了。我再问一遍，在这个事件背后，你有没有用任何明示的，或者暗示的方式，谋取过个人利益？你只需要回答，'有'或者'没有'。"

镜头对准了场下第一排正中的市委书记张玉山，他一动不动，目光犀利地盯着台上。

莫色时加迟疑了两秒，说："没有。"

"好。"主持人说，"那么，请现场的大众评审进行投票。对于这一事件以及相关官员的表态，你们认为能否理解和接受，请选择'是'或'否'。时间为三十秒。"

屏幕上，代表投票结果的两根柱子开始抬升，右边的一根抬升速度明显高于左边。三十秒结束，屏幕显示结果为11：89。

主持人说："群众的态度已经非常清楚，节目结束后，西佳市纪委将对乌美路违规设卡收费事件进一步调查，追究相关人员责任，涉嫌犯罪的，将移送司法机关。请全市广大观众继续关注后续报道。好的，下面我们进入下一个案例……"

"好！痛快！"借着酒劲，孔文瀚拍着巴掌喊道，"看看以后谁还敢拦我们的路！"

"痛快归痛快，可是，我想到的是更深的问题啊。"

孔文瀚问："什么问题？"

莫色拉付给孔文瀚递上一支烟，帮两人点上，说："乌美路升级改造到了咱们这儿成了个大难题，县上下了死命令，要我们国庆节之前必须解决所有的阻工阻路问题，确保十一月份旅博会之前乌美路全面通车，否则严肃问责。这越到后面，骨头就越难啃啊。"

孔文瀚深吸一口烟，若有所思地说："我一直没好好参与过土地协调问题，你告诉我，到底咱们村，还有哪些问题？我来想想办法。"

莫色拉付贼贼地说："孔书记你的办公室，还记得吗？那个钉子户莫色木干，为了和我们死扛到底，回来了。"

在格洛村的另一个角落，一对父女，也在进行着相似的话题。

水落达夫坐在家里，一边看"佳廉话"，一边喝着闷酒。少顷，朝着屋子里喊道："阿信，我们村里，还剩下几户阻工阻路的啊？"

水落阿信正在房间里哄着孩子睡觉，听到父亲的问话，走出来说："阿达，经过你尽力的协调，我想那三家人都没什么太大问题了，只有莫色木干一家，他寸步不让，只要把这户解决，所有问题就迎刃而解了。"

"唉。"水落达夫深深叹口气，"他那个人，我也是没办法啊。你说，现在的人怎么都变成这样了？过去穷的时候，大家都那么简单，现在日子越来越好，反而个个都得寸进尺了。过去村上解决不了的事情，乡上来可以解决，乡上解决不了的事情，德古出面也足够了。现在呢？连我这个老德古，把老脸都搁下了，就差没求他了，他还想怎么样啊？人家第一书记大老远来帮咱们扶贫，他莫色木干宁可自己住帐篷，宁可媳妇儿天天占着第一书记的办公室，他好意思吗？要逼我们搞德古会盟吗？"

水落阿信劝慰道："阿达不用太过担心，乌美路是必须要修通的，现在所有人都容忍着他，还不是为了争取一个和谐解决的结局。德古会盟太过严重，还不必走到那一步。"

"听你这么说，好像是已经有后路了？"

"是的。"水落阿信点点头，"我们会继续努力，但如果他还是油盐不进，那最后县上也会申请依法强拆。面对前'格洛敢死队'的成员，政府会给大家一个公道。"

精准扶贫明白卡

精准扶贫明白卡，简称"明白卡"，是张贴在贫困户家墙上，用于记录该户整个精准扶贫阶段各种信息的一页大型卡片。

精准扶贫明白卡在不同地区具体形式不同，但其基本要求是一致的：一是基础信息明白，清楚记录家庭基本信息，确保一目了然；二是帮扶部门明白，明了帮扶部门、帮扶人、帮扶人联系方式，确保贫困户可以随时打电话咨询帮扶干部；三是致贫原因明白，清晰掌握贫困户具体致贫原因，确保精准施策；四是帮扶措施明白，根据致贫原因及家庭具体情况，施策到户精准，杜绝"大水漫灌"，确保"精准滴灌"；五是政策性补助明白。

精准扶贫明白卡由联户干部负责填写，对掌握贫困户基本信息和实时动态有一定好处，也能方便贫困户与各级帮扶责任人沟通。

第十六章　混乱

莫色拉付的家中，一场盛大的仪式正在举办。

这是彝族独特的宗教仪式，叫作"毕摩"，由学识渊博、备受尊重的彝族祭师——毕摩，为族人的生育、婚丧、疾病、节日、出猎、播种等祈祷。毕摩文化作为彝族文化中的核心部分，受到各级彝族自治政府的认可和保护，四川省美姑县就是著名的"毕摩之乡"。临近美姑的乌宁县也有着浓厚的毕摩文化，每年 8 月 29 日，莫色拉付家都要办一场小型毕摩仪式，来纪念去世的阿达。

这一次，孔文瀚也受邀参加。

老毕摩在堂屋的核心位置席地而坐，一边摇晃着铃铛，一边低声念诵着经文，前来参加仪式的亲朋坐满了大半个屋子，他们三三两两地聊天，磕着瓜子、喝着小酒。

孔文瀚是其中唯一的汉族客人，热爱传统文化的本性，让他兴致勃勃地融入其中，那有节奏的铃铛声像穿越了千年的天籁之音，让他过滤掉众多的杂音，席地闭目聆听。

好美的声音！如果不是驻村扶贫，兴许一辈子也不会亲耳听到吧！这古老的民族，要通过这种方式告诉我一些什么东西吗？

"孔书记，你坐地上干吗？快起来坐沙发！"一个熟悉的声音把孔文瀚从远古拉回现代，这是莫色拉付在叫他起身。

孔文瀚睁开双眼，见沙发上的客人也正移着身子给自己让出一个空位："孔书记，坐这儿吧。"

看众人都客客气气，孔文瀚也不推辞，坐上沙发，心想，这大概就是莫色拉付说的"越来越小的圈子"吧。都是"自己人"，孔文瀚便顺口问了一句身边的人："这位怎么称呼呢？"

"哦，我叫莫色木干，长期在外地打工，孔书记每次开村民会议都是我老婆参加的，所以我们是第一次见面。我老婆长期占着你的办公室，真是不好意思啊！"

孔文瀚的心里顿时"噔"地沉了一下，看着面前这个壮实的中年男人，思绪万千。他关心的当然不是自己的办公室，而是莫色木干的"烂尾楼"。

莫色拉付挤了下眼睛说："你们聊，我去厨房帮忙了。"

看着气氛还不错，孔文瀚不妨顺着话题直入主题，递上一支烟，试探着问："木干兄弟辛苦了，我也知道，你一直在为拆迁的事情争取最大的利益，不知道现在谈得怎么样了？"

"谢谢，我不抽烟。"莫色木干拒绝了烟，回答说，"谈不拢。告诉孔书记也无妨，当初我在修那房子的时候，乡上说马上要修乌美路，沿线的房子都要拆了，叫我停工，说到时候我可以享受征地补偿，还能同时享受彝家新寨 4 万元的补贴。我听政府的话，停了。现在呢？他们给我的房子评估 41 万，并且不能同时享受彝家新寨的 4 万，你说我能同意吗？"

听上去数字不少了，孔文瀚早已多方了解，周边已经成功拆除的房子都在 40 万上下，且不再享受彝家新寨补贴，便顺势问："你觉得 41 万不够吗？"

156

"我的土地没有了，就只能去城里买房子。你是城里人，你说 41 万在城里可以干个啥啊？买一套廉价房子，然后呢？我三个儿子，大学、中学、小学各一个。高中那个，是在西佳实验外国语学校读的，一年学费两三万，我养这三个孩子，这未来几年，没有二三十万下不来吧？"

孔文瀚不太同意他的观点，却也不想破坏气氛，只是夸道："一个彝区的贫困户努力打拼送孩子读贵族学校，看来木干很重视孩子的教育问题，这点倒是值得其他贫困户好好学习学习。"

"是，我们穷了半辈子了，孩子不能再重复我这一代的路了。我就一个愿望，希望孩子读最好的学校，以后挣很多的钱。好不容易赶上修乌美路，就这么一个拆迁机会，能不搏一把吗？"

"那你觉得，补偿多少钱算合适呢？"

莫色木干想了想说："只要兑现他们的承诺，给我加上彝家新寨的 4 万，45 万，我立马同意。"

"可是据我所知，两者是不能同时享受的。"

"那是政府的问题，谁叫他们当初那样承诺？孔书记，我很清楚你们第一书记是单位派下来搞帮扶的，所以对你不会有什么意见，但这个事情，我肯定是要抗争到底的。只是委屈你了，办公室还得让我老婆住上一阵子。"

孔文瀚自知无力改变他的想法，无奈地说："呵呵，那倒没关系，我已经习惯在住所办公了。"

此刻，莫色拉付兴奋地举起一根鸡下巴骨头，对众人说："看，这分岔分得多漂亮啊，是个好兆头啊！"

这是毕摩仪式中重要的一环，杀掉鸡后，根据鸡下巴的分岔情况来判断吉凶。众人纷纷附和："嗯嗯，漂亮，好兆头，哈哈！"

然而这欢庆的气氛仅仅持续了片刻，午饭时分，众人正在开怀畅饮，莫色拉付接到了一个电话，瞬间神色凝重。

放下碗筷，莫色拉付对客人说："不好意思，各位慢慢喝，我有急事要出去一趟。"然后对孔文瀚说，"孔书记和我一起去吧。"

孔文瀚纳闷地问："发生什么事了吗？这么急！"

莫色拉付说："乡上打来电话，说格洛沟那边，出现了严重的阻工阻路情况，格尔去维持秩序，结果被村民打昏，送到县医院去了，现在觉依派出所正派人来调查！阿信书记已经赶过去了，我们也快去吧！"

"天啊，袭警，这可是很严重的啊！"孔文瀚意识到了事情的严重性，迅速起身出发。

两人赶到格洛沟时，村民和施工队正推推搡搡大喊大叫地乱作一团，觉依派出所的大批警察也正好赶到，跳下车来，举着警棍说："都不许动！"

所有人顿时安静下来，领头的警察问："谁阻工阻路？谁打的人？"

一个染了黄发的施工队成员指着一个手握榔头、戴眼镜的青年男子说："我们在铺水稳层的时候，他带了一帮人冲出来，把路基砸了，你们看吧！"

警察看了一眼破碎的路面，问："打人的也是他吗？"

"是他。"

"先带回所里！"

眼镜男子大喊："路基是我砸的，但我没有打人！"

两个警察不由分说立刻上前将男子按在地上，铐上手铐。村民见状纷纷围上来，有老人冲上来喊道："你们放开我儿子！有本事冲我来！"

　　警察看了一眼老人，喊道："一起带回去调查！"

　　老人随即被控制，嘶喊道："你们这些人，是非不分，对得起头上的警徽吗？"

　　警察继续问："还有谁参与的？"

　　黄发说："手里拿着武器的，都有参与！"

　　"都带到所里去！"

　　又有五个男子被控制，一共七人，陆续被拉上警车。

　　领头的警察说："施工方和村干部，各来一个人协助调查。黄头发的，你跟我们来！村上的，谁来？"

　　莫色拉付急不可耐地说："我是格尔的哥哥，我去吧。"

　　水落阿信上前一步说："阻工阻路的问题一直是我在负责，比较清楚状况，你们关心关心医院里的格尔吧。对了，还有水落曲布的两个娃娃。"

　　待水落阿信随警车离去，孔文瀚问："那是三组的水落曲布吧？贫困户，就住在路边的，而且这里的村民就他一个戴眼镜的，我有印象。"

　　"是的，一家人全部被抓完了。"莫色拉付质问施工队，"发生阻工阻路太正常了，这次怎么会搞得这么严重啊？啊？"

　　一个队员回答："刘队长，就是去协查的那位，没耐心了，每次来格洛施工，总有这样那样的麻烦，所以他说这次来再看到阻工阻路的，就直接报警。没想到这次村民也比较激动，直接就把地基砸了。我们报了警，你弟弟正好在附近巡逻，就过来阻止他们，谁知他们情绪激动，就动手打人了！"

159

"我弟弟呢？去哪个医院了？"

"乡卫生院派车把他拉到县人民医院了。"

莫色拉付立刻拨打格尔的电话，他原本以为弟弟昏厥不会接通，谁知响铃几声后，那边传来了格尔的声音："哥，我在救护车上，已经醒过来了，没什么大问题，你不要担心。"

听见格尔的回应，莫色拉付的心顿时放了下来，僵硬了半天的脸上有了些许的微笑，安慰道："你没事就好，不管有天大的问题，殴打警察，就是犯罪。现在他们都被抓走了，法律会还你一个公道的。"

"你可能误会了，他们没有打我，是我自己昏倒的。"

莫色拉付睁圆了眼睛："啊？可施工队说他们动手了啊！"

"呵呵，他们是很凶，水落曲布和我理论了几句，几乎要动手了，可就在那会儿，我自己昏倒了。我顶着这么热的天巡逻太久，又遇到这事，一激动，中暑了。你就不要担心我了，去看看他们的娃娃吧。"

放下电话，莫色拉付对施工队说："格尔说了，他们没打人，是他自己昏倒的。"

队员满不在乎地说："当时他们乱作一团，看不清楚也很正常。再说了，你弟弟昏倒也是事实，就按袭警判他们坐牢不好吗？杀一儆百，以后看看谁还敢阻工阻路！"

"我们不能放过一个坏人，但也不能冤枉任何一个好人。"孔文瀚听明白了，赶上去说，"水落曲布这户我很清楚，他过去是县里的小学老师，为了照顾儿子，专门辞去县里的工作，回到村小教书，平时对人彬彬有礼，也是贫困户中很支持村上工作的人。他都拿起了武器，说明肯定遇到了很大的问题！你们不分青红皂白把好人往死里整，良心过得去吗？"

"你就是格洛村第一书记孔文瀚吧？"施工队员说，"大家都很尊重你，只要你能承诺今后村上不再阻工阻路，我们又何必和村民撕破脸呢？"

"好！"孔文瀚点点头，"我原本以为，当前阻工阻路只剩下莫色木干一家钉子户了，没想到又冒出来一个水落曲布。这样吧，我和村'两委'会尽快把事情的来龙去脉调查清楚，把这两户摆平，保证你们正常施工。"

施工队员这才点头："行啊，孔书记果然和传言中一样有担当，我们也就再耐心等等吧。"

莫色拉付说："格尔没什么大问题了，我就不用下乌宁了。孔书记，我们一起去水落曲布家照顾一下他的两个孩子吧。"

水落曲布家并不远，从格洛沟步行五分钟便看到一幢新建的两层住房。还在院子外面，便听见屋内传出一阵撕心裂肺的女童哭声。

推门进入，家里的场景是孔文瀚从未见过的凄楚。

一个约莫五岁大的女孩，坐在地上放声大哭，一个没有双腿的十来岁男孩趴在地上，用手帮小女孩捂着烫伤的右腿外侧。旁边，一个破碎的热水瓶掉在地上，被细碎的内胆碎片和冒着热气的滚水包围，男孩的身后，是一个空荡荡的轮椅。

"怎么回事？"莫色拉付和孔文瀚几乎同时问道。

男孩小声地说："她去帮我倒水，结果把热水瓶摔破了。求你们不要告诉我阿达！"

"你阿达、你爷爷，还有你几个叔叔都被抓走了！"莫色拉付一边说一边蹲下，看了看女孩的伤势，说："快把冬敏送卫生院吧！"

男孩摇着头说："不去！会花很多钱的，我们没有钱！"

"不用怕，不会让你们花钱的。"莫色拉付立刻拨通了三组组长的电话。趁这个间隙，孔文瀚把男孩抱回轮椅上，去厨房打了盆冷水，用毛巾帮女孩冷敷起了伤处。女孩的哭声减弱不少。

"你们就是水落曲布的两个娃娃吧？哥哥叫水永提，妹妹叫水冬敏。是吗？"孔文瀚问。

水永提点点头："叔叔怎么知道的？"

孔文瀚笑笑说："贫困户的信息我基本都清楚了，你是读格洛小学吧，其实我就住在小学里，经常见到你的。你们的阿嫫呢？"

莫色拉付也如梦初醒："对啊，光顾着那些男人，你们阿嫫去哪了？"

水永提说："阿嫫刚才说去乡政府啊。"

正在此时，莫色拉付的手机响了。接通电话，莫色拉付的神色瞬间再次凝重起来，说："好好好，我马上过来！"

放下电话，他长叹一口气说："你们的阿嫫，在乡政府喝了农药，救护车正在赶去，我也必须马上过去！"

孔文瀚大惊道："怎么又是这样？生命在这里，就这么不值钱吗？"

水永提瞪大了眼睛问："阿嫫死了吗？"

莫色拉付说："没有没有，不过据说还没过危险期。"

水永提哭喊道："我们这个家完了！"

莫色拉付摸摸两个孩子的头，对孔文瀚说："孔书记留这儿看着孩子吧，三组组长马上就过来，我得赶去乡政府看看。"

孔文瀚点点头："好，有什么需要帮忙的，尽管开口。"

莫色拉付刚走，三组的组长阿洛史罗就赶到了，一进门，就气喘吁吁地说："孔书记，情况我都知道了，得快送冬敏去卫生院，可是咱们乡就两辆救护车，一辆送了莫色格尔，一辆送了他们的阿嫫，你还有车吗？"

孔文瀚想了想说："我的车停在村小那边，等我赶过去再开回来，还不如我们直接背着孩子过去呢。"

"行。"阿洛史罗想也没多想，背着水冬敏就往外走。

水永提哀求着说："我要陪着冬敏，你们把我也带去吧，不要丢下我一个人！求你们了！"

"好，我背你去。"孔文瀚蹲下让水永提扒着自己的肩膀，习惯性地用手去搂孩子的大腿，却什么也没有搂到，不禁心里一凉。

两人各背着一个孩子沿着乌美路快速前行，水永提的身体轻飘飘的，孔文瀚禁不住问："永提，你的腿怎么断的？"

"我八岁的时候，爬电线杆，触了电，就截肢了。"

阿洛史罗听到他们的对话，解释道："孔书记，你不知道，这孩子以前可是乡上的短跑冠军呢，当时县上有个领导知道后，说要重点培养他，以后当个短跑运动员，谁知道……唉，真是天妒英才啊！"

孔文瀚心疼地问："有没有考虑过装个假肢啊？不知道你们看不看奥运会，南非有个田径运动员，叫什么名字我忘了，就是装了假肢，还可以去和人家赛跑呢！"

听到这话，水永提转忧为喜，颇有点得意地说："我阿达就是想给我装个假肢啊，可是要好几万块钱，他说，只要我们修房子的四万元下来了，就给我装假肢！我盼了好久了！叔叔，你说，我阿达什么时候回来啊？"

孔文瀚恍然大悟，隐隐约约感觉到水落曲布一反常态阻工阻路和住房补贴之间可能有什么关系，他在脑子里思索着各种可能。

"叔叔，你怎么不说话？"

阿洛史罗在旁边提醒道："不要叫叔叔了，这是我们格洛村的第一书记孔文瀚，你要叫孔书记。"

"不不不！"孔文瀚反应过来，"我是在想住房补贴的问题。永提，你爱叫什么就叫什么，不要介意。"

阿洛史罗继续说："孔书记，水落曲布的住房补贴确实是遇到一些麻烦，孩子在，我不方便说，改天我们开会慢慢聊吧。"

孔文瀚心里已经明白了七八分，不置可否，笑着对水永提说："永提，这不是你需要担心的问题，等你装上了假肢，就在这条路上，和叔叔来一场赛跑，好吗？"

"嗯，一定！"

安全住房

根据四川省贫困户脱贫"一超六有"的补助，每户贫困户必须具有安全住房才能脱贫。C、D级危房中（C级指局部危险需维护加固，D级指整栋危房需新建或重建）的贫困户可分别获得0.5万元和1.6万元的补贴。

彝区新建住房中的最高标准为"彝家新寨"。所有建档立卡贫困户因无住房或现有住房属危房无法居住和"三房户"（居住在茅草房、木板房、石板房的农户），可申请"彝家新寨"建设。经帮扶责任人签字、村核查公示、乡镇初审、县相关部门审核、联席会议办公室审批、县级分管领导批准后方可动工。

彝家新寨的标准为普通砖混结构或砖瓦结构，新建住房面积为人均20—25平方米，且必须拆除旧房后原拆原建或异地重建。由县扶贫移民局验收合格的彝家新寨，由财政给予每户4万元补助。

第十七章　老外

"格洛村又刷了一波存在感啊!"

在格洛村村委会,水落阿信刷着手机新闻,调侃一句后,一本正经地念着:"'乌宁县金岩乡格洛村阻工阻路七人被拘、一人喝农药,谁之过?'哇,好多现场图片,我们也都在里面呢。"

莫色拉付和孔文瀚也打开链接,莫色拉付疑惑地说:"奇怪,这种新闻按理说是不太可能爆出来的啊。"

孔文瀚仔细看了看说:"这不是新闻,是西佳论坛,谁都可以在上面发帖的。"

莫色拉付说:"那应该是施工队的人发的吧,一是村民不会这些操作,二是照片看起来是从施工队那个角度拍的。"

孔文瀚收起了手机,问:"那水落曲布一家人现在怎么样了?"

水落阿信说:"问题不大,格尔作证是自己昏倒的,所以只按《治安管理处罚法》,拘留七天就可以放出来,他老婆和女儿经过治疗,也都好转了。"

"那他的儿子水永提呢?"

"今天8月30号,正好报名嘛,9月1日就开学了,我们跟格洛小学打了招呼，让他暂时住校。"

"你们考虑得真周到啊。"孔文瀚点点头说，"昨天三组组长跟我说，他们家的住房验收遇到了一些问题，到底是什么情况？"

莫色拉付沉默了片刻，回答道："孔书记，本来以为我们可以搞定的小事，不想让你操心的，不过既然已经发展成这样，就告诉你吧。"

"嗯，民生问题无小事，你说吧。"

"那天扶移局来验收的 37 户彝家新寨里面，其他 36 户都合格了，拿到了补贴，只有水落曲布一家，说是面积超标了，验收不过关。"

孔文瀚疑惑地问："我看他的房子也就和其他人的差不多大，怎么会超标呢？"

"表面看是两层，可验收组发现地下还有一层，加起来就超标了。事情发生以后，水落曲布连续几天来找村组干部，也去了乡上，我们也只能按政策告诉他没办法，所以他想不通，就去闹了。"

"那就是他自己的问题了，想不到老老实实的水落曲布，也和莫色木干一样，为了自己的私利损害公共利益。唉，说到那个莫色木干啊，也是个'极品'，都给他的烂尾楼评估到 41 万了，还不满意！送孩子读贵族学校我可以理解，但不能⋯⋯"

"等等，什么 41 万？"莫色拉付打断了孔文瀚的话。

"那天你做毕摩的时候他亲口告诉我的啊，县上给他的房子评估了 41 万。"

"他真是这么说的？"莫色拉付疑惑地问。

"我发誓，他就是这么说的。"

"哈哈哈，木干啊木干，你可以啊！"莫色拉付摇摇头说，"孔书记，你别听他瞎吹！我告诉你真相吧，县上给他评估的价格是 53 万，而他的要价是 70 万！孔书记，你常常批评我们对村民不信任，可你现在知道什么叫'人心不足蛇吞象'了吧？"

孔文瀚这才明白自己是多么好骗，苦笑着说："我还是想得太简单了。"

正说得兴起，水落阿牛突然跑进办公室，喊道："几位领导，出事了！出大事了！"

孔文瀚立刻警觉地站起来："又是什么事啊？"

水落阿牛慌张地说："你们谁懂英语啊？路上突然来了一车老外，像是有什么急事，但是村民都不懂英文啊！"

孔文瀚一听这话，放松下来："大惊小怪，没见过老外啊？"

水落阿牛无辜地说："我确实是第一次见到老外，这事，不够大吗？"

水落阿信说："我是学过一点英文，但从来没和老外说过话啊。"

莫色拉付也耸耸肩说："我考试最怕的就是英语了，要不是英语拉我后腿，我也不会只考个大专了。谁去啊？"

"哈哈哈，你们啊——"孔文瀚笑了几声，说，"忘了我去印度待过两年了？那里都说英语的！这事儿，还得我出马。"

孔文瀚随着水落阿牛来到乌美路上，只见远处的格洛沟正在施工，路上堵着的汽车又排起了长龙，其中一辆小车上坐着一车外国人，无可奈何地等待着。路上，一个高大的中年外国人正被村民团团围着，比画着什么。

水落阿牛领着孔文瀚挤进人群，用蹩脚的普通话说："这是我们村的第一书记，他大大滴、大大滴，英语好得很！"

168

在围观人群的哄笑声中，孔文瀚抛给水落阿牛一个白眼，随后上前用英语招呼道："先生，需要帮忙吗？"

外国人眼睛一亮，如遇到救星一般，问："哇，你会说英语吗？"

"对啊，我在国外工作过两年，交流是没问题的。"

孔文瀚流利的英语一出口，村民们立刻投来敬佩的目光，外国人也诧异地说："真是难以相信，在这样的地方，居然会遇到一个英语这么流利的人！"

孔文瀚有些得意，但还是谦虚地说："谢谢，你有什么问题，尽管说吧。"

"太好了！我们是一个扶贫团队，要赶去美姑，你能帮我们跟前面的人说说吗？请放我们过去。"

孔文瀚摇摇头说："前面在修路，恐怕不行，大家都要等，没有特殊。"

"那我们得等多久呢？"

孔文瀚说："半个小时到一个小时的样子，我估计还早。这里正好是我们村的办公地点，要不上去喝杯水吧。"

外国人无奈地说："好吧。这主意不错。"

于是，在众人啧啧的夸赞声中，孔文瀚带着外国人上了二楼办公室。

莫色拉付给外国人倒了一杯水以后，也只好跟水落阿信一道，一言不发地看着孔文瀚"表演"。

孔文瀚问："你是哪个国家来的？怎么称呼呢？"

外国人掏出一张名片递给孔文瀚："我来自加拿大，我叫威廉，你呢？"

名片上一面英文一面中文，孔文瀚看了一阵，说："我姓孔。说到加拿大，中国人民可是很有好感的。过去有白求恩大夫万里迢迢来帮助中国人抵抗日本侵略，今天又有一位加拿大朋友来咱们边远地区扶贫，真得感谢你们。"

威廉笑笑，像是找到了知音一般，打算一吐为快："客气了。那是因为中国扶贫的政策好，给了我们团队很大的机会。咱们在中国西部的总部设在成都，名片上有我们的联系方式。我们去了很多国家，没有哪个国家能做到中国这样，全覆盖地帮助穷人。我知道这里是彝族人一直生活的地方，交通闭塞，却被整体纳入了国家发展的轨道，政府不计代价地扶持每一个人，换在其他国家，哇，真的不敢想象！"

从西方人的口中听到他们对中国的赞赏，实在是一件令人快慰的事情，孔文瀚瞬间多了几分自豪感。他赞许地说："我去过印度，和你说的差不多，那是一个穷人被遗忘了的国家。"

"难怪你英语这么好。"威廉点点头说，"虽然东西方文化差异巨大，但是在帮助穷人这一点上，我们的目标是一致的，这就是我们来中国的原因。我衷心希望，中国是第一个彻底消灭绝对贫困的国家。"

"谢谢你的祝福，你能告诉我，你们为什么要去美姑吗？"

"嗯……因为在我们的社会，很多人都对古老的东方文化感兴趣。中国主流文化已经逐渐被世界了解，但是像彝族文化这样古老神秘的文化，还有很大的开发空间。我们团队的主要扶贫方向，就是去寻找可开发的传统艺术，然后通过我们的渠道输入北美市场，来带动贫困地区的经济发展。大凉山是彝族风情最浓厚的地方，所以我们选择了美姑作为第一站。"

两人在办公室里又聊了十多分钟，只见办公室窗外已经聚满了围观群众，想看看第一书记和老外侃大山。终于，不知是谁喊了一声："路通了！"威廉才意犹未尽地起身离开，礼节性地说了声："孔先生，很高兴认识你，希望以后还能见面。"

孔文瀚不知道以后还能不能与威廉见面，但他着实遗憾自己没有名片可以给这位外国友人。

那天下午，整个格洛村都在谈论这件事。那高鼻梁蓝眼睛的外国人他们只在电视上见过，能和外国人对话，他们的第一书记真是无所不能。

吃过晚饭，孔文瀚正在格洛小学操场上陪一群师生打篮球，他的手机响了，是一个陌生的号码。孔文瀚一边擦着汗，一边接起电话，只听见对方说："你好，孔书记，我是那天你见过的贫困户，一组的莫色木干，你现在方不方便来我这里一趟？就是你的办公室，我有事想请你帮帮忙。"

孔文瀚对于贫困户的事情自然是有求必应，他挂掉电话，便踱步到村委会，敲开了那间本该属于他的办公室。莫色木干和颜悦色地迎接了他。

到村快半年了，这是孔文瀚第一次踏进这间办公室，只见里面家什一如往常地杂乱，因为莫色木干的回村，又多了些男士服装。床上坐了两个人，分别是莫色木干的老婆曲木金花，以及他最小的孩子莫色路军。

莫色木干恭恭敬敬地招呼孔文瀚坐床上，抬了一根矮板凳与床相对，然后从角落里拿出两瓶啤酒，递了一瓶给孔文瀚说："孔书记，慢慢喝。"

这是彝人的待客之道，对方递的酒，再不喜欢也要喝下一大口表示尊敬。孔文瀚喝下一口啤酒，心想，原本以为这个莫色木干会像水落阿牛一样与自己来一场"火星撞地球",没想到这个传闻中的人物竟是如此客气,便说道:"木干兄弟,有什么需要我帮忙的,尽管吩咐。"

莫色木干说:"今天孔书记一口流利的英语真是叫我们大开眼界啊。听说孔书记是西佳师院的老师,是教英语的吗?"

"那倒不是。我是教中文的,不过,语言都有很多共性嘛,只要熟悉了句子的主谓宾定状补结构,学什么语言都快。这和扶贫有什么关系呢?"

"是是是。"莫色木干看了看老婆孩子,然后诚恳地说道,"我不是有三个孩子嘛,大的那个前天已经去成都读书了,这个是小的,在村小读六年级,今天报名,这两个都没什么问题……我想说的是老二,叫莫色如意,他后天才报名,就是我跟你说的西佳实外那个,马上读高二了。"

孔文瀚点点头说:"嗯,我看过你们的花名册,他现在在哪儿?"

"他出去玩了,唉,这娃娃,可让我们头疼了。"

"你是指哪方面呢?"

"唉,他初中的时候英语就学得马马虎虎,我们送他去实外,就是想抓一抓他的英语,可是这高一一年下来,他的英语成绩不但没提升,反而直线下降,考了个全班倒数第二名。孔书记英语这么好,能不能在他走之前,也就是明天晚上吧,来给他补一补高一的英语,顺便给他聊聊英语的重要性?"

"行啊。"孔文瀚干脆地说,"我还是那句话,不管你们家其他事情别人怎么说,但是全力以赴送孩子读好学校这一点,我是绝对支持的。脱贫靠的不仅仅是政府的扶持,更重要的是用知识和能力来提高造血能力。这事儿,我很愿意做。"

"嗯嗯，看来孔书记对我还是有一点看法啊。"莫色木干的表情有些冷淡。

孔文瀚回避了莫色木干房子具体的评估价格，只是说："咱们摊开了说吧，你要发展，其他村民也要发展，你有孩子，其他村民也有孩子。修路是让全村受益的事情，现在方圆几公里内，就你这一幢烂尾楼孤零零地钉在那里，阻碍整条路的施工进度，你不觉得扎眼吗？"

然而此话对莫色木干没有太大的作用，他坚持着说："孔书记，这事真没办法，这是我和县上的关系，你大人有大量，也别劝我了。你知道吗？我以前也是'格洛敢死队'的人，做了不少的坏事，也坐过牢，可那么多'敢死队'的成员，后来政府都安排了活路，只有我，谁也不管。政府不管我，村民也看不起我，我现在都忘不了，2000年前后，我前妻生大儿子不久，就患了严重的心脏病，我当时没钱，去找亲戚借，他们都说没有我这个亲戚！我前妻得不到很好的治疗，第二年就去世了。他们都咒我永远得不到幸福，是曲木金花不嫌弃我，跟了我，还给我生了两个儿子。孔书记，其实我早就改邪归正了，我坚持的每一分钱，都不是为了个人享受，而是为了儿子们能接受最好的教育，因为我太清楚受人白眼是一种什么样的滋味！我不能再让儿子一辈活得像我一样没有尊严！我不是恭维你，可我确实希望，我的孩子，都能成为孔书记这样的人！"

莫色木干说完，慈爱地用手摸摸莫色路军的小脑袋："活了半辈子，终于悟出了一个道理：愚昧，是万恶之源。"

"好，木干，能改邪归正，倒也是条汉子！这个房子的事情，我不再提了，你和县上的关系，你们自会有个了结。"孔文瀚举起酒瓶说，"明晚七点，我会再过来，和莫色如意聊聊英语。支朵！"

"孔书记，感谢你的理解，支朵！"

然而，就在孔文瀚回到宿舍准备睡觉的当头，他又接到了水落阿信的电话："孔书记，明晚八点，县委书记要来咱们格洛村搞基层夜话，可能会问你一些问题，你要提前准备一下哦。"

"啊？许书记要来格洛村？"算了算，虽然与英语辅导的时间不冲突，但县委书记亲自来，还是让孔文瀚大吃一惊，"全县那么多乡镇、那么多村，他干吗来格洛啊？"

"这次夜话他本来不选咱们村的，甚至都不来银崖乡，可是昨天格洛出了那么大的事情，抓了七个人，许书记就决定临时改到咱们村了。"

"好吧，明天又要打一天仗，战斗吧！"

第十八章　夜话

　　"基层夜话"是西佳市委为进一步畅通民意渠道，加强基层组织建设而创新的一项基层民主制度，其中在县委这个层面，县委书记每月必须选择一天，于晚上八点深入一个行政村基层干部和群众中间，倾听基层的声音。

　　乌宁彝族自治县县委书记许冰很好地贯彻了这一制度，作为省委重点培养的干部，他主动请缨来乌宁县抓精准扶贫。上任一年多来，许冰着力推动乌美路的建设，并为乌宁县谋划了一条高速和高铁，深得民心。

　　乌宁县人还给许书记起了一个绰号，叫做"铁腕书记"，因为他在干部作风问题面前也是毫不含糊。医疗、教育等系统，都在许冰的治理下作风有了很大改观，至于扶贫领域，如果许冰决定到哪个村开展基层夜话，这个村一定是出现了重大的问题。

　　而这一次临时改道格洛村，当然是为了他倾注了无数心血的乌美路。

　　银崖乡党委书记介古木来早早就严阵以待，让水落阿信安排人员打扫村委会和乌美路，又紧急安排制作标语欢迎许冰书记。

孔文瀚自然知道这场基层夜话的重要性，但在那之前，他还得履行对莫色木干的承诺——七点整，来到二楼"第一书记办公室"与莫色如意聊聊英语。

刚进门，莫色木干就抱歉地说："听说一会儿许书记要来格洛村，大家都在一楼会议室忙活，孔书记如果忙，就下次来辅导如意吧。"

孔文瀚说："时间还早，又这么近，没关系，我答应过的事情，一定会兑现的。"

"谢谢谢谢，那你们聊，我和金花下去帮忙了。"莫色木干领着曲木金花下楼去，留下孔文瀚独自面对一个十六岁的男孩子。

孔文瀚友好地开场："如意，西佳实外，还不错吧？我有个老同学，叫郑其升，现在是你们学校的校长助理，有什么需要帮忙的，你尽管说啊。"

莫色如意的目光中充满了戾气，不屑地说："对一个不想读书的人来说，什么老师、校长都和我没关系。阿达说你英语好，要来帮我辅导一下，我觉得没多大必要，但你一片好意，我也不能不配合。"莫色如意一边翻着高一下册的英语课本，一边说："开始吧，早完早收工。"

莫色如意的无礼着实让孔文瀚诧异不已，像是挨了一记耳光，但他还是稳了稳说："我不是什么高中老师，这些专业的东西我也讲不好，我还是谈谈我的个人感受吧。作为一个会说彝汉双语的人，不会有什么语言学不好，因为汉语的结构是动词在前、宾语在后，彝语则刚好相反，宾语在前、动词在后，我们说'吃饭'，你们说'粑粑则'，就是'饭吃'的意思，你们应该对句子的结构有更深刻的理解，比汉族的学生更有优势，怎么可能学不好一门语言呢？"

莫色如意用手整理了一下自己蓬乱的头发，轻蔑地笑笑说："哟，书记了解得还真不少，可我就是对英语不感兴趣，欠账太多了，也不想补了。你说，读书真有那么大意义吗？我看你们西佳的城里人，不读书的，在外面开公司、做生意，不也过得挺滋润的嘛，'有车有房，大老婆死了丈母娘，再找个美女当二房'。"

"哟，厉害了，你去哪学了这些不三不四的东西？"孔文瀚惊得不轻。

"难道不是这样吗？你们都说读大学改变命运，可我大哥现在就在成都读大学，又怎么样？我们彝胞十六岁初中毕业就出去打工的多得很，但我大哥假期出去打工却没人要！大学毕业了又能怎样，还不得从头干起？和十六岁就出社会有什么区别吗？说不定十六岁打拼几年，就成大老板了。"

"我不否认有这样的个案，但这不是常态，总体而言，多读几年书一定会比那些没文凭的人有更多机遇，未来的发展瓶颈也会少一点。"

莫色如意点上一支烟问："那你凭什么认为我不能成为那样的个案呢？"

孔文瀚竟无言以对，干脆也摸出一支烟点上，说："如果你能成为那样的人，我也不说什么了，祝你成功。"

莫色如意潇洒地吐了一口烟圈，似乎在庆祝自己的胜利，用一种与年龄不相符的成熟口吻说："算了，书记，我说话直你可不要介意，反正那就是我真实的想法，我身边好多同龄人，也差不多是这样的观点。明天就要开学了，补补英语也挺好的，至少不要得零分嘛，你就给我指点指点吧。哦，对了，刚才那些话，我就想问问你的看法，你可千万别跟我阿达说啊。"

"呵呵，童言无忌，我才懒得浪费口舌呢。"

孔文瀚勉为其难地帮他解释了几个语法点，教了一些记单词的方法，实在没有心思继续，便提前二十分钟下楼迎接县委书记了。

本来心情低落的孔文瀚，看到等待的人群中有一个熟悉的女性身影，顿时兴高采烈地上前招呼："支美，你怎么也来了？"

水落支美难得一见地穿着彝族服饰，看到孔文瀚，也眼睛一亮，说："孔老师，好久不见！我听说县委书记要来格洛，所以就专程赶回来了。你知道吗？我长这么大，还从来没亲眼见过这么大的领导呢！"

孔文瀚俏皮地说："哎呀呀，真是失望，原来是来看许书记啊，我还以为是专门回来看孔书记的呢！"

水落支美略带羞涩地说："如果说许书记是我们仰望的明星，那孔老师更像是身边的亲人。你看，我从不叫你孔书记，因为我觉得叫老师更有亲切感嘛。既然是亲人，只要想见，随时都可以见到的嘛。"

孔文瀚比起了大拇指："行，越来越会说话了！看你整天忙上忙下的，是不是服装生意又做大了啊？"

"嗯，有点起色，前两个月认识了一个浙江温州的老板，他做电商的，在网上开了好几家店铺，都从我这儿拿货，我阿牛哥哥都乐坏了。"

孔文瀚感慨地说："电商，我也只会买买买，不会卖卖卖啊，大学生懂电脑懂网络也是优势啊……唉，要是每个贫困户都像你们这样上进就好了。"

谈笑间，一辆黑色桑塔纳在最后一缕夕阳中停在了格洛村村委会门口，许书记从副驾驶走了出来。

介古木来上前握手迎接："许书记，会场已经布置好了，请里边就座。"

借着灯光，孔文瀚看清楚了，许冰长着一张国字脸，头发乌黑浓密，戴着一副厚实的黑框眼镜，虽年近五旬却看起来很年轻，不苟言笑的表情为他增加了几分威慑力。

孔文瀚小声说："这就是许书记啊？我只在县委的公告栏里看过他的照片，听说是'铁腕书记'，果然好有压迫感，感觉今天就是来格洛村骂人的……我现在这心里啊，像有只失了方向的小鹿扑通扑通乱蹦跶。"

"哈哈，孔老师你不要逗我笑。"水落支美安慰道，"不要担心，虽然他看起来有点凶，但不知怎的，听说就是对第一书记特别好。"

孔文瀚张大了嘴巴："啊？还有这种事？"

会议室内的桌椅已经由若干排调整为一个大圈，营造出平等交流的氛围。待众人坐定，简单的开场白后，许冰严肃地抛出三个"为什么"："为什么乌美路在别的地方进展顺利，到了银崖、到了格洛，就是推不动？为什么一次阻工阻路可以导致七人被抓、一人喝农药？为什么我们的银崖、我们的格洛，在全县的口碑永远垫底？"

现场气氛瞬间凝固，大家连呼吸都小心翼翼，生怕幅度太大，会吸引来许冰的目光。

停顿几秒之后，许冰进入了正题："首先，我要批评个别思想上还很落后的村民！你们知不知道，因为你们个别人的自私、狭隘，格洛村错过了多少次发展的机会？就说十年前那次吧，精准扶贫还没开始，市上就决定在乌宁打造一个彝家风情小镇，发展旅游业。当时的县长吉克刘加，担保你们格洛，说地理位置好、环境优美，就选这里，要给每家建一套别墅！结果呢，你们因为土地、户口等问题，谁也吃不得一点亏，逼着县上重新选址，眼睁睁地把机会让给了觉依镇！我都替你们心疼啊！我这心，疼啊！"说着，许冰使劲拍了拍自己的左胸口。

孔文瀚小声问一旁的水落支美："咱们格洛村还有这段'黑历史'啊？"

水落支美怅然地说："唉，说起来都是泪。"

许冰接着说："后来呢，精准扶贫开始了，我们想给大家修一条好路，一条扶贫之路，路修好后，得益最多的肯定是沿线的村庄，结果到了格洛，个别人又为了自己的利益屡次阻工阻路！我们不能让老实人吃亏，但是也绝不容忍别有用心的人阻碍大家的发展！"

又是几秒短暂的停顿，许冰喝了口水，继续说："然后，我还要批评那些做事不力的乡干部、村干部，格洛村民在全县口碑最差，一说起格洛，过去有'格洛敢死队'，现在有'鸡生蛋蛋生鸡'、阻工阻路，你们怎么治理的？你们有没有把村民的利益放在心上？为什么连续三个季度的群众满意度调查银崖都是全县垫底？我早就说过，对群众，一是服务，二是教育！你们整天忙上忙下，不知道到底忙了些什么？做不好，可以提出来，立马换人！木来书记，我要你当场表个态，未来的银崖、未来的格洛，你们打算怎么整改？"

介古木来缓口气，义正辞严地说："许书记批评得非常正

180

确，我作为银崖的乡党委书记，对银崖所有工作负有不可推卸的责任。当务之急是保证乌美路的正常施工，明天乡党委立刻组织协调小组，全力协调乌美路矛盾！"

说话间，许冰的注意力已经落在了孔文瀚身上，待介古木来话音刚落，便说："市上派下来的第一书记，人家放弃自己原来的生活，来这里帮助我们，就是我们彝族的亲人、恩人。你们要对得起人家啊……坐在那里的小兄弟，你就是格洛村第一书记吧？你对乡村干部、村民有什么建议，也说几句吧。"

孔文瀚知道自己会被点名，早就准备好了，他用一贯的"孔氏风格"说："两位领导都说得很好，我就想补充一下。在我来格洛之前，我曾经被派往印度工作过两年，在那个国家，让我看到了什么是真正的穷人，无论是暴雨还是高温，那些无家可归的底层人民，只能默默地忍受，甚至等死。连我的印度朋友都说，他们很羡慕中国，因为我们国家的政府不会忘记每一个人。你们可能并不大富大贵，但我相信，即使是最困难的村民，也体会到了精准扶贫给你们带来的实实在在的好处。我会尽我所能来帮助大家，也希望大家多多回去宣传，为了格洛美好的明天，我们彼此之间，应该更多一些理解、多一些感恩。我不是什么了不起的亲人、恩人，但希望我走的那一天，格洛村能成为一个人人尊重、人人羡慕的格洛，谢谢大家。"

孔文瀚起身鞠躬，换来一阵热烈的掌声。水落支美夸道："孔老师说得很好，你看，许书记都在鼓掌呢。"

许冰扭头问介古木来："现在格洛的驻村工作组有哪些人？"

介古木来回答:"包村领导是副乡长黄中华,包村干部是财务主管司杜木惹。"

许冰摇摇头说:"那不行,对格洛这样的村,必须派最好的班子成员,建议包村领导就由你这个书记来担任。"

介古木来立刻答应:"即使许书记不说,我们也早就想到这一点了。没问题,明天就调整!"

孔文瀚窃喜,乡党委书记亲自挂帅格洛,工作应该会容易不少。

许冰接着问:"第一书记是哪个单位派来的?"

"西佳师范学院。"

许冰突然眼睛一亮:"呵呵,你们学院党委书记还是周世光吗?"

孔文瀚好奇地问:"是啊,许书记认识他?"

许冰解释道:"岂止认识,他可以说是我的前辈。周世光曾经当过乌宁的县委书记,他在任的时候,严厉打击乌宁强买强卖农民三月笋的不法行为,还了乌宁县一个公平交易的环境,相信他也能把西佳师院带到更高的高度。"

孔文瀚心悦诚服地说:"谢谢许书记,谢谢。"

就在此时,人群中有人举手要求发言,大家顺着许书记的目光看过去,是那个88岁的老党员莫色军体。

许冰说:"老同志有什么话要说,请讲吧。"

莫色军体费力地站起来,许冰立刻伸手劝道:"老同志不必起身,坐着说就好了。"

莫色军体咳嗽两声说:"许书记,还有各位领导、村民,大家好。我年龄大了,旧中国、新中国,我都经历过。咱们彝胞的生活变化有多大,我想我是最有发言权的。咳咳……我们莫色家族是白彝，社会主义改造前，是被黑彝奴役的对象。我有四个兄弟姐妹，因为贫穷和压迫，他们都没活过 35 岁！我原来的名字叫莫色老热别，就是因为怕我也死了，我的阿嬷才给我改名为'军体'，她希望我有一副军人的好身体啊……1961 年，阿嬷临终前哭着跟我说：'军体，你的兄弟姐妹没有活够的份，你一定要替他们活下去啊！'我当时答应了她，却根本没有信心。可是共产党执政以后，特别是改革开放以来，我们的日子真的是一天比一天好，咳咳……我已经 88 岁，但还能参加每一次村上的会议，这在过去能够想象吗？所以我一直觉得，我这条命不是自己的，而是所有人帮我拼起来的，我老早啊，就已经活够本了！我是个党员，我家也有地，十年前搞风情小镇也好，现在修乌美路也好，我总是按照国家征地标准让出来，不多要一分钱，我也教育自己的子孙，严守着这条底线！我们有些人就是自私、就是狭隘，太不知道感恩了……我这一把年纪，也没什么太多盼头了，就盼着有一条好路把我们和城市连接起来，让我们的后代、后代的后代，永永远远地过上好日子啊！"

又是一阵热烈的掌声，许冰露出了难得的微笑，点头道："大家看，老党员的风骨，真是值得我们所有人好好学习啊！"

接下来，水落阿信、莫色拉付和其他一些自愿发言的村民畅所欲言，整个基层夜话持续了两个小时。许冰临走时，嘱咐介古木来："一定要管好第一书记的生活，不能让任何亲人、恩人吃不好、睡不好。"又和蔼地拍了拍孔文瀚的肩膀，说："县委就是你们第一书记的'娘家'，有什么需要帮忙的，欢迎随时来找我。"

驻村工作组、驻村工作队

根据四川省"五个一"帮扶力量的部署，每个贫困村都要派遣一个"驻村工作组"。

驻村工作组由第一书记和乡政府两个成员组成（包村领导、包村干部），原来由包村领导担任组长，2017年起组长调整为第一书记。驻村工作组驻村时间不得少于工作日的三分之二。

驻村工作组的主要职责与第一书记一致，即：宣传党的政策、强化基层党建、提升治理水平、推动精准扶贫、为民办事服务。

实际工作中，由于包村领导和包村干部都有乡上的本职工作，无法全脱产驻村，工作主要由第一书记包揽，于是四川省从2018年起在每村设"驻村工作队"，除第一书记外，再增派两个全脱产的队员长期驻村，协助第一书记工作。

第十九章　胶着

又一周过去了，九月的格洛村山谷里迅速飘来一阵寒意，人们不约而同地换上秋装，孩子们进入了新的年级，在秋日的天空下，五星红旗伴随着国歌冉冉升起。

孔文瀚好久没有这样在国歌声中开始新的一天，他惬意地望着这些朝气蓬勃的孩子，很快就在人群中看到了轮椅上的水永提——虽不能起身，但他还是虔诚地将右手举过头顶。孔文瀚心中泛起一丝慰藉，水永提的父亲已经结束拘留回家，母亲经过治疗也已转危为安，最让孔文瀚牵挂的，是他们的住房补贴和孩子的假肢。

升旗仪式结束后不久，孔文瀚便接到了一个电话，对方正是水永提的父亲水落曲布："请问是孔书记吗？我的彝家新寨被县上评定为面积超标，补贴一分钱也没有拿到。村民们说有事情找第一书记，说你会很热心地想办法，所以想请你来我家看看。"

"曲布，谢谢你们对我的肯定。"孔文瀚无奈地说，"可是情况我已经知道了，他们说你的房子楼下还有一层，所以怎么算都是超标的。这个事情，恐怕超过了我的能力范围。"

"所以我才恳请你实地来看看，我的房子到底有没有超标。

孔书记，有些事情我电话里说不清楚，请你来一趟吧。"

水落曲布语气真诚，没有任何胡搅蛮缠的意思，孔文瀚想了想说："好，我吃了早餐就过去。"

二十分钟后，孔文瀚再次来到了水落曲布的家中，他的妻子看起来恢复得不错，正在院子里刺绣，水落曲布则按照彝族的待客之道拿出了啤酒和香烟。

孔文瀚喝下一口啤酒，直奔主题说："带我到地下那层看看吧。"

"好，你跟我来。"水落曲布带着孔文瀚从房子侧面的楼梯走到楼下，只见两根巨大的承重柱子撑起了地面一楼的地基，与乌美路靠近乌木河一侧的斜坡结合起来，形成了一个宛如地窖的空间。空间里唯一的家具是一张木质方桌，上面搁着一个老旧的电饭煲。两根柱子的另一边，乌木河沿着堤岸潺潺流过。

"孔书记，这就是他们说的超标的地下层。"水落曲布解释说，"政策我很清楚，人均住房面积为 20 至 25 平方米才能获得补贴，我家四口人，两层楼加起来也就九十多平方米。我在盖这房子之前就咨询过县扶移局，他们说乌美路两侧十五米内不能新建房子，让我退后十五米，可这退后十五米就悬空了，所以我必须得修这两根柱子来撑起地基啊！"

孔文瀚点点头："明白了，这被迫增加的空间，被他们算成了住房面积。"

"是啊。那天扶移局来验收的两个人什么也不说，草草看一圈就走了，我还以为是过关了，结果……你说，我心里能好过吗？"

"对验收组的态度，我也感到十分抱歉，他们的验收结果对我们也是守口如瓶，可能害怕我们村组干部会缠着他们帮村民争取利益吧。"

水落曲布接着说："事后，我马上找了村'两委'，他们按程序反馈给了乡扶贫专干，扶贫专干又反馈给了县扶移局，得到的答复是可以把地下层算成危房，最多按照危房改建给我补贴一万六。这不是乱弹琴吗？还有章法吗？所以我很生气，那天做出了破坏路基的举动，没想到……婆娘也走了极端。我很自责，但是属于我的正当利益，我是绝对不会放弃的。"

孔文瀚认同道："我知道，你答应过永提，等四万块钱下来，就给他装假肢，这是他多年的期待。换了我是他的阿达，也不会轻易放弃的。"

"是的，永提跟我提到过你。那天是你背他去的卫生院，谢谢你！孔书记，你跟我来。"说到水永提，水落曲布顿时来了精神，用手扶了扶眼镜框，领着孔文瀚上楼，来到孩子的房间，指着墙上的奖状给他看，"你看，永提在一年级的时候参加乡里的短跑比赛，得了一等奖，后来才听人说，他的速度即使在全县都是数一数二的，所以体育局……不，文体局的梁园军局长亲自找过我，说要带他去成都特训，来年参加西佳市城运会，再看看能不能挑战省级比赛。当时我听到这个消息，眼泪'哗哗'地就流下来了，我就决定了，我节衣缩食，也要给娃娃这个机会。孔书记，在我们这山旮旯里，这简直是做梦都不敢想的事情啊！永提那娃也很争气，在成都训练的时候非常能吃苦，每次我们问他需不需要钱，他总是很懂事地说钱够用，不需要。可是，大城市开销那么大，怎么可能不需要钱呢……"水落曲布说到这里，声音已经变得悲怆起来："这么乖的孩子，为什么就要调皮一把，去爬电线杆呢？是不是我们这些人，注定没那种命啊？"

"你这说的什么话啊？"孔文瀚也听得揪心，安慰道，"就算没了双腿，我们也可以换个梦想，他还可以读书，可以深造，即便不在跑道上，也还有其他的人生赛场，与其自苦自怜，不如让这种悲痛化作源源不断的动力。我已经答应了永提，要为他装上假肢。曲布，上周格洛村的包村领导已经换成了银崖乡党委书记介古木来，我会通过他再去帮你向县上争取。"

孔文瀚随后用手机对着水落曲布房屋地下层的各个角度拍照。水落曲布感激地说："孔书记，你是个好人，谢谢你。"

下午，孔文瀚带着水落曲布一起出现在了乡政府，孔文瀚敲开了介古木来的办公室门："木来书记，有个村民的事情，想和你谈谈。"

介古木来笑笑，随和地说："那么客气干吗？现在你是格洛村驻村工作组的组长，我是组员，你是我的上级，有什么事情直接指示就好了。"

孔文瀚带着水落曲布在沙发上坐下，介古木来一见到阻工阻路的始作俑者，脸色便晴转阴，但碍着孔文瀚的面子，还是客客气气地说："水落曲布，你来找我，是因为房子的事情吧？县上不是已经给处理意见了吗？"

水落曲布不敢吭声，孔文瀚上前翻着手机照片说："木来书记，我去过他的家了，他的房子根本没有超标，只不过是为了离开公路十五米，不得不退后搭基地才形成了地下空间，你看。"

介古木来仔细地看了那些照片，点点头说："原来如此，咱们一分为二地说，你搞破坏是不对，但这个房子，我也认为确实没有超标。我们可以以乡党委的名义给县上打个报告，但一来一回，没有十天半个月根本下不来……这样吧，曲布，我一会儿给扶移局打个电话，你呢，明天可以直接去扶移局找王学宁副局长沟通房子的问题，效率会比我们打报告高很多。但是切记一点，不要学咱们老彝胞以前的做法，不要一堆人一起去，就你一个人去，否则事情没说清楚，说不定还引起更多矛盾。"

水落曲布像是找到了救星一般说："谢谢领导，我肯定一个人去的。"

介古木来笑笑，叮嘱道："好好生活、合法维权吧，以后，再也不要把你的两个娃娃单独落家里了。"

第二天，水落曲布在阴雨绵绵中独自去了县上。第三天，孔文瀚到乡政府找介古木来，只见水落曲布正孤零零地蹲在乡政府坝子里，便上前询问："曲布，你去过扶移局了吧？他们怎么说？"

水落曲布友好地递上一支烟说："接待我的那个王副局长态度还是挺好的，他说住房验收都是几个专人负责，那么多村，那么多户，难免有些疏漏，去县上找他反映情况的人不少，但是他不可能每个事情都派专人下来再验一次，所以他说只要乡镇党委核验后，认定房屋合格，那么他们尊重乡镇的意见，立刻放款。"

"太好了！"孔文瀚欣慰地说，"木来书记正好也叫我来谈事情，我们一起上去找他吧。"

水落曲布摇摇头说："唉，只是不知道他今天为什么这么忙，在办公室接待了一拨又一拨人，我都等了半个多小时了。"

孔文瀚看着楼梯和过道上喧闹的人群说："该不会又有什么大事吧？"

又过了十分钟，两个人在楼下抽完一支烟，介古木来才和一群穿警察制服的人急匆匆地走下来。水落曲布试图上前搭话，介古木来简单回了一句"你的事情等会儿说"，便走到孔文瀚跟前说："孔书记，县上马上要依法强制拆除莫色木干的房子，虽然和第一书记没多大关系，但多一个人多一个见证，我们一起去吧。"

乌美路上又热闹了起来，格洛村委会门口站满了围观群众，身为前"格洛敢死队"的成员，莫色木干漫天要价的行为已经让众多村民不满，加之烂尾楼长期影响了全村的环境，绝大多数人都不站在他的一边。莫色木干如孤胆英雄般站在烂尾楼二楼的窗户前，与推土机对峙。

"今天谁敢动这房子，老子跟他拼命！"莫色木干指着楼下一干人，声嘶力竭地喊着。

莫色拉付在楼下喊道："老表，差不多就得了，退一步海阔天空，你何必要和所有人为敌呢？木来书记马上就要带着警察过来了，你不为自己想，也要为家人想想啊！"

"老子就是要为婆娘娃儿想，所以才抗争到底！谁来都没用，我不会服软的！"

说话间，介古木来和一干人已经赶到现场，介古木来喊道："莫色木干，我们最后提醒你一次，赶快出来，否则他们会进去把你强行带出！"

"哈哈哈哈。"莫色木干提出一瓶汽油摆在窗台上，"谁敢上来，老子就把汽油淋在自己身上，一把火点了。我还会把照片发到网上，看看是谁吃不了兜着走！哈哈哈！"

孔文瀚对水落曲布说："前几天我看他，可彬彬有礼了，今天突然就凶相毕露，人心啊。"

水落曲布说："孔书记是不是也在含沙射影地说我啊？"

孔文瀚意识到了什么，赶忙强调："你们两家性质完全不同。你的房子，我坚决支持维权到底；他的，我坚决支持依法强拆。"

水落曲布叹口气说："唉，还是不要强拆吧，相信我，他绝对做得出自焚的事情。"

正说着，莫色木干继续喊道："老子要你们一分钟之内马上离开，否则，世上可没后悔药卖！"说完，莫色木干把瓶子打开，把汽油浇在自己身上，掏出了打火机，嘴里念道："还有五十秒！"

孔文瀚劝介古木来："木来书记，今天就算了吧，回头我们再做做他的工作。"

水落阿信和莫色拉付也一边招呼莫色木干冷静，一边劝阻介古木来。

莫色木干喊道："还有二十秒！"

介古木来恨恨地盯着莫色木干，终于，转身对一个人说："算了，铁尔部长，今天拆不了了，我们走吧。"

铁尔部长点了点头。

介古木来对莫色木干喊道："我们这就走，你千万别做傻事！"说罢，带着一行人即刻离去。

莫色木干发出一阵疯狂的大笑声，为自己的"胜利"狂欢。

村组干部也招呼着围观群众："都散了散了，不要聚在这儿。"

待村民陆陆续续散去，水落曲布才问孔文瀚："那我的事情怎么办？"

孔文瀚想了想说："现在木来书记肯定正被乌美路的事情搞得焦头烂额，你去正好撞在枪口上。等大家都冷静一下，下午我单独去和他谈吧。"

果然，下午孔文瀚独自来到乡党委书记办公室时，介古木来正皱着眉头抽闷烟。看到孔文瀚，礼节性地微笑着说："不好意思，孔书记，头痛的事情太多，把你怠慢了。有什么事情坐下慢慢说。"

孔文瀚坐在沙发上，故作轻松地说："嘿嘿，木来书记，莫色木干的房子问题一时半会儿解决不了，但水落曲布的应该很简单了。他昨天去了县扶移局，找了王局，王局说只要乡党委同意，就可以放款。就您这儿一句话的事，好解决吧？"

介古木来直接回应了一句："呵呵，你把事情想得太简单了。"

孔文瀚本以为介古木来会欣然同意，谁知他却想也不想就回绝，着实像挨了一记闷棍。

"你前天不是说，你也认为他的房子面积没有超标吗？现在决定权已经在乡党委这里，不是蛮简单吗？"孔文瀚纳闷地问。

介古木来"哼哼"一笑，说："如果县上真是这么想的，那么他们应该直接打电话给我，而不是叫当事人来转告。孔书记，谁知道那个水落曲布说的是实话还是来套我们？群众利益高于一切，但一切必须有个合理的程序，你说呢？只要县上直接通知我，我马上就办。"

介古木来的话点醒了孔文瀚，他联想到之前莫色木干忽悠他的"41万"，心悦诚服地说："确实是我考虑得太简单了，还是木来书记想得周到，我知道怎么跟水落曲布说了。"

介古木来语重心长地说："孔书记一心为群众着想，一点也没错，但格洛村嘛，唉……我一想到你在这样的环境里兢兢业业地工作，心里就充满了愧疚。孔书记，你还年轻，作为帮扶干部，犯不着啥事都要亲力亲为争个完美的结果出来，有些事情，交给村组干部去处理就可以了。我们这些人，已经老了，怎么样都无所谓，可你的未来是星辰大海，一定要学会保护自己，不要犯错误啊。"

孔文瀚打心眼里感激介古木来的好意，但谈话完毕，他还是马不停蹄地赶往水落曲布的家，把介古木来的意思传达给水落曲布，并强调说："不是他不愿意，只是程序不对，你想想，换了是你在那个位置上，会随便接受一个村民的话吗？所以，明天建议你再去一趟扶移局，让那个王副局长给木来书记打一个电话，这事儿就好办了。"

水落曲布为难地说："唉，毕竟是领导，态度再好，三番五次去找他，人家也烦了。"

孔文瀚说："你要是觉得不方便，我可以和你一起去县上找他。"

水落曲布想了想说："那倒不必，孔书记还有其他事情要忙，犯不着天天耗在我一个人的事情上。无论结果如何，孔书记，就冲你这态度，我这一辈子都感谢你！谢谢谢谢！"

水落曲布再次踏上了孤独的行程，他的心里远远没有孔文瀚那么乐观，他隐隐感觉，离自己要回那四万块钱，已经越来越远了……

第二十章　公道

水落曲布又回来了，带着满身的疲惫和无奈。

来回的奔走已经搞得他精疲力竭，他再度请来孔文瀚，向他诉苦："昨天我又去找了那个王副局长，请求他给乡上打一个电话。他的原话是：'判断村民的房屋是否合格，那是他们的权力。我怎么可能亲自给他们打电话？那不成了我对他们发号施令要求整改了吗？他们又没有犯错误！'呵呵，孔书记，你说，我就表达一个简单正当的诉求，怎么就那么难啊？"

孔文瀚说："要不，我们再去找木来书记吧。"

水落曲布摇摇头说："没用的，县上的反应，早在我的意料之中。站在他们每个人的角度，理由都是无可挑剔的。来来回回，钱花出去了，时间也花掉了，什么问题都解决不了。"

孔文瀚也气馁地说："对不起，如果把我换在他们任何一方所处的位置，我都会立马给你办好，可我只是一个帮扶干部，遇到这些事情，也只能尽量协调、反映，恐怕这个事情，我也就只能帮到这儿了。"

水落曲布无奈地望着远方，惆怅地说："孔书记，其实这一开始就不关你的事，我也不会再麻烦你了。我还会继续争取的，县上不行我就去市上，市上不行我就去省上……老彝胞嘛，别的本事没有，但是为了自己的权益该追到哪一步，我们心里还是有本账的。"

孔文瀚点点头："我支持你维权，但一定要做到依法办事、有理有节，否则，那一万六也飞了，就得不偿失了。"

水落曲布丝毫不为所动："要么全给，要么追到底，没有中间地带！这不仅仅是为了钱，也是为了要一个公道！孔书记，也许像你这样的城里人，少点儿钱，换回一点时间和自在，倒也无所谓，但是在我们这里，你的一举一动，都被乡里乡亲看在眼里。我是个老实人，从没有什么花花肠子，当初我盖房子的时候，按政府的要求，老老实实退后十五米。当时就有村民告诉我'老实人是最吃亏的'，叫我学莫色木干，先盖个烂尾楼起来，再对着政府漫天要价。我说我不是那样的人，只要听政府的话，政府是不会亏了我们老实人的。结果呢？我这段时间以来，最痛苦的，是受尽了他们的嘲笑。他们对我说，看吧，都跟你说了老实人最吃亏，你不听，现在呢，牢也坐了，钱也没了，活该！孔书记，你告诉我，我错在哪里？错在我听话吗？难道真要把我们老实人都逼成莫色木干，大家就高兴了吗？"

孔文瀚也无奈地说道："是啊，真是讽刺啊，一个钉子户，争取到了越来越多的利益，一个老实人，却被逼得没有办法。"

"我曾经也和孔书记一样，是个人民教师，我常常对学生说，学习成绩不好，那只是次品，可人一旦失去了正直，那就是废品。如果我们的精准扶贫搞成这样，如果正义缺席，歪风当道，我们的国家还有什么希望？唉……"

孔文瀚胸口隐隐作痛，在他心目中，正义和公道也是如此重如泰山，如果不是碍于身份，他也想陪着面前这个可怜的村民大骂一通，但他只能说："我还是相信，正义可能迟到，但永远不会缺席。"他拍拍水落曲布宽厚的肩膀，坚定地说："刚才我说只能帮你帮到这儿了，我收回这句话。曲布，不要去一个部门一个部门地走了，这么走下去，何时是个头啊！明天，我带你去县上，找一个人。"

"谁？"

"县委书记，许冰许书记。"

水落曲布顿时大惊失色："不行！千万不行！许书记最恨的就是我们这些阻工阻路的人。他不骂我就已经很好了，怎么可能帮我呢？"

"他只知道格洛村抓了七个人，又不知道名字，更没见过你的样子，再说我们就事论事，他怎么可能骂你呢？"孔文瀚劝道。

水落曲布又为难了好一阵子，权衡利弊后终于答应："好，孔书记，我听你的。"

第二天，孔文瀚开着他的小车，载着水落曲布踏上了"下县之路"。从银崖开往乌宁的路段已经比过去通畅了不少，取消了限行，但依然有几截路仍未平整，一派尘土飞扬的景象。

颠簸中，一个悬挂在后视镜上的挂件绳子陡然断裂，掉在了水落曲布一侧的车垫上。

孔文瀚只是瞟了一眼，无暇顾及。水落曲布将挂件拾起，端详一番，发现那是一个人脸象鼻的头像，自己从未见过，便顺口问道："孔书记，这个是什么东西啊？长得好奇怪。"

孔文瀚笑笑："这个啊，叫象头神。"

"哦，这是你们汉胞崇拜的图腾吗？"

孔文瀚摇摇头："不不不，这不是我们中国的神，这是我当年在印度工作时，一个好朋友送给我的礼物。它是印度非常著名的一个神灵，叫做甘内什，被奉为'清除障碍之神'，所以被很多印度人挂在汽车后视镜上，寓意一帆顺风、旅途平安。我觉得不错，也就挂上了。"

"唉，原来，孔书记也信这个？"

孔文瀚一愣，不正面回答，反问道："呵呵，那我问你，你相信你们彝族的支格阿尔也是一个神灵吗？"

"这个嘛，我相信支格阿尔是历史上真实存在的，他是我们彝族一个伟大的英雄，但我不信他拥有超自然的神力。"

"这就对了，你都不信神，我一个共产党员，又怎么会去信一个外国的神呢？只不过，在我看来，清除障碍的甘内什也好，除恶扬善的支格阿尔也罢，与其说是人们设计出这些林林总总的神灵，不如说是人们把本来就存在的各种积极精神具象化、直接化，从而通过他们随时观照自我、反省自我、改进自我。所以虽然我不信神，但他们终归代表着一些正面的精神鼓舞，对我们是好事，这就够了。"

水落曲布若有所思道："孔书记说得很书面化，我能不能简单地认为：其实神就是一种信念？"

"对，就是这样，公平、正义、坚强……"孔文瀚重新开上了平坦的路段，舒了一口气，说道，"你用你的信念坚持人心公道，我用我的信念为村民扫除障碍，这就是我们今天一起上路的原因。"

水落曲布轻轻"嗯"了一声，帮挂件重新打好结，挂在后视镜上，不无忧虑地问："绳子断了，总觉得不吉利啊……孔书记，你一个基层干部带着农民去找县领导，还是不太妥当吧？你不怕影响前途吗？"

孔文瀚淡淡地笑笑："管不了那么多了，自从当了第一书记，我就慢慢悟出了一个四字箴言，已经成了我的座右铭。"

"哪四个字啊？"

孔文瀚盯着前方飞扬的尘土，打着方向盘说："向死而生。"

临近午饭时分，县委大院的门口人头攒动，一辆辆车陆陆续续地驶出大门，孔文瀚停在路边等候，正琢磨着如何才能见到县委书记，却很快看到了一辆熟悉的黑色桑塔纳。他凝神观望，确认了坐在副驾驶上的那位就是许冰。

孔文瀚挥手把桑塔纳拦下，司机伸出脑袋，粗鲁地吼道："你干吗？不知道危险吗？"

许冰和孔文瀚的目光有了交汇，摆手制止了司机，摇下窗户，伸出头说："你好像是格洛村的第一书记。"

孔文瀚急匆匆地说："对，许书记，我们见过的。占用你两分钟的时间，我绝不耽误太久！"

正说着，水落曲布突然跑过来，跪在了许冰的面前。

"不要跪不要跪，有什么事站起来说！"许冰立马阻止水落曲布的异常举动。

孔文瀚一边把水落曲布拉起来，一边问："许书记，你说过，政府绝对不会让老实人吃亏的，对吧？"

许冰不置可否，反问孔文瀚："对了，你怎么称呼？"

"我姓孔，叫孔文瀚。"

许冰点点头："好，孔书记，遇到了什么难题，你们慢慢说。"

孔文瀚加快了语速，一边找出手机照片，一边说："这是格洛村的一户贫困户，他的彝家新寨被扶移局评定为不合格，不予补贴，原因是面积超标。可他超标是为了保证乌美路顺利修建，听政府的话，退后十五米，悬在半空，才不得不用两根柱子撑起路基，形成一个地下空间。这根本不是房屋的一部分，怎么能叫超标呢？"

许冰看了看照片，说："如果真是这样，建议你们去乡上反馈，或者直接找扶移局，他们会妥善解决的。"

"去了，我们都去了。"孔文瀚继续用很快的语速说，"扶移局不愿意重新派人鉴定，把鉴定权踢给乡上，乡上不敢接招，又让我们找扶移局，反反复复跑了几天，愣是没有个说法。归根到底，本来是个很简单的事情，只要扶移局重新验收，就可以解决。许书记，我就明说了吧，要是当初验收组多为群众考虑一点，也不至于酿成七人被抓、一人喝农药、一个孩子被烫伤的悲剧。他非常配合政府的工作，听政府的话，退后十五米盖房子，却搞成这样，难道不让人心寒吗？"

水落曲布哭丧着脸说："对不起，许书记，阻工阻路确实是我不好，我道歉，我也受到了惩罚，但是我的房子，确实没有超标啊！"

许冰拉长了脸，说了声："这些挨千刀的！"

孔文瀚和水落曲布被吓着了，不知道许冰说的是谁。

许冰扭头对司机说："走，去扶移局。"

司机犹豫道："许书记，这个……"

许冰看出了司机的心思，微微苦笑，说："唉，你们知道我为什么这么关心乌美路吗？修乌美路，质疑的声音真不小，不少人说，老路还能用，为什么偏偏要在脱贫攻坚的时候搞这个，让干部群众出行困难不说，还因为征地拆迁搞出一档子矛盾。孔书记，老实说，你有没有这么想过？"

私下里，孔文瀚因为爆胎、封路，早已对修路颇有微词，加上这个"十五米"带来的麻烦，更是抱怨过多次，此刻也不作虚伪，打着哈哈说："这个嘛，许书记，哈哈……"

许冰语重心长地说："孔书记，我今天跟你解释，也希望你帮我宣传一句话：'中国脱贫看四川，四川脱贫看凉山，凉山脱贫看美姑。'……大凉山，尤其是美姑的贫困程度，可不是我们这小凉山地区能比的，我决心修乌美路，又岂止是为了一个乌宁县？我是为了让美姑的困难群众，也能享受到我们西佳的优质资源，也许，他们到我们西佳人民医院的时间稍微缩短一分钟，就能多挽救一条生命。为此，咱们乌宁的干部群众们暂时不方便一点，多花一点拆迁费，又算得了什么呢？"

孔文瀚恍然大悟："许书记，你的政治站位，确实是我们所不能及的，对不起，我的确曾经对乌美路升级改造有一些不满，我向你道歉。"

许冰欣慰道："不，应该是我向你们道歉，在这个过程中，有些群众为了守法，牺牲了宅基地，还有群众像他那样吃了亏，我们却没公平地对待，这是县委县政府的失职，所以，我要去纠正过来。"又转头对司机说："这下，你也明白了吧？"

司机慌忙说："不不不，许书记，您误会了，我可没说不去扶移局，可是，您不先吃午饭吗？"

"老张，我们的饭碗，是谁给的？"许冰停顿两秒，严肃地说，"哼，我就是要让他们吃不成午饭！"

孔文瀚欣喜若狂："感谢许书记为老百姓做主啊！"

许冰轻微地抿嘴一笑，招呼司机离去。桑塔纳车开出数米，又倒回来，许冰摇下窗户，用手扶了扶他的黑框眼镜，指着水落曲布对孔文瀚说："孔书记，你让他注意一下一卡通账户，如果下周内四万块钱补贴还不到账，你们再来找我。"

水落曲布又"扑通"一声跪倒在地上，说："谢谢许书记，我以后再也不阻工阻路了！"

"不要跪，站起来！"这次是孔文瀚说的。

许冰的车绝尘而去。孔文瀚问水落曲布："彝胞是没有下跪的传统的，你哪学来的？"

"我看电视里就这样的啊。"

"以后不许这样了。许书记的为人我早就见识过，所以我才有点信心来找他。有时候，我们离胜利只差那么一点勇气，所以这个世界上没有什么事情可以使我们下跪。记住，你的膝盖跪下一次，就一辈子站不起来了。"

正事办完，水落曲布执意要请孔文瀚吃午饭，孔文瀚正不知如何拒绝，掏出手机，看到一条未读微信，那是水落支美的账号"支美姐姐"，心里不禁一阵惊喜。点开一看，是一条祝福信息："我的老师，教师节快乐！"

对啊，今天是9月10号！离开学校太久，都忘了关注这个节日了。

孔文瀚的心头立刻像揣了只小鹿般躁动不安，突然换了一副心花怒放的表情说："那个……曲布，其实我约了一个女生，所以中午就不陪你吃饭了。"

"哦哦——"水落曲布也识趣地说，"行，那孔书记自己安排，我就先回去了。"

目送水落曲布离去，孔文瀚拨通了水落支美的电话，说：

"喂，支美啊？我正好在城里办事，中午一起吃个饭吧。"

水落支美的店铺比过去又多了一些银崖风格的服饰，孔文瀚一边参观一边赞不绝口："这手工真不错啊!"他在一件黄红黑相间的百褶长裙前停下，问："这个款式，就是那天许书记下来搞基层夜话时你穿的那种吧?"

水落支美点点头："是，孔老师记性真好。"

"多少钱一件啊?"

"这件是纯手工的，980元一件。"

孔文瀚思忖了片刻，说："好，我买了，不过没那么多现金，可以扫码支付吧?"

水落支美原以为孔文瀚只是来调查市场，所以颇有点自豪地按标价回答，一看孔文瀚要买，立刻抱歉地说："那怎么行？你帮了我们那么多忙，今天又是教师节，孔老师喜欢，就送给你吧。"

"送的不要。再说了，第一书记连自己村的招牌产业都不支持，怎么去说服别人喜欢？所以我一是为了工作，二是真心喜欢这个款式。你要是觉得不好意思，就打个折吧。"孔文瀚说这话的时候，心里还想着第三个原因：看到这件裙子，就像看到了你。

水落支美想了想说："好吧，成本价孔老师也清楚，材料两百，加上人工，一共给五百好了。"

孔文瀚一边扫码支付一边说："好啊，好啊，利润的确比养殖业高多了，今年猪肉价格很不稳定，好些村的养殖项目都亏本了。"然后看了看柜台上的电脑问，"网店怎么样了？"

"我在网上开了一家零售店、一家批发店，批发渠道主要就是温州那家。有了量，也就带动了更多村民投入生产。"水落支美话锋一转，"对了，孔老师今天来乌宁处理什么工作呢？"

"哦，哈哈，是这样……"孔文瀚本就为解决了难题心情大好，话到此处，把水落曲布的遭遇和今天来县城找许冰的事情眉飞色舞地——道来。水落支美听完，感慨地说："你知道吗？水落曲布也是我的堂哥呢，属于水落家族里面和我们非常近的亲戚了。他的房子问题让大家都很头疼，没想到你有胆量直接去找县委书记啊！孔老师先帮了我的亲哥哥，又帮了我的堂哥，你说，我要怎么报答你呢？"

孔文瀚张大了嘴巴："啊？原来你是他堂妹啊？我刚才还跟他说要去约一个女生，要是他知道是你……"

"那又怎么样？"水落支美嘟着嘴巴说，"你别转移话题啊，我知道村民送你什么你都不要。要不这样吧，今天是教师节，又是周五，晚上我请你去 K 歌吧！不许拒绝！"

"啊？又是 K 歌啊？"孔文瀚突然想到了陈妍妍，KTV 在他的心中隐约成了某种不祥的符号。

水落支美却得意地说："嗯……不瞒你说，我大学的时候创作了一首歌，叫做《月下银崖》，得了市里的奖，没想到，乌宁有家 KTV 把这首歌收录了。我唱给你听，你一定会喜欢的。"

孔文瀚激动地问："真的啊？你还有这才华啊？"

"嘿嘿，就是幻境量贩歌城。"

"就我们两个去吗？"

"对啊。"

看着水落支美开心的样子，孔文瀚也下定决心，答应道：

"好，那我就恭敬不如从命了。走，先去吃饭吧。"

周五的时光总是那么惬意，两人共进午餐之后，水落支美便回店铺继续工作，孔文瀚则找了家网吧打发时间。终于捱到了晚上，华灯初上时，孔文瀚开车接了水落支美，载着她一起来到位于乌宁城中心的幻境量贩歌城。

本以为会是一个浪漫的夜晚，不料，一个熟悉的身影，打破了这一切。

歌城门口停着两辆警车，警察正押着一个个穿着校服的少年从歌城大门出来，嘴里喊着："快上去！老实点！"

"发生了什么事情吗？"借着昏暗的灯光，孔文瀚透过车窗吃力地看着外面发生的一切。

水落支美坐的副驾驶更靠近 KTV 大门，忽然，她看到一个熟悉的身影，喊道："哎呀，那不是莫色如意吗？我们村贫困户莫色木干的儿子！"

这话惊呆了孔文瀚，他努力辨认了一番，果然看到莫色如意正被警察扣着，说："果然是莫色如意！走，快下车！"

孔文瀚来不及关上车门，就跑到警车跟前，拦住了警察，对莫色如意说："你不是莫色如意吗？你怎么不去上学却在这里？"

莫色如意醉醺醺地瞥了一眼孔文瀚，说："今天教师节，放半天假，我们几个同学出来唱歌，不行吗？"

一个警察厉声问道："你是谁？是他亲属吗？"

"我是格洛村第一书记孔文瀚，这是我们格洛村的贫困户，请问他犯了什么事？"

一听到这，警察语气缓和下来，说："孔书记，正好，你有他父母的联系方式吗？这群孩子在 KTV 里面喝酒闹事，他把包间里的大屏幕砸坏了，需要家长来赔偿领人，可是他死活不肯说。"

水落支美也赶了过来，说："有，我马上给你。"

一听到这里，莫色如意大喊道："不要说！求你们了！阿达知道了会打死我的！求你们了！"

孔文瀚回应道："就算我们不说，你们这校服上也写得很清楚是哪个学校的学生，他们也可以通过学校联系到你们父母的。如意，男子汉敢作敢当，你阿达为了你当了那么久的钉子户，这事儿，也该有个了结了。"

"格洛村的钉子户？"警察一愣，"你们说的，不会就是路边那个莫色木干吧？"

孔文瀚耸耸肩："看吧，不需要我们多说，但凡格洛有什么事，全乌宁都知道。"

水落支美把手机递给警察说："这个就是莫色木干的号码。"

莫色如意沮丧地说："我真的完了，你们不知道我阿达发起火来有多可怕！"

警察存下号码，点点头说："好的，我们一会儿会通知家长。"

待警车离去，孔文瀚问水落支美："莫色木干有那么可怕吗？"

水落支美点点头说："他对三个儿子要求实在过于严格，我读高中那会儿，莫色如意还在读小学，就没少挨打。这可能和莫色木干过去的经历有关。"

"他望子成龙，心情可以理解，可真正的教育不应该是这样的……"停顿了片刻，孔文瀚望着水落支美问，"这歌，咱们还唱吗？"

水落支美善解人意地笑笑："就算我说要唱，孔老师怕是也没心情吧。以你的做事风格，我猜，现在你心里一定想着马上赶回去找莫色木干吧。"

孔文瀚看着水落支美灵动的眼睛，充满歉意地说："今晚是说服莫色木干最好的机会，所以对不起了。下次，我一定听你好好唱《月下银崖》。"

"所以我说，你总像我们的亲人一样。"水落支美宽慰地笑笑，"按你的想法去做吧，孔老师，教师节快乐！"

第二十一章　教育

月色皎好，银崖乡的夜空中，阵阵鞭炮声间或响起。

格洛村第一书记办公室内，莫色木干正把一个空酒瓶子狠狠摔个粉碎，满脸怒色地吼道："妈的，这个不争气的畜生！老子千辛万苦把他养大，把他送到西佳最好的学校念书，他不好好珍惜，现在还给老子捅这么大一个娄子，看老子怎么收拾他！"

一旁的曲木金花和小儿子莫色路军看到满地的玻璃碎片，吓得大气都不敢出。

就在这个当口，莫色木干的电话不合时宜地响起，电话那头是孔文瀚："木干兄弟，你在格洛吗？我来和你说点儿事。"

孔文瀚这个时间点打来电话，莫色木干收敛了几分戾气，略带愠色地说："孔书记，如果你要来谈房子的事情，请你改天来吧，今晚我有别的急事，没这个心思。"

孔文瀚从容地说："呵呵，木干放心，我今晚保证不提房子的事情，而且你家如意遇到的事情，我可能比你更清楚。我想你明天一大早就会下乌宁领人，所以我要和你聊聊。"

莫色木干惊诧地问："你怎么知道的？就这么点事儿他们还给第一书记打电话？"

"不巧，如意被警察带走的时候，我正好在现场。我也算是如意的老师了，咱们汉胞说'一日为师，终身为父'，所以我觉得我有义务尽一份力。"

莫色木干立刻客气地说："好，我等你。"

四十分钟后，孔文瀚出现在第一书记办公室，他的手里拎着一件啤酒，刚进屋，就把啤酒搁在地上："木干，今晚我陪你喝个痛快，但有些话，希望你能好好听听。"

莫色木干一愣，赶忙找起子打开两瓶啤酒说："孔书记，请尽管讲。"

孔文瀚缓缓开场："虽然你只是叫我给如意补习英语，但我想，如意的其他功课成绩也不会太好吧？"

"对，都是他妈的一塌糊涂！孔书记，就算他不够聪明，可我都已经把他送到西佳最好的学校了，还要怎样啊？难道还要送到成都、送到北京去才够吗？"

"谁说他不够聪明啊？"孔文瀚认真地说，"以我的教育经历看，他在同龄人里可是非常聪明的孩子。"

"我可是第一次听到有老师这么评价他，如果他真这么聪明，为什么一科一科都是全班倒数？"

"如意的问题，根本就不是成绩的问题，他的问题出在内心深处，只要把根源的问题解决了，以他的天资，他的各种表现自然会变好。"

莫色木干神态变得专注："那以孔书记所见，他是什么问题，怎么改变呢？"

孔文瀚并不直接作答，反问道："在木干看来，我怎么样？算是个有出息的人吗？"

莫色木干坐直了身体说："那当然是！孔书记高才生，大学老师，还去国外教过书，又愿意扎根我们这贫困山区投身扶贫事业。我儿子要是能有你一半的出息，我做梦都要笑醒啊！"

孔文瀚被夸得有点脸红，略带尴尬地说："哈哈，那就如木干所言，谈谈我的教育经历吧。"

"好啊！求之不得！"

孔文瀚举起酒杯，语重心长地说："在我看来，教育无外乎两种，一种是言传，一种是身教，前者主要依靠学校，后者则主要来自家庭。只有逃避责任的父母才会相信，一个小孩子会仅仅因为老师、同学的误导，就走上歧途。这话听起来或许有些刺耳，但这就是我陪你喝酒的原因，我想向你表明，我是以兄弟的态度来和你谈谈肺腑之言。如果你不想听，我立刻就走。"

莫色木干和孔文瀚酒杯相碰，豪迈地说："好，孔书记想到了什么就尽管说，我答应你，绝不生气。"

孔文瀚点上一支烟，慢慢说道："我从小的性格塑造，主要来自我的父母，不知道你有没有听说过西佳的'三妹烧麦'？"

莫色木干点点头："没尝过，但听说过，蛮有名气的。"

"三妹烧麦，就是我的母亲蒋如珍开的。"

"原来如此。唉，龙生龙，凤生凤，老鼠的儿子会打洞啊。"

"在我很小的时候，三妹烧麦就已经有些名气了，有些商家眼红了，就来抄袭我们的牌子。我记得，我十四岁那年，在西佳的新村冒出了一家山寨的三妹烧麦，声称和我们是同一家，美其名曰'新村分店'，骗了很多顾客过去。我们店的生意被抢了一些倒也无所谓，可不久，他们就被曝出了食品安全问题，有客人在他们的烧麦里吃到了蟑螂！这事对我们店的影响也特别大，害得我们差点倒闭。一些亲朋好友看不下去了，就叫我们发声明撇清关系，再去告那家店，索要赔偿。"

"那肯定啊！赔了多少？"

"我当时已经读初二，懂很多事了，也支持妈妈去告，没想到妈妈却说：'人家是因为看得起我们的牌子才打我们的旗号，与其把他们置于死地，还不如我们一起发展壮大呢。'妈妈去和对方那个鲁老板面谈，以免加盟费的方式让对方合法使用了'三妹烧麦'的牌子，只提出一个条件——在装修、口味、卫生等方面必须和我们保持一致。随后，妈妈登报发文对蟑螂事件道歉，并且承诺此类事件永不发生，很快又挽回了品牌形象，两家店的生意重新好了起来。那个鲁老板，就因为这个事情，打心底里感激我妈，主动提出每年利润的 10% 作为权益金上交总店。后来，这个鲁老板的兄弟又以同样的方式开了一家'三妹烧麦清河湾分店'。"讲完这个故事，孔文瀚感慨万千地说，"这就是从小妈妈对我的教育，很多时候，表面上看，我们是吃亏了，但是在吃亏的背后，你想象不到的实惠却接踵而至。所以，我从小就养成了一种愿意'吃亏'的习惯，不怕牺牲眼前的利益，因为我们都相信，世界永远是公平的，当你挖空心思赢得了一点东西的时候，往往就会输掉另一些东西。如果真有人能一直赢下去的话，那他只能赢一种东西——"

"什么东西？"

孔文瀚把烟头灭掉，吐出最后一口烟说："人心。"

莫色木干陷入了沉思，在这大山深处，从来没有人会用这么生动的故事给他一碗心灵鸡汤。他的世界中，甚至没有"心灵鸡汤"这个词。但此刻，莫色木干已经感受到了一些什么深刻的东西，他心里的防线开始逐步瓦解。

孔文瀚继续说："很多孩子，到了十四五岁就会进入叛逆期，令父母头疼。但我从来没有叛逆期，因为我的父母从来只会用行动告诉孩子：这样做才是对的。所以在我看来，所谓的叛逆期，只不过是孩子在成长的过程中，逐渐认识到了，从小视为无所不能的父母，作为肉体凡胎，也有难以突破的局限，那就是自私的本性，但他们又不能反抗长辈，于是出现两种极端的结果：一种是努力奋斗，离开父母所在的阶层；第二种是模仿父母，让这种自私正当化，以寻求心理的平衡。木干兄弟，你的大儿子，虽然考上了大学，但他属于第一种，我相信，他一定很少和你推心置腹地谈话；而如意，恰好属于第二种。"

莫色木干点点头："对，我那个大的确实很少和我联系。不过莫色如意，我暂时还看不出他的自私，或许是他还没开始挣钱吧。"

"这种自私，不一定是经济上的。"孔文瀚严肃地说，"KTV 的事情发生以后，我就去前台了解了情况。前台说，莫色如意在包间里和同学吴波发生了口角，大打出手，导致屏幕破碎，保安来的时候，他却推脱说是吴波把屏幕打碎的，于是他们调取了监控给我看，我分明看到是如意扔一个酒瓶子把屏幕打碎的。作为一个男子汉，连基本的担当都没有，这难道不是一种自私吗？不过，恐怕他根本就意识不到自己是错的，因为有人已经用多年的行动告诉他：只要符合自身的利益，逃避是对的，撒谎是对的，甚至与全世界为敌也是对的！家风不正，再好的学校也只能培养出一群精致的利己主义者！木干，你希望孩子成为有出息的人，仅仅是希望他成绩好，能挣钱吗？"

看到一向友善的孔文瀚越来越严肃，莫色木干的表情凝重起来。而孔文瀚看到一旁的曲木金花已经小声抽泣起来。或许她早已希望丈夫能听到这样苦口婆心的劝说，却从来没有人能够像孔文瀚一样把话讲得如此透彻。

空气和双方的脸色一样凝重，终于，莫色木干开口了："孔书记确实一个字都没有提房子，可是，你的话我全听明白了。你说，如意还有救吗？我以后应该怎么做？"

"明天你去派出所领如意的时候，切记，不要打骂他！不，光这一次还不够，将来，你再也不能继续过去的教育方式。你要从自身做起，从身边一点一滴的小事做起。"孔文瀚拾起地上一些未清扫干净的酒瓶碎片，扔进垃圾桶，说，"这个世界上，你唯一能不劳而获的，只有阳光、空气，和你脸上的皱纹，除此之外，你所有的不劳而获，都早已在冥冥之中标好了价格，迟早要还的。"

一旁的曲木金花，突然放声大哭起来，像是积蓄了多年的压力，终于喷涌而出。莫色木干缓缓走到妻子身边，给她递上一张纸巾，一声叹息后说："还记得吗？娃儿小时候有一次跟同学打架，老师叫我去领人，我不分青红皂白，当着老师的面扇了他的耳光，当时他那个怨恨的眼神，我至今都忘不掉；还有一次，娃儿参加了学校的篮球队，想让我给他买双球鞋，正好他那学期成绩下降了，我骂他不务正业，不但不给他买，还在比赛期间把他反锁在家里；还有，还有上一次，娃儿跟我争论读大学有没有用，我说不过他，一气之下，就把他赶出了家……唉，早听人说，家是会伤人的，我听不懂，我说这家，难道不是娃儿健康成长的港湾吗？我对娃儿严格一点，难道错了吗？别人跟我说不明白，那是因为他们也跟老子一样，没啥文化！但今天，孔书记……不，兄弟，你说话的方式，却让我每一句都听懂了，我也好像感觉到我错在哪里了。谢谢你，我这一辈子，都会记住今晚兄弟说的每一句话，真的。"

孔文瀚甚感欣慰，默默地看着莫色木干带有悔意的眼神，快意地又干掉一杯。

作别莫色木干时已经是晚上十点，孔文瀚醉意阑珊地回到宿舍，享受着周末的恬静。躺在床上，一天发生的事情在他的脑袋中如电影般快进了一遍，他突然想到了什么，起身打开一个口袋，从里面掏出了那件百褶长裙，凑近鼻子前深深一闻，然后把裙子铺在床上，用手机搜索关键词"月下银崖"。

由于实在小众，互联网上并没有这首歌曲的音频，仅仅在西佳和乌宁的地方媒体有过报道，那是 2014 年西佳市原创歌曲大赛二等奖获奖曲目。

孔文瀚饶有兴致地继续搜索，终于在西佳论坛网站上看到了这首歌的歌词。

月下银崖

山崖如银　月儿明亮
盈盈的河水肆意流淌
虫儿在歌唱　儿时的梦想
那段回不去的无邪时光

成长路上　太多遐想

213

你我都在守望中彷徨

青春的模样　多了点风霜

不变的是那皎洁月光

可无论命运你要我怎样流浪

我依然会对这世界打开心房

风　带不走我的思念

夜　埋不尽我的感伤

只盼终于有一天

再度牵起梦中郎

　　孔文瀚在心里给这几段文字配上音乐，嘴里轻轻地哼唱，却因为缺乏音乐细胞，怎么也配不出优美的旋律。不远处，震耳欲聋的烟花爆竹声又骤然响起，搞得人心烦意乱。百无聊赖中，他拨通了水落支美的电话："喂，你睡了吗？"

　　水落支美精神抖擞地回答："还没呢，孔老师。你回去和莫色木干谈得怎么样了？"

　　"该说的我都说了，如果他真的为了儿子好，我相信他不会无动于衷的。"

　　"嗯嗯，那就好，我知道，你的口才肯定是没得说的。"

　　"哈哈，说到才华啊，我看你也不赖。其实我正在网上看你的作品《月下银崖》，可惜没有音频，只搜到了歌词。我从诗歌的角度来读，也必须说：写得真好！"

　　"哦，你肯定是看到西佳论坛上的帖子了吧，我只发了那一次，如果你喜欢，我现在就清唱给你听好不好？"

"不好！"孔文瀚想也不想地回答。

"为什么啊？"

"遗憾也是一种美嘛！今晚我自作主张回格洛，也算是我欠你的，怎么失去的，就要怎么弥补。我一定会坐在台下，安安静静地看着你拿着麦克风，完美地演绎这首歌。"

"唉，其实我也是这么想的，我们的很多想法总是这么不谋而合。那你说说，从歌词里面，你可以看出些什么？"

孔文瀚分析道："寓情于景。一个成长中的女孩子，虽然遇到了感情上的挫折，却没有自苦自怜、自暴自弃，因为你的心中永远有一个儿时的心灵家园，伴随你、鼓励你，让你永远向前看。"

"你都说到点子上了。这首歌是我大三的时候写的，那个时候我很爱我的男友，甚至婚事都提上日程了，没想到他竟然背着我……那是我最难熬的两个月……不过，人在经历了悲痛之后写东西，真的是才思如泉涌啊。"

趁着酒劲，孔文瀚问："那么，你的'梦中郎'应该是什么样子呢？"

"嗯……"水落支美想了想说，"我的梦中情人，我不在乎他有多少钱、长得帅不帅，只希望有一天，当我一无所有的时候，他仍然能不离不弃地牵着我的手，站在我的身旁，温柔地对我说一声'有我在，什么都不用怕'。"

孔文瀚不知道该说些什么。在片刻的沉默后，水落支美尴尬地说："哈哈，你是不是觉得这种想法特别像一个小女孩，很不成熟？"

"怎么会呢？越是在这物欲横流的社会，这样的想法才会显得愈发珍贵……"孔文瀚还想说些什么把这个话题推进下去，突然，又是一阵烟花爆竹的巨响，让人觉得说话也困难了，孔文瀚便提高了嗓门问，"今晚是怎么回事啊？这附近有人在不断地放炮，难道是什么彝族节日吗？"

水落支美也疑惑地说："是啊，好吵啊，我在这边也听到了。今天什么节日也不是，而且我们彝胞放鞭炮不是为了庆祝节日，而是在葬礼上才放，肯定银崖又有人去世了吧。"

"奇怪，我来了也有好几个月了，这几个月里，别家有人去世的时候，怎么没听过这么大的动静呢？"

水落支美笑笑说："原因嘛，主要有两个：一是这家人特别好面子，所以每家客人来了都要放一次；二来嘛，政府禁止在丧事中放炮，所以平时听不到。今天是周末，干部大多都不在，所以有人不那么自觉。孔老师是第一次周末待在村上吧？"

"原来如此。太吵了，那我们不说了，晚安。"

挂掉电话，孔文瀚用耳机塞住耳朵，用被子蒙着头，艰难入睡。即使是这样，整个晚上，孔文瀚还是被蛮不讲理的鞭炮声吵醒了三次。

第二十二章　解药

第二天孔文瀚哈欠连天地走在乌宁郊区一条蜿蜒的山路上，气温直线下降，披着秋装也依然让人觉得寒气袭人。

孔文瀚一直握着手机，向阿罗金梅分享的定位独行。走了二十分钟左右，阿罗金梅终于出现在一个拐角处，对着孔文瀚招呼："帅哥，我在这里！"

孔文瀚气喘吁吁地抱怨："你说你在家里给人洗脚，我以为就在城里，早知道这么远，我还是去店上比较好。"

阿罗金梅抱歉地说："我以为你要开车或者打车过来呢。"

"乌宁停车太难，单行道又多，不敢随便动车。不说了，快带我去你家吧。"

阿罗金梅带着孔文瀚来到路边斜坡下一间老旧的平房内，这房屋不但采光极差，空气不流通，而且屋门对着的土丘上，还有两座汉族风格的坟墓。孔文瀚捂着鼻子问："你就住这地方啊，这房子是你租的还是自己的？"

阿罗金梅一边张罗着洗脚水，一边不好意思地说："租的。城里的房子租不起，但这里只要三百块一个月，来我这里的都是老熟人了。实在不喜欢，以后还是可以去门店的。这次嘛……你是要治脱皮的特效药吗？"

"对，你们店上卖两百二，这里一百六，对吧？确定是同一种药吧？"

"放心帅哥，保证是同一种。"阿罗金梅招呼孔文瀚躺在客厅沙发上，端着一盆滚烫的洗脚水过来，将药粉倒入盆子里，再小心翼翼地把孔文瀚的脚放入水中，问，"烫吗？"

"天气冷了，烫一点挺好的，就是求求你千万手下留情，轻一点儿……"

阿罗金梅默默地帮孔文瀚洗着脚，孔文瀚眯着眼睛在沙发上打盹，却被卧室里一阵男人的呼噜声惊醒。他纳闷地问道："家里还有人啊？都快中午了还在睡觉？"

阿罗金梅脸上露出一丝凄苦的神色，淡淡地说："疯狗昨晚醉酒回来乱咬人，咬了一晚上，今天爬不起来了。"

男人的身份不言而喻，孔文瀚问："什么事这么悲情啊？"

"他侄儿死了。他侄儿生前在重庆打工，八号那天，从十层高的脚手架上不小心摔下来，当场死亡。那孩子才十七岁，我老公也很喜欢他，所以这两天心情不好。他们家又为了要不要做毕摩吵起来。先说要做，拉我上去，他兄弟又说政府不让做，我一生气，就下乌宁了。结果昨天，又说要做，他又来拉我上去。我就说'你们做不做毕摩想好了再找我，不要让我请假陪你们折腾'，他就打了我。"阿罗金梅将了将头发，无所谓地说，"打就打吧，反正打死了我，看看谁来照顾他。"

孔文瀚对这个"上去""下乌宁"的说法比较敏感，问："你们是觉依镇的人吗？"

"不，他是银崖的，我是从美姑那边嫁过来的。"

孔文瀚一下来了精神："哟，我正好在银崖工作呢。我是格洛村的第一书记，你们呢？"

"真的啊？"阿罗金梅兴奋了一下，又遗憾地说，"我们是挖托村的，你要是我们村的书记就好了。"

"没关系，银崖的第一书记互相都认识，以后有什么需要帮忙的，我可以跟彭书记讲……对了，这么说来，昨晚银崖有人通宵放炮，该不会就是为了你侄儿的事吧？"

阿罗金梅撇着嘴说："是他侄儿，不是我侄儿。我侄儿才十岁，那么可爱，不要咒他啊，呸呸呸。"

孔文瀚赶紧纠正："哦哦，好吧，你们分得这么清楚。那是为了他侄儿的事放炮吗？"

阿罗金梅点点头："就是他们家放炮，不过我没回去。"

"唉，乌宁真小啊！"卧室里传出剧烈的咳嗽声，孔文瀚朝卧室方向瞟了一眼，听到呼噜声又逐渐响起，便小声问，"你们都过成这样了，还要凑合着过下去啊？"

阿罗金梅又淡淡一笑："唉，他也没多少时间了，我又何必跟一个快死的人计较。"

"什么意思？"

"他得了癌症，肺癌晚期。你看我这么辛苦，白天在家里洗脚，下午和晚上在店里洗脚，日子怎么也不至于苦成这样吧？钱，都给他买续命药了。"

这话瞬间触到了孔文瀚的底线，他愤怒地骂道："他妈的是男人吗？你拼了命地挣钱救他，他还打你！我都看不下去了，这种人，就应该和他离婚！"

"小声点啊。"阿罗金梅给孔文瀚按完一只脚，用毛巾小心翼翼地包裹好，放在椅子上，又开始按另一只脚，轻声说，"他只不过是个大孩子，总有一天，他会懂得我的付出的。我相信那时候，他会轻轻地搂着我的腰，跟我说一声'对不起'。只要有这句话，我这上半生也就算值了。为了这一天，我愿意等。"

"为了他的病，你们已经花多少钱了？"

阿罗金梅沮丧地说："药一万多一瓶，吃了一年了，刚好吃掉了城里一套二十万的房子。现在我一个月加班加点给人洗脚可以挣四五千，可两个儿子也要读书，我感觉快撑不下去了。"

孔文瀚说："你把他们兄弟的名字告诉我，我一会儿联系一下挖托村的第一书记，他是西佳市人民医院派来的，看看能为你们做些什么。"

阿罗金梅感激地说："那可真是谢谢你们了。他叫曲别阿惹，他兄弟叫曲别格布，侄儿叫曲别史冬。"

"不好意思，你再重复一遍，我得记下来。"说完，孔文瀚点开了手机上的"备忘录"。

……

午后，孔文瀚拨通了挖托村第一书记彭涅的电话："涅哥，今天偶遇了你们挖托村的村民，了解到了一些问题，有三个情况想跟你说一下。"

彭涅谦虚地说："叫我小彭就行，瀚哥你说吧。"

"第一个事情，有一户叫曲别格布的农户，他的儿子曲别史冬摔死了，蛮可怜的，看看你那里能不能给一些慰问。"

"这个事情我知道，我是打算给他们五百元慰问金，不过我五千元的第一书记经费已经花完了，正准备下周向人民医院申请追加经费。只要有村民去世，就算没经费，我个人也会慰问的。"

"好，第二个事情是，我昨晚没回西佳，住在村上，结果晚上被他们的鞭炮声闹得睡不好觉。现在政府也在抓移风易俗，明确规定了丧事上严禁燃放烟花爆竹，这个恐怕得管管。"

"村民们平时绝对不敢放的，还不是看到周末没人管，就悄悄地放。反正下周，该慰问的慰问，该按村规民约处理的也要处理。"

"好，第三个才是我最想说的问题，曲别格布有个兄弟叫曲别阿惹，肺癌晚期，吃药把房子都吃没了，人民医院能不能在费用上给他想想办法？"

"唉，银崖像这样的人真是不少啊，你也不是第一个找我帮忙的人了。"彭涅无奈地说，"这个曲别阿惹，我还亲自开车接他到人民医院看过病的。不过，很多抗癌药都是自费的。现在国家也好，我们医院也好，都在努力争取下调抗癌药价格，但暂时还无法全额报销。"

"好，那也谢谢你了。"挂掉电话，孔文瀚失望地给阿罗金梅发微信："抗癌药不属于医保范畴，你也别那么拼了，生死有命，顺其自然吧。"

阿罗金梅回复："没事，谢谢你，我会继续努力的。"

"他真的值得你如此付出吗？"

"既然选择了，就要无怨无悔。"

孔文瀚受到了触动，回复道："我没什么能为你做的，但我可以保证，常常来照顾你的生意。"

"谢谢。听别人说国外可以买到很便宜的抗癌药，同样的药效，一盒只要两千块，可惜我们没有那些渠道。唉，命苦。"

孔文瀚顿时如醍醐灌顶，她说的是印度的易瑞沙！他没有立刻回复阿罗金梅，而是打开了邮箱，里面还有一些印度学生时而发来的问候邮件，而其中一个学生 Aditya，毕业后就在孟买的一家医院工作！

一封承载着阿罗金梅一家希望的邮件，从孔文瀚的指尖发出……

不知不觉到了九月底，天气愈发寒冷，在"索玛足浴"的包间里，阿罗金梅正端着一盆洗脚水进来。孔文瀚把一个贴满英文标签的药瓶子递到了阿罗金梅的面前："这个给你，你一定喜欢。"

阿罗金梅看着一堆英文，不解地问："这是什么？"

"这就是你说的国外的抗癌药，印度的易瑞沙。我以前在印度工作过，找熟人买了一瓶，给你试试。"

阿罗金梅的脸上写满了复杂的表情，诚惶诚恐地说："孔书记，这得多少钱一瓶啊？"

孔文瀚指着药瓶子说："你说的两千一瓶是代购价，那些人是赚了很多钱的。我直接问了印度医药公司的朋友，这药出厂价折合人民币只要六百元，加上跨国运费一共七百五左右。"

"太便宜了！"阿罗金梅掏出手机，欣喜若狂地说，"我这就发红包给你。"

"先别急，这瓶不收你的钱。虽然是找朋友买的，但谁也不能保证百分百药效相同，你让你老公先试试，如果效果不错，我再帮你想长期的办法。"

阿罗金梅的眼里闪着泪花，她默默地装好药瓶子，帮孔文瀚挽起裤脚，用低沉的声音说："那就这样吧，大恩人，今天洗脚，免费。"

事情一件件朝着皆大欢喜的方向发展，格洛村今天迎来了一个热闹的大日子——钉子户莫色木干的烂尾楼，在村民的见证之下，在隆隆的机械声中，轰然倒塌。

当最后一面砖墙倒塌时，人群中爆发出了热烈的欢呼声。这意味着乌美路格洛段修通再无阻碍。

水落阿信诧异地问孔文瀚："真是奇怪，这莫色木干之前死活不让拆，可后来我们再去做他工作，轻轻松松就做通了，他干净利落地接受了 53 万的补偿款。问他原因，他说是你和他谈过，你的话就像解药，拯救了他的灵魂，让他彻底明白了一些道理……天呐，你们之间究竟发生了什么？"

孔文瀚故作神秘地说："也没什么，就跟他聊了聊儿子的教育问题，改天和你们详谈。不过这么重要的日子，他人去哪儿了？"

莫色拉付说："他说以后要多陪陪孩子，又去西佳打工了。估计没什么事，他不会回来了。这里已经没有了他的土地，等过段时间他把小儿子也转出去，他们一家就在西佳定居了，孔书记的办公室也就可以使用了。"

孔文瀚摸摸脑袋说："哈哈，我从来就没把那间屋子当作我的办公室，谁爱住多久住多久。"

莫色拉付又说："对了，他还要我转告孔书记，如果你再碰到莫色如意，请对如意说：'你有一个好阿达，虽然他曾经错过了你成长中很多宝贵的东西，但请相信阿达，他会用一生来弥补。'"

孔文瀚心领神会地点了点头。

介古木来也在现场，夸赞道："孔书记厉害啊，咱们格洛村一年来阻工阻路的大难题，愣是被你给解决了。"

孔文瀚赶忙纠正："木来书记听过拔萝卜的故事吗？我就是最后那只小老鼠而已。之前，阿信书记、拉付主任、德古，还有很多乡干部、组长，都没少为这条路奔走。我也就运气不错，摆平了最后，也是看起来最难的一家，但功劳是大家的！"

"嗯，是大家的功劳，还有个事情也要和大家沟通一下。"介古木来把孔文瀚和村"两委"召集在一起说，"县上有个新的任务要求尽快落实，我本来要在乡上开会的时候宣读文件的，不过既然大家都在，我就先给大家吹吹风了。"

"唉，最怕'尽快落实'四个字。"孔文瀚问，"这次又是什么任务啊？"

"11 月 20 号就是传统彝族年了，乌宁县准备搞一场大型歌舞晚会，每个乡镇要上报一到两个歌舞节目，所以要求每个村成立一支歌舞队，排练歌舞类节目，在乡镇初选以后参加县上的晚会。"

孔文瀚纳闷地问："问题是，有人愿意参加这歌舞队吗？"

莫色拉付哈哈大笑道："孔书记这就是外行了，别的不说，但说到这歌舞，咱们彝胞肯定是当仁不让的。而且，县上肯定有补助的吧？"

介古木来点头说："是的。文件上说，每个队伍最多可以有十五人，能选到县上参赛的，每人都能获得三百元出场费，得了奖的还另给奖金。"

水落阿信也补充道："这还都是小意思，关键是，凉山那边每年都要举办彝族选美大赛，凡是在乌宁露脸的，被星探看上，送去参加选美大赛，那前途可就无限光明了。所以每年咱们这歌舞队，帅哥美女报名可是非常踊跃啊！唉，要不是我人老珠黄、颜值欠佳，我也想走这条路啊！"

介古木来大笑道："哈哈，阿信书记也不错，就是水落支美太耀眼了，把你的光芒给盖住了。怎么样，这个工作不难吧？"

莫色拉付说："行。我建议还是和去年一样，由水落支美带队吧。那可是咱们格洛村的颜值担当啊。"

孔文瀚大惊："啊，去年是水落支美带队的？"

"孔书记，为什么每次一说到水落支美，你就那么大的反应？"莫色拉付调侃道。

"这还用说吗？郎才女貌，又都是单身……孔书记，加油，我们支持你。"水落阿信也附和道。

孔文瀚尴尬地笑笑："哈哈，我的意思是说，去年也是演出她自己创作的《月下银崖》吗？"

"这个孔书记也知道了？"介古木来说，"是的。可惜的是，刚好那段时间水落支美住院了，我们只好临时换了和谐村的节目去参赛，结果没能得奖。咱们可一直盼水落支美今年为咱们长脸呢。今年又遇到西佳旅博会，声势肯定更大。"

谈笑间，有两个熟悉的身影从道路的远处蹒跚而来。堪堪接近，孔文瀚看清楚了那两个人的轮廓——水落曲布正搀扶着水永提，锻炼他使用假肢。

孔文瀚迎上去，欣喜地问："曲布，你们拿到建房补贴了？"

"果然第二周就到账了。孔书记你又为老百姓办了一件好事啊！"水落曲布喜笑颜开地说，"还有啊，幸好老婆喝的不是百草枯，只是波尔多液，而且量也不大，才给救了回来！现在老婆、儿子、女儿，都健康得不得了！现在我就觉得，我是这世界上最幸福的人，哈哈。"

孔文瀚尝试着搀扶水永提，问："怎么样，还习惯吗？"

水永提说："还行，就是好像有点大。"

水落曲布解释说："孩子正是长身体的时候，所以做得大了一点，争取这次用个三年五载，到时候，我挣了钱，再去换新的！哈哈！"然后又对水永提说："快，谢谢孔书记。"

水永提乖乖地说："谢谢孔书记。"

"哈哈，我还是更喜欢你叫我叔叔。"孔文瀚指着路的尽头说，"还记得当初叔叔跟你说的话吗？"

水永提点点头："嗯，可是，我还不能跑啊。"

"有时候，我们只是缺少一点点勇气。"孔文瀚边小跑边说，"来，勇敢一点，你可以的。"

水永提抬头征求水落曲布的意见，水落曲布报以微笑说："去吧，哪个孩子在学会飞奔之前，不摔得遍体鳞伤？"

"那我来了！"水永提振臂一呼，迈开步子去追赶孔文瀚。

他们的脚下，宽敞平整的乌美路，如同一条新生的巨龙，连接着群山与外面的世界。

第二十三章　经费

　　国庆七天长假的最后一天，华灯初上时，西佳宏远新区一家名叫"水木哲学"的水吧中，两个男人相对而坐。

　　柔和的《献给爱丽丝》钢琴曲中，向旭然把两个小盒子递到孔文瀚的面前，说："你要的名片，已经做好了，看看有没有什么问题。"

　　孔文瀚从盒子里摸出一张，两面端详以后赞叹说："不错不错，不愧是西佳师院美术系高才生的作品，和烂大街的设计就是不一样。这样一来，我再也不怕那些彝族村民记不住我的名字了。"

　　向旭然调侃道："看来孔书记离青史留名的伟大目标还很遥远啊。"

　　"唉，不是我不努力，你想想，一些贫困户甚至连汉语都说不利索，怎么会把我们这些汉族干部的名字记得那么准确呢？"孔文瀚把名片盒装进包里，换个话题，"你今天专门约我出来，怕不仅仅是为了给我名片吧？还有什么事情，尽管说吧。"

　　向旭然愁容满面："唉，最近后院有点儿起火，和老婆总是不对路，怕是要离了，心情实在郁闷，所以找你出来谈

227

谈心。"

向旭然的妻子叫做董玲玲，是他们当年西佳师院的同学，也是美术系的学生。孔文瀚和她没有任何过节，对这个女子唯一的一点不满源自于一块文身——大三那年，向旭然和董玲玲正处于蜜月期，为表达这位艺术青年的"忠贞不二"，向旭然在左臂上文上了董玲玲的头像，并且时不时指着这块头像对孔文瀚及周围一干兄弟伙下令："来，叫嫂子。"后来，向旭然逐渐发福，那头像也随之变得愈发肥胖，向旭然也就渐渐不好意思拿出来"撒狗粮"了。

除此之外，孔文瀚对她为人处世印象还不错，于是疑惑地问："不会吧？你和董玲玲不是一直挺好的吗？有这么严重吗？"

"这不国庆放假吗？我们之前说好，前六天去泰国旅游，最后一天回我老家看看爸妈，谁知我接了一个大单，就是旅博会的一些广告。十三万的生意啊，十三万啊，我能不做吗？人家又要得急，所以我只好国庆加班加点地做，去泰国的事情就黄了。谁知，她不但不支持我，还跟我闹脾气……跟我吵也就罢了，今天回去看爸妈的事情也不配合了，我妈做了那么多菜，白费了。你说，换了你火不火大？"

孔文瀚点点头："嗯，我们接触不多，我对她的印象还停留在多年以前。以前在学校里那么温柔的一个女生，也有这样的一面啊。"

向旭然愤懑地说："女人嘛，都是会变的，日子过好了，就要得越来越多。你说那泰国什么时候去不行啊？我要挣钱供房子、养车子，还计划造小孩的，我容易吗？唉……话说回来，你不知道我多羡慕你，单身一个，不用考虑和谁磨合的问题，想怎么玩就怎么玩，多自在！结婚结婚，结个脑壳婚！"

孔文瀚笑笑："我是单身，但并不代表我崇尚这样的生活啊。你老婆今天这做法是不对，不过换位思考一下呢，她要的就是去泰国本身吗？你每天白天忙成那样，晚上还十有八九都泡在游戏里，你在怪她的同时，也扪心自问一下，是不是陪她的时间太少了。"

听到孔文瀚对两人各打五十大板，向旭然倒也不生气，用反省的语气说："其实你说的问题，我也想了很久了。今晚约你出来，也是想看看，我们是不是差距越来越大了啊？"

孔文瀚不明就里，揶揄地说："那是，你在城市，我在农村，我没有你们套路那么深。"

"不是这个意思。兄弟，你看啊，过去我们都是去酒吧，自从你去当第一书记，酒吧也不去了，换水吧了，看起来越来越寡淡，但我看你的朋友圈，生活怎么好像越来越有激情了？"

孔文瀚大笑道："那倒是，比在学校里面精彩多了。好多故事，让你声泪俱下，又让你开怀大笑，那叫一个痛快！"

向旭然摸出一根银光闪闪的电子烟——那是他花 498 元买来的"宝喜路"，猛吸一口，说："所以，我想去你们格洛看看。"

孔文瀚欣喜地说："行啊，想去的时候说一声。"

"我不光想去，还想为村民做一点事情，不然挣那么多钱来干什么？最好是找一些项目，投点资什么的，赚了亏了都无所谓……我就觉得吧，商人当久了，什么东西都精打细算，内心也越来越浮躁了，该好好洗一洗了。"

孔文瀚一听更加来劲："你这么一说我倒是早有想法，我

229

们村一直在做刺绣项目，你等等……"孔文瀚从包里掏出一块刺绣方巾，递给向旭然说："这样品我随身带着的，你可以看看。"

向旭然接过方巾仔细端详，赞不绝口："这是纯手工做的吧？实在是太精美了！在我看来，只有心无旁骛、专注于此的巧匠才能绣得这么细腻。我甚至可以想象，在那青山绿水环绕的农户家中，一个彝族妇女坐在院子里，一针一线耐心刺绣的画面！"

"不愧是搞艺术的高才生！"孔文瀚自豪地说道，"对，这样的画面，让你觉得仿佛时间都凝固了，这在世人心目中遥不可及的田园景象，却是我每天看到的日常。小桥流水人家，古道西风瘦马，我们那里就是这么美。"

"好，如果我拿十万出来投资，你看看我能够做些什么？"

孔文瀚喝了口水，声情并茂地讲道："我谈下我的想法吧，县里本来给我们村拨了八十万产业发展资金用于发展集体经济，但考虑到实体经济风险太大，村上一致同意将资金投入县农投公司入股分红。这样一来，任务是完成了，可是我们的刺绣仍然还是分散加工，效率低下。本来我觉得这样也可以了，可最近，我听到村民说，人家十多岁的小伙子在外地打工，在工地上摔死了，多让人心疼啊！我就在想，如果能让更多的村民就近工作，不用去那么远的地方奔波，那该多好啊。所以，如果有个十来万的话，足够我们成立一个合作社，用公司化运作的方式来搞刺绣项目，生产、包装、销售一条龙，把它做成格洛村的一张名片，那就太完美了。"

"确实完美！"向旭然一拍桌子，急声说，"那我不光可以提供资金，还可以提供技术支持！"

孔文瀚笑笑："你看，还没开始呢，就已经热血沸腾了。现在你可以体会到，当初我不顾一切要去当扶贫干部的感觉吧？"

"必须要喝两杯！"向旭然招呼服务员过来，点了一瓶清酒，抛出一句，"给我一个机会，还你一个更美的格洛。"

话虽如此，向旭然真正赶赴格洛还需要一些日子。第二天，在格洛村村委会，孔文瀚又同水落阿信、莫色拉付坐在了一起，开始了新的工作。

水落阿信首先发言："孔书记，对照着贫困村退出的'五有'标准，格洛村已经有了通信网络、集体经济、卫生院，还差文化室和硬化路，这是我们接下来工作的重心。"

孔文瀚疑惑地问："咱们这村委会活动室就是文化室啊，而且我们村就在公路旁边，这乌美路通车以后，'五有'就都齐了，为什么还要修硬化路呢？"

莫色拉付解释说："根据县上的要求，硬化路通到村委会就算到村，现在确实是达标的，可是，我们这村委会面积不达标，所以打算将村委会搬迁到一、二组上面的一块玉米地，那么，也必须多修一条通组路。孔书记还记得刚来时我们谈过的规划吗？"

孔文瀚说："记得。当初我也是希望让全村焕然一新，可这大半年下来，我观点有点改变了，牵涉到土地的问题最好不要碰，否则又要引起很多矛盾。咱们村委会旁边不是还有点空地吗？我的建议是，把村委会扩充翻新，符合条件即可。"

莫色拉付为难地说道："我们都知道这个难度，可是，修一条通组路到达居民的居住点，是我们几代格洛人的心

231

愿啊。"

看孔文瀚面露难色，水落阿信解释道："我们这么说吧，99户贫困户只有37户申请了彝家新寨建设项目，还有那么多户住房不达标的农户不敢申请，为什么？因为没有公路，材料就只能靠马来运输，一套彝家新寨的成本本来只要七八万，可加上二次运输，就多了至少一万五。还有，我们现在什么集体活动都搞不起来，所以想给村民建一个宽敞的文化院坝，修个篮球场，买一些健身器材，也有利于提高村民的幸福指数嘛。"

见两人一唱一和，孔文瀚看出他们心中早已有决断，想到反正也是利村利民，就答应下来："唉，那就建吧，有什么矛盾，我们再一一去化解就好了。"

"只是，有些事情需要孔书记帮帮忙……"水落阿信支支吾吾地说。

孔文瀚一愣："需要我做什么，直接说不就好了？大家一起工作这么久，还有什么不方便说的啊？"

水落阿信和莫色拉付你看看我，我看看你，都做出一副不知如何开口的样子。

这可把孔文瀚的好奇心激起来了，他急急地问："怎么都哑巴了？到底要我做什么，你们倒是说话啊！"

终于，莫色拉付开口了："是这样孔书记，通组路不比公路，县上是只出修建资金，不负责土地补偿的，具体来说是'四自'原则：土地自调，林木自移，矛盾自消，手续自办。可是你也知道，如果村民一分钱补助也拿不到，个别人又要借题发挥，怂恿村民阻工阻路，所以，我们想恳求孔书记，找帮扶单位申请些资金，帮我们解决土地补偿问题。"

"需要多少钱？"孔文瀚皱着眉头问。

莫色拉付算道："5米宽，940米长，加上村委会的平坝，一共八亩地左右，每亩给村民补偿一万元，一共需要八万元。希望孔书记能想想办法，如果八万元不够，我们再去'化缘'来补上。"

孔文瀚的眉头皱得更紧了："你希望我找西佳师院要八万元作为村民的土地补偿费？这我可不敢答应！我们学校不是营利机构，我参加过学院的扶贫会议，一分一厘领导都要计较，一年给我们拨的扶贫经费才五六万，可仅仅这一个项目就要八万。我现在就可以告诉你，一个字：悬！"

莫色拉付哀求道："所以我们才来求孔书记帮我们想想办法，如果实在为难，我们两个愿意到西佳师院，亲自请示贵校领导。"

莫色拉付说的"领导"既有学院党委书记周世光，也包括分管扶贫工作的副院长马仲强。在"五个一"帮扶体系中，周世光是"主要联系领导"，马仲强是"直接联系领导"，两人都下村与村干部见过面，对村情有一定了解，对于扶贫工作也一向表示全力支持，所以两人要去面见领导的说法并非空穴来风。

水落阿信也说："孔书记，你不知道，这条路，真的承载了太多格洛人的梦想，无论是乡上还是县上的领导，都想过修这条路，最后都没修起来。如果在孔书记的任期内修好了这条路，我们愿意给它命名为'文瀚路'，来永远纪念你的恩情。"

"啊？别别别！千万别！要真那样，我可更不帮忙了！唉，你们啊……"孔文瀚看到两人认真的模样，苦笑一声，问，"那，假设，我是说假设啊，我申请来了这笔钱，你们能说服村民接受一万一亩的补偿金额吗？如果又遇到漫天要价怎么办？"

莫色拉付见孔文瀚松了口，和水落阿信确认了一下眼神，拍着胸脯说："土地协调的事情交给我们，保证不让孔书记操心！"

看到两人无奈又坚定的样子，孔文瀚终于点了点头："好，格洛村，我再一次接受你的挑战！"

三天后，在西佳师范学院行政楼副院长办公室，孔文瀚和学院副院长马仲强、分管扶贫干部人事工作的组织部部长陆钢坐到了一起。

陆钢和马仲强手里各拿着一份孔文瀚提交的《格洛村扶贫经费追加申请书》，浏览完后，果然眉头都紧锁起来。陆钢抱怨道："孔书记、孔老师，我早就提醒过你，不要选择去难度这么大的贫困村当第一书记，你不听，一件又一件麻烦事好不容易处理完，现在又来申请追加这么一大笔经费。再说，这县上给村上修路，土地补偿金为什么由我们帮扶单位来出呢？"

风向一开始就不对，孔文瀚的心都提到了嗓子眼，心里对村"两委"说：看吧，我就知道，行不通的。

马仲强喝了一口茶，慢悠悠地说道："格洛村我也去看过，地理位置还不错，村委会就在公路边上，稍微翻修一下，贫困村退出验收应该没问题，我们学院又不是慈善机构，干吗找这么多吃力不讨好的事？"

孔文瀚尽力解释道："就算贫困村退出验收能过关，可是贫困户脱贫呢？山上还有很多居民没有安全住房，主要原因就是没有公路，修房子运输材料的成本太高。这条路修不起来，

234

他们就不会修房子，只要有一户住房不过关，脱贫成果就要一票否决，我们学院负不起这个责任啊！"

陆钢反驳道："我就是农村里出来的，村民在想什么我很清楚，他们就是在等这条路，如果这次路还是修不起来，这些村民说什么也要自己建房子的。毕竟和那点运输成本比起来，四万块钱的补贴更重要啊！"

"先不说陆部长的判断有没有依据，就算是这样，我们建文化院坝，也是为了给村民带来长远的好处，我们扶贫不仅仅是为了应付检查吧？"孔文瀚不依不饶。

陆钢也来劲了，厉声说道："那请你给我好好算一算，这条路花了这么多钱，带来的直接收益是多少？长期收益又是多少？你一笔一笔把它们列出来，我们再来看看，这投入产出比是多少？"

"这我怎么算得出来？再说了，如果学院不愿追加经费，那么我做什么努力都是白费。就算我算出来了，陆部长又会拿别的说辞来为难我。你们不同意，我就只能去找周书记。哦，对了，说到周书记啊，人家村'两委'也说了，如果不同意，他们打算抱着铺盖来咱们学院守着呢。"

陆钢苦笑着说："嘿，人家会想到这招？不会是你小子教他们的吧？"

马仲强听到这里，从容地笑了两声："嘿嘿，陆部长啊，这格洛村的两个小鬼头我见过，年纪轻轻，做工作那可是充满激情，要是不答应他们，没准儿还真干得出来。小孔啊，不是学院不愿意支持，不过，这凡是牵涉到钱的事情，都是大事，要考虑的不光是成本问题，还有纪律、财务等各方面的问题，我和陆部长说了都不算，就是周书记说了也不算，必须学院党委会讨论通过。你和村'两委'的想法，我会在党委会上提出来，也会帮你们呐喊几句，但不论结果如何，你们都要有个心理准备。"

孔文瀚终于露出了笑容，趁胜追击说："马院长，反正你都要呐喊了，不如就帮我再多喊几句别的吧。"

"哦，你还有什么要求啊？"

"我去拉了点社会资金进入，我们的彝族服饰、刺绣工艺品什么的，供货量马上会成倍增长，我们中文系的老师都答应我，一定慷慨解囊，每人至少购买一件！马院长，你就好人做到底，在学院层面也呐喊一下吧，鼓励大家都来支持一下咱们结对村的扶贫事业，充分发扬'买买买'的精神！"

马仲强被逗乐了："这小孔，咱们学院都要被你'榨干'了，行，给我和陆部长都留一件。"

陆钢打着哈哈说："没问题，买，一定支持扶贫事业！"

联系领导

根据"五个一"驻村帮扶体系的规定，每个贫困村必须有一位"联系领导"，实践中，一个贫困村往往有三位联系领导。

其中一个联系领导由县上指派，称为"挂联领导"，由县级党委、政府、人大、政协四大班子的正副职担任，不定期到所联系的贫困村调研，就村上的需求与县上各部门进行对接。

帮扶单位则需指派两位联系领导：一位叫"主要联系领导"，必须由派员单位的一把手担任，指导联系贫困村制定脱贫攻坚年度规划和年度工作计划，每两个月至少到所联系贫困村调研指导一次；另一位叫"直接联系领导"，组织、指导联系贫困村落实脱贫攻坚年度规划和年度工作计划，每月至少到所联系贫困村调研指导一次，听取帮扶单位、驻村工作组、第一书记、农技员工作汇报，帮助解决贫困村脱贫攻坚、贫困户增收、驻村帮扶工作中遇到的问题。

第二十四章　原则

一辆白色奥迪沿着乌美路驶向格洛村，在村委会门口停下，车门打开，孔文瀚和向旭然一左一右地下来。

向旭然吐了口气说："终于到了。整整开了三个小时，居然还没离开西佳！"

"呵呵，这算什么，我刚来的时候，又是修路，又是限行，光是到这里就要一整天。现在通畅多了，唯一的隐患就是拓宽道路动了山体，一下雨就有可能引起塌方。"

正赶上学生放学，一群小学生沿着乌美路热热闹闹地走过，不知是谁带头向孔文瀚和向旭然这边说了一句"敬礼"，小孩子们也纷纷冲着两人问候。

孔文瀚一边冲孩子们致意一边跟向旭然解释："这是银崖的光荣传统。"随后他也做了个敬礼的手势，开玩笑道："向向经理致敬，感谢您百忙之中来支持咱们的扶贫事业！"

"行了，你小子，别给我找别扭。"向旭然嘴角一咧，向孩子们挥挥手。

向旭然沿着乌美路小逛，不住地点头称赞："不错不错，真是个世外桃源，你看这河水，激滟无瑕，伴着若有若无的氤氲，呈现出一派典型的中国山水画风光。"

孔文瀚吐槽道："得了吧你，漂亮就说漂亮，雾气就说雾气，还什么'潋滟''氤氲'，把自己弄得文绉绉的，恶心死了。"

"哦，你不是诗人吗？你到这种地方来，不是这么说话的吗？"

"恰恰相反，自从我来了以后，就越来越远离李白了。你来这里吟诗给谁听呢？"孔文瀚掏出手机，说道，"先随便看看吧，我马上联系两个主要村干部。"

正说着，乌美路上一群妙龄少女迎着孔文瀚两人走来，粗略一看，大约有十多个人。孔文瀚一眼就看到了水落支美，眼睛一亮，上前问道："哟，支美，你们这是要上哪去啊？"

水落支美乐呵呵地回答："孔老师啊，我们这是格洛村的歌舞队，刚吃过午饭，现在准备去上面排练。"

孔文瀚这才想起来介古木来曾经提到过的歌舞队，问道："这么快就成立了啊？一共多少人？"

"十五个，绝不浪费名额。"

向旭然也走过来，孔文瀚相互介绍后说道："正好认识一下，水落支美是专门做彝族服饰生意的，销路很不错，可是供货不太能跟上。向旭然呢，准备在格洛投资一个加工合作社，批量生产服装，以后还有很多机会打交道的。"

水落支美点头致意："那真是太谢谢你们了。"

"不客气，精准扶贫是国家头等大事，全社会都要参与嘛。"向旭然想到了什么，问，"这个歌舞队是怎么回事啊？要参加什么节目吗？"

孔文瀚得意地解释道："下个月乌宁要搞一台庆祝彝族年的晚会，又恰逢西佳办旅博会，所以每个乡镇都要推一到两个节目去表演。在咱们银崖，只要格洛村愿意参加，那其他村绝对是没法竞争的。"

向旭然点点头："嗯，以我一个生意人的眼光来看，这节目和咱们的产品倒是可以联系起来推。有没有什么机会，让我给相关的村民讲一讲课？"

"行啊，向老师真有激情！咱们每个村都开设了'农民夜校'，一个月两期，你准备好以后就告诉我，我给你安排一期。"

孔文瀚又从歌舞队里面发现了一个熟悉的身影，上前一步问道："阿花，你的手完全好了吗？"

"孔书记，我还以为你不认识我了呢。"莫色阿花挥舞着双手，微笑着说，"都好了，可以正常劳动了。真的要感谢孔书记，你帮我众筹的钱，帮我渡过了很大的难关，让我重新振作了起来。"

"没想到你还能去跳舞，我真是太开心了！"孔文瀚指着向旭然说，"当初就是这哥们建议我发起众筹的，也是他利用自己的关系网不断转发，才能筹到那么多钱。"

向旭然笑道："嗯，这位就是'堂妹'啊？看你这么健康，真是太好了。"

莫色阿花鞠了一躬："谢谢你们两位恩人。小女子无以为报，又不能以身相许，希望两位都好人一生平安。"

"哟，开朗多了！"孔文瀚深感欣慰。

向旭然笑道："果然才一会儿工夫，我就体会到孔书记在这里的快乐了，真是赠人玫瑰手留余香啊。你们都好好努力，享受生活，我们也就开心了。"

孔文瀚问水落支美："对了，你刚才说的去'上面'排练，是去哪儿啊？"

水落支美回答道："哦，孔老师可能还没上去过，山顶啊。咱们这格洛，村委会太小，这么多人排练不开，山坡上那块平坝现在还是玉米地，只有山顶上还有一块坝，叫做'望月坪'，很大，能够供我们排练。"

"那走上去得多少时间啊？"

"走路半个多小时的样子。"

孔文瀚对向旭然说："看，这些女孩子多辛苦！所以我们现在正打算给村上修一条通组路，再建一个文化院坝。"

向旭然若有所思地点了点头。

送走了歌舞队，两人站在村委会门口继续等村"两委"，不一会儿，一个穿迷彩服的青壮年男子路过村委会，冲着孔文瀚两人看了过来。孔文瀚的目光和男子有了短暂的交接，却没有丝毫的互动，一直到男子走远，孔文瀚才舒了口气，指着"迷彩男"的背影对向旭然说："看到那个穿迷彩服的人了吧？"

"嗯，他又是谁？"

"这个人叫水落林长，是水落支美的亲哥哥，也是前一任的格洛村主任，自从他今年三月落选以后，就一直对新一届的班子不满，没少为难村"两委"。不过说来也有意思，他妹妹和我关系很好，他弟弟又是我选出来的党员精准示范户，唯有这个水落林长，还一直没和我产生过任何交集。我很好奇，在他心目中，我究竟处在一个什么样的位置，哈哈。"

向旭然说："没准他自己也心情复杂呢。"

谈笑间，孔文瀚的手机铃声响起，他接起电话，说道："嗯，嗯，好的，我们马上过来。"

"走吧。"孔文瀚对向旭然说,"村'两委'在乡政府叫了饭等我们,我们先去吃饭,然后就去考察刺绣。"

路上,孔文瀚又接到了阿罗金梅的电话:"孔书记,你好,你买的印度药效果和国内的药一样好,希望你再帮忙买一年的量,十二瓶。"

第二天,在那间远离城区的小屋中,阿罗金梅把厚厚的一叠人民币交到孔文瀚手上:"七百五一瓶,十二瓶就是九千元,你数一数。"

孔文瀚笑笑,抽出其中六百元还给阿罗金梅:"七百五是单买一瓶的价格,买得多,运费就摊薄了,暂时就按七百块一瓶来收,多的下次再退你。"

阿罗金梅推辞说:"已经便宜得做梦都不敢想了,你辛苦帮我们联系,怎么可能让你白忙活,收下吧。"

孔文瀚把六百块放在沙发上,半开玩笑半认真地说:"从小我妈就告诉我,宁可自己吃亏,也不要亏了别人。倒是你,我还没把药给你,你就把钱先给我了,你就不怕我跑了吗?"

"如果你这样的人都是骗子,那这个世界也没什么值得我们相信的了。"阿罗金梅也半开玩笑地说道,"我只会用微信发两百块的红包,不会网上大额转账,所以才麻烦你今天专门跑一趟。"

"你也不用抱歉,我本来也打算来洗洗脚,按一按。你老公呢?"

阿罗金梅一边准备着洗脚水,一边嘟囔道:"出去了,一大早就出去了。我也不知道他去了哪里,反正他没钱,也就只能在城里随便逛逛。也不知道他还剩多少时间了,随他去吧。"

阿罗金梅把洗脚水端来，孔文瀚勾着腰杆自行脱下袜子，随口问道："下午你还要去索玛足浴上班吗？"

阿罗金梅轻轻一哼，说："没了，国庆节以后就没去了，辞职了。"

"为什么啊？"

"原则问题，有的事情可以做，有的坚决不可以做。"

"能不能不要说得这么高深啊？什么问题，你直接说啊，我给参谋参谋。"

阿罗金梅依旧用有力的手法帮孔文瀚做着专业的按摩，低着头说："有些男顾客，知道我缺钱，就跟我提出了那种要求，一般我拒绝一两次，对方也就不再提了。十月三号那天晚上，我实在受不了那个客人，就去跟老板说换一个技师去按。我们那老板是见钱眼开的人，竟然劝我想开一点，说我这么缺钱，一晚上可以挣两三天的钱，为什么还这么固执。老板不让我换，我只好硬着头皮去给他继续按，他就一直讽刺我，说得难听得很，说：'你这样的洗脚妹，就是社会的底层，我给钱，要你们做什么你们就做什么！'呵呵，我觉得人嘛，生来就是平等的，没有什么高低贵贱之分。你有钱又怎么样，我不喜欢你，你给再多的钱也没用，这就是我的原则。"

孔文瀚由衷地赞叹："这个世界上，多一些你这样的人就好了。"

"最让我气愤的是那个老板，25岁的一个男人，去年他就得罪过一批员工，搞得几个技师集体辞职，在他最困难的时候，是我不离不弃地帮他撑起了店。他需要我的时候，一口一个'大姐'，叫得可甜了，还把我评为了唯一的高级技师。三号那个事情发生以后，他居然说我得罪客户，把我降成一般技师，提成45%。你说，有这么过河拆桥的人吗？我心一寒，当天就辞职了。我一走，几个原本就对他不满的姐妹也跟着走了。我们每个人都有大批忠实客户，我跟几个客户说了这事，人家都表示以后坚决不去索玛足浴了。这十来天他的生意一落千丈，这下，让他自己后悔去吧。"

孔文瀚拍手称快："痛快，对这种人，就应该让他尝尝众叛亲离的滋味。只不过，你这么一辞职，好不容易找到的工作就没了，今后怎么办呢？"

"目前很多客户都表示要来我家里支持我，所以暂时还没有什么问题，将来嘛，我考虑了一下，还是自己干比较好，自己开一家足浴店，走专业路线。别有用心的客户我虽然不喜欢，可是毕竟大多数人是冲着健康来的。如果可能，我会把那些姐妹都招回来，但凡来做这一行的，家里都有本难念的经，有像我这样买药救命的，有帮家里还债的，还有供弟弟读书的。帮助她们，也是给自己和家人积德嘛。"

"那你算过吗，开一家这样的店要多少钱？"

阿罗金梅想了想说："就一个场地，一些设备和药品，真花不了几个钱。那个索玛足浴，主要是位置好，在老城区的中心地段，所以比较值钱，我看老板最近在门口贴了一个转让公告，转让费加房租设备什么的，标价五万块。唉，可惜我没这么多钱，不然，我铁定把它拿下来。"

"那么大一个场地才五万块，这么便宜？"孔文瀚脱口而出。

"唉，你觉得是白菜价，对咱们这贫困县的大部分人来说就是天文数字了。而且我相信五万是虚价，只要坚持一段时

244

间，降成四万才是合理的。咱们乌宁不是西佳，不是寸土寸金的地方，在乌宁做生意，地段其实也不那么重要，口碑和老板的人缘起着极大的作用。所以索玛足浴在他手里死了，但只要换个人去经营，我们这些技师回去，马上可以起死回生。"

对话出现了短暂的停顿，两人各自在脑海中盘算了一些东西，随后，孔文瀚打破了沉寂："金梅，把它买下来吧。"

阿罗金梅不以为然地笑笑："你给我钱啊？"

"对啊，我买了，我来当你们的老板。"孔文瀚豪爽地说。

阿罗金梅不敢相信自己的耳朵："这么大的事情，你不要当作儿戏，回去和家人好好商量一下再说吧。你父母老婆要是知道了你乱用这么多钱，会怎么想？"

孔文瀚笑道："请你放心，第一，我没有老婆；第二，我父母从来不干涉我的选择；第三，四万也好，五万也罢，也就差不多我一年的年终奖，或者我妈一个半月的利润。刚才听你这么一说，我都觉得我们这些人钱来得太容易，好有负罪感！"

阿罗金梅依然劝道："即使是这样，谁的钱也不是浪打来的，你犯不着为了我们冒这么大的险。"

孔文瀚坐起身子，意味深长地说："你不愿为了五斗米折腰，这是你的原则，我喜欢你的这个原则。同时，我也有我的原则，那就是一个好人，任何时候、任何情况下，都应该被这个世界温柔以待。一个愚蠢老板的过错，不应该由你这样兢兢业业的员工来买单，如果几万块钱就能让正义归位，那我觉得这样的冒险就是值得的。"

阿罗金梅睁大了眼睛，盯着孔文瀚看了看，见这小伙子又坚定地点了点头，确认他不是在说笑，轻声说道："这些日子以来，我好几次做梦，都梦到索玛足浴，我对它是有感情的。真是不敢想象，我还有能回去的一天。"

"你不但可以回去，还将是那里的老板娘。我出钱，你来全权管理，提成给所有技师涨到 50%，扣除成本后，你我各一半利润。这么算下来，你每帮人洗一次脚，可以提 70% 左右。"

阿罗金梅又惊讶地看了孔文瀚一眼："这怎么行？你出了所有的钱，怎么说利润也应该全归你才对！"

"你知道有一个词语叫'管理股'吗？我是扶贫干部，没有时间去打理那些琐碎的事情，你花了所有的时间和精力，理应和我持有相同的股份。反正，你一边休息一边观望索玛足浴的情况，一旦价格合适，就直接去跟他谈，不管什么价格，谈好了告诉我就行。"

"谢谢你的信任，我一定把索玛足浴经营好，让你不后悔今天这个决定。"阿罗金梅恢复了斗志，嘴角上扬说道，"我现在就好期待，当那个老板看到我站在他面前接他的盘时，会是一种什么样的表情，哈哈。"

"我也很期待，一定要记下来，到时候好好给我讲讲，哈哈。"

这时，孔文瀚的手机响了，是陆钢打来的："喂，孔文瀚啊，告诉你一个好消息，我都不敢相信，昨天党委会上，在马院长的力争下，那八万块钱给批下来了。"

孔文瀚欣喜若狂："哈哈哈，陆部长，痛快！痛快！真是千金散尽还复来啊！"

电话那边，留下了一个蒙圈的陆钢。

农村集体经济

农村集体经济亦称"农村集体所有制经济"。我国宪法第八条规定："农村集体经济组织实行家庭承包经营为基础、统分结合的双层经营体制。农村中的生产、供销、信用、消费等各种形式的合作经济，是社会主义劳动群众集体所有制经济。"

根据四川省贫困村退出"一低五有"的标准，每村必须要有集体经济收入方可退出。其中，汉族地区贫困村退出标准为每年人均集体经济收入不低于 5 元，少数民族地区每年人均集体经济收入不低于 3 元。

为了扶持集体经济的发展，政府给每个贫困村 50 万至 100 万不等的产业扶持资金，但由于害怕承担风险，实践中往往将产业扶持资金投入到各企业中，通过入股分红的形式实现集体经济收入目标。虽然在数字上可以完成任务，但是违背了政府发动群众自力更生发展实体经济的初衷，成为批评的对象。

第二十五章　诅咒

　　孔文瀚争取到了八万元经费的事情很快便转给了村"两委"，水落阿信和莫色拉付在欣喜若狂的同时，也提醒孔文瀚千万保守秘密，暂时不能对任何村民提起土地补偿的事情。这不光是担心土地的主人期望值调高，也是希望能从思想上改变村民，让他们逐渐认同修路的长远意义，而不是只盯着眼前利益。

　　所以，按照三人协商的做法，先由村"两委"召集村民代表和土地待征农户开村民代表大会，在会上开诚布公地畅谈、甚至辩论，让众人在辩论中思考、进步，最终达成共识，再针对个别意见较大的村民单独做思想工作。

　　十月中旬的银崖乡山谷里寒意袭人，四十多个村民陆陆续续来到格洛村村委会——他们有的是村民代表，有的是通组路涉及的户主，有的是普通村民。众人在坝子里冲着公告栏交头接耳，水落阿信和莫色拉付则在村委会围墙上挂一块红色横幅，上书"顾大局、识大体、要致富、先修路"十二个方正有力的大字。

　　待人到得差不多了，两人便招呼众人进会议室就座，水落阿信和莫色拉付笑容满面地坐上主席台，组长和文书则给每位村民发上一瓶矿泉水。

孔文瀚并没有出席这次村民代表大会——按照计划，一是村"两委"承诺过，土地协调问题由两人完成；二是如有意外，孔文瀚作为"最后的防线"不宜在一开始就被迫表态。

经过乌美路一轮又一轮的土地协调，村"两委"和农户早已被土地问题弄得疲惫不堪，精准扶贫也为很多农民生活带来了切切实实的改变，看着别的村快马加鞭地不断上项目，看着社会发展的大势越来越好，格洛人也在慢慢改变，水落阿信和莫色拉付都相信，他们有能力完成这次挑战。当然，他们忽略了一个人。

这个人就是水落林长。

"好了，尊敬的乡亲们，我们开始开会。"莫色拉付首先发言，"今天把大家召集起来，原因想必很多人已经知道了，咱们格洛几代人盼了又盼的通组公路，项目已经得到了审批，同时得到审批的还有新的村委会办公室，现在新的叫法是'党群服务中心'。不但实现全智能办公，而且我们打算把其中一间40平方米的房间作为合作社的工作室，发展刺绣产业，我们还要在周围给村民修建一个宽敞的文化院坝。这些利村利民的工程，预计今年之内就可以破土动工。根据县上的'四自'原则，土地问题，必须由村上自行调节，绝不允许出现阻工阻路的现象，所以，我们来恳求各位，牵涉到土地的十六户农户，希望能够发扬奉献精神，支持格洛村的发展。"

台下鸦雀无声，这一番话已经把众人分裂成了两派，未牵涉到土地的村民暗自为台上两人加油鼓劲，另外一些人却开始在心里打起了小算盘。

有人在台下发问："牵涉到多少亩地？具体哪些农户？每

户多少亩？"

莫色拉付回答："路 5 米宽，940 米长，党群服务中心和文化院坝占地 0.8 亩，一共需要征地 7.85 亩。"

水落阿信补充道："具体的数据我们已经打印出来了，贴在公告栏上，是公开、公平、公正的，刚才很多村民应该都看过了。"

台下出现了窸窸窣窣的议论声，少顷，年老的莫色军体起立发言："我先来带个头吧……这路，也要从我的地上过去，我愿意无偿贡献出来，我们等了太久，不能等了，希望其他人也跟上，咳咳……"

莫色军体的倡议并没有得到响应，有人说："什么补偿都没有，我觉得这不公平，路是全村共享的，凭什么有的人什么代价都不付出，我们却要做出这么大的牺牲？谁的地不是地啊？我不同意。"

这个发言得到了广泛的附和。

"退耕还林有补偿，乌美路征地也有补偿，凭什么这次我们就要免费出让土地？"

"就是啊，我也不同意，地没了，我拿什么吃饭啊？"

"不同意！你们这是一言堂作风！"

"你们永远是这么自私自利，所以格洛村才浪费了一次又一次的发展机会，所以基础设施才远远落后于别人！咳咳……"莫色军体批评一通，气得咳嗽连连，说不出话来，无奈地摇摇头，坐下生闷气。

"乡亲们不要激动，我来解释一下。"莫色拉付用手势平息了争论，解释道，"通组路和省道是完全不同的两个概念，根据国家法律，乌美路征地补偿是天经地义的事，但是村内部的公路建设，完全属于村集体的自发行为。外面很多汉族村，就算政府不出钱，村民也要自发集资来修路。只要经济发展好了，这点地算什么啊？谁出去打工一年不挣个三万五万的？平心而论，现在还有几个人光靠种地来生活的？现在我们彝族地区，很多村也懂这个道理，不说别的，就说咱们银崖的其他村，哪个村土地协调有我们格洛这么困难？"

这番话马上招来反驳："大道理我们都懂，可这刀实打实地砍在你身上的时候，谁的心里还不痛一下？我们也不说别的，就说你们莫色家，当初搞风情小镇，不也是你们率先阻工阻路的吗？"

莫色拉付的脸色瞬间变得阴沉，多年前的往事再度提起，像钢针一样刺痛了他的心窝，使他无力再接话下去。

水落阿信见状，赶忙解围道："时代已经不同了，当初我们守着这一亩三分地，是因为我们知道未来还有一个又一个机会。可精准扶贫发展到今天，各个村都在拼命争取项目，我们格洛能拿到这个项目，已经是费了九牛二虎之力，如果这次机会再错过，将来可能就再也没有机会了。大家好好想一想吧。"

"可就算是这样，要用我们那么多地，也不能一分钱不给吧？村上、乡上，多多少少都有经费，为什么不拿点出来？我们不贪多，只要公平，以表示对我们的尊重和补偿！"

"对，我们要的是公平，是尊重！"

看着村民们的期待值逐渐降低，水落阿信判断时机已到，故作为难地说："哎呀，咱们村上的经费，到了这年底，也没剩几个钱了，马上还要给村民买新农合，所以也拿不出来了……这样吧，我和拉付主任承诺，用我们私人的工资，凑一万六，给这八亩地，每亩两千块的补偿，就当咱们为格洛村白工作了，希望大家理解和支持。”

听到两人私掏腰包，众人激动的情绪也软了下来，竟有人主动说："我的地这次不会被征，但我也理解他们的感受。这样吧，我捐两百块出来，我们去号召其他村民，有地的出地，无地的出钱，都自发捐点款，争取给每亩地多凑个三五百！"

"这主意不错。"水落阿信对众人说，"我们就暂时按每亩地两千五的标准执行吧，没问题的话就来签字。"

"两千五还是太少了！"又有人站起来反对，"修路，我们都支持，也请村上多考虑一下我们的困难。咱们今天也别争了，我来说吧，每亩八千块，大伙儿说怎么样？同意的话，我们今天就把这事儿给定了！"

八千块，这可比预期的一万还低了两千！水落阿信窃喜，却依旧表现为难的样子："哎哟，你们这是要逼死我们吗？行行行，只要你们肯让步，我水落阿信就是拼了这张脸，也到处'化缘'给你们每亩要八千块赔偿！彝族年前后保证到位，没问题大家就签协议吧。"

台下又是一阵窃窃私语，莫色拉付恢复了状态，催促道："长辈们、老表们，还愣着干什么？都给你们承诺了八千块，趁着我们还没后悔赶快签吧。否则过了这个村，就再没这个店了。"

此时，莫色军体已经带头在协议书上签下了自己的名字。

"走，签吧。"在莫色军体的带动下，越来越多的人开始点头，又有五个人走上前去签了名。

水落阿信和莫色拉付相视一笑，然后又做出一副正襟危坐的状态。

"等一下，我不同意！"眼看着就要大功告成，一声响亮的反对声又划破了和谐。

沉寂了半天的水落林长终于站了起来，和主席台上两人诧异的目光交接。

"哼哼，你们不要给他们骗了。"水落林长怂恿道，"首先，什么叫过了这个村就没有这个店？你们不清楚，我当过村主任我很清楚，贫困村退出必须要有面积、功能均达标的党群服务中心和硬化路，否则一票否决。其次，乌美路的补偿你们知道每亩是多少钱吗？是30700元！到了这条路，你们想八千块就把大伙儿给打发了，这背后有什么隐情，谁知道啊？总之，这是一个村'两委'必须要完成的任务，压力都在他们一边，大家不必这么急于贱卖自己的土地！"

水落林长的话语很有杀伤力，原本安静的人群又喧闹起来，起身要签字的农户都坐回了座位上，甚至有人要求划掉自己已经签上的名字。

水落林长的嘴角挂着邪笑，继续说道："这一次，规划也经过了我的地，对不起，我要一亩三万元的补偿，少一分都不行！兄弟们，你们说，是不是？"

"对，对，这才是我们真实的想法！"

"不签了，不签了！把我的名字划掉吧！"

在水落林长的煽动下，会场的秩序逐渐失去控制，最终不得不以"再议"草草收场。

空气像人心一样寒冷，莫色拉付垂头丧气地回到家里，一屁股坐在沙发上，一言不发，提出两瓶啤酒就自顾自地喝起来。邛莫毛惹果看到儿子这副模样，已经猜到了七八分，默默地走到儿子身边，问道："村民代表大会不太顺利吧？"

"嗯，还是那个人。阿嫫，难道真的像他们说的，我们格洛村被诅咒了吗？"

"唉，有些事情，尽力就好，那沉甸甸的担子本来就不该由你们这一代小青年去承担。"邛莫毛惹果把一盘菜端到莫色拉付面前，慈爱地说，"工作要做，饭也得吃，事情终归会解决的。"

莫色拉付只吃了一口便说："阿嫫，我很累，再像小时候一样，给我讲讲故事吧。"

"好啊，阿嫫给你讲个故事。你小时候最喜欢听的就是支格阿尔的故事了。传说啊，龙鹰从空中滴下三滴鲜血，滴在美丽的蒲嫫里伊的裙子里，姑娘就生下了一个小孩。刚开始，蒲嫫里伊以为这是个坏兆头，请毕摩指点，但毕摩告诉她，这是命运来叩门了，这个孩子一定会成为盖世英雄。蒲嫫里伊欢喜得很，便留下了这个孩子，这就是我们彝族的祖先支格阿尔。支格阿尔整天大哭，惊动了天界。天帝恩特古滋就派食人魔王堂博阿莫来捉拿他和阿嫫。他们两人被食人魔抓到了天上，阿嫫为了救他，把他从高空抛下，结果，支格阿尔落在了龙巢里，被神龙抚养长大。从此，支格阿尔就成为鹰、人、龙一体的伟大英雄……"

看到儿子沉沉地睡去，邛莫毛惹果停止了讲述，找来一床毯子，轻轻地盖在了莫色拉付身上。

同一时间，在格洛村村委会的二楼办公室，水落阿信和孔文瀚正相对而坐，水落阿信把村民代表大会的情况向孔文瀚详细地讲述了一遍。

"所以，本来村民差不多都同意了，结果水落林长跳出来，好端端的氛围就被搅黄了是吧？"孔文瀚点上一支烟，说道，"我刚才听到楼下争吵声很大，就知道情况不太妙，真是辛苦你们了。对了，拉付主任呢？"

"有村民说到了莫色家的痛处，他情绪很低落，已经回家了。"

孔文瀚抬头看了看办公室屋顶上用塑料膜胡乱遮盖的大洞，思绪万千："我刚来格洛村的时候，村组干部们就跟我说过一句耐人寻味的话，他们说修路也好、修村委会也好，钱不是问题，地才是问题，我说那可以征地啊，他们就笑而不语，仿佛有什么难言之隐。当时我不明白是什么意思，后来的工作中，我隐隐约约知道水落家族和莫色家族之间有些不可调和的矛盾，也不好问。今天事已至此，我觉得我有必要问一句，格洛村到底经历过什么？"

"好，孔书记既是我们的第一书记，又为这条路争取了这么多资金，其实今天就算你不问，我也打算把一些事情和盘托出，大家一起来想办法……这么说吧，我们彝族可以简单地分为黑彝和白彝，孔书记应该知道吧？"

孔文瀚点点头："知道，你们拿骨头说事，在旧社会，黑彝是奴隶主，骨头硬，白彝是奴隶，骨头软。现在是人人平等的社会，已经不存在这个问题了。"

"嗯，我们水落家族就是黑彝，莫色家族则是白彝。在旧社会，两个家族之间就有不可调和的矛盾，有些老人跟我们讲过，一位白彝死之前下了诅咒，说只要两个家族在格洛并存一天，格洛就一天不得安宁。"

孔文瀚不屑地应道："真像史诗大片啊，不过应该没有人把这些事情当真吧？"

"对，现在的彝族人常常说一句话：'什么骨头硬骨头软，一菜刀下去还不是一个结果'，这就是社会的进步，是好现象，所以你看我们两个家族今天交往也很正常了。可奇怪的是，这么多年来，但凡格洛出现一些发展机会，就总会因为各种各样的问题搁浅。远的我们不说了，就从我懂事以后说起吧。上世纪90年代的时候，有商人准备来格洛投资一个木材加工厂，结果格洛闹出了一个'格洛敢死队'，在这里非法设卡、强买强卖，虽然被打击了，但格洛名声一臭，木材加工厂这事也就不了了之了。"

孔文瀚点点头："嗯，太可惜了。"

"又过了几年，格洛人养成了打三月笋、采山药的习惯，逐渐成了远近闻名的集市，来格洛批发这些农产品的商人也多了起来，我们近水楼台先得月，小赚了一把。县上说，哟，原来格洛人还是不错的，有经济头脑，又肯干，就打算在这里建一个农产品交易市场。结果鲁克英雄在地里种了罂粟花，领导一看，这还了得？于是交易市场也黄了。"

孔文瀚深深叹口气："原来如此，真是造孽啊。"

"最造孽的还是十年前，格洛村迎来了千载难逢的好机会，那就是当时新上任的县长吉克刘加看我们这里风景优美，打算搞一个彝族风情小镇，一旦建成，每户都可以获得一套两层别墅。"

孔文瀚眼睛一亮："这个事情，许书记来搞基层夜话的时候谈起过，说是失败了，气得县长拂袖而去，改选了觉依镇。我真不明白，这么好的事情，为什么都可以搅黄？"

水落阿信冷冷地说："当时的村'两委'都是水落家族的，

水落林长作为村主任，也着实花了些功夫把土地协调好了，可是，有一个人却跳了出来，怂恿村民抵制，就跟今天的水落林长一模一样。这一怂恿，激发了众多人的情绪，土地协调不下来，自然就没法建设了。"

孔文瀚诧异地问："是谁这么愚蠢啊？"

水落阿信停顿半晌，艰难地说出一个名字："就是拉付主任的阿达，莫色日沙。"

孔文瀚顿时张大了嘴巴。一个困扰他许久的疑惑，终于随着格洛村的历史迷雾，一层一层被水落阿信揭开。

硬化路

根据四川省"一低五有"的贫困村退出标准，每个贫困村必须有硬化路，即：乡镇政府所在地或上级路网至建制村村委会（党群服务中心）驻地或村小学通硬化路。硬化路路面类型包括有铺装路面（水泥混凝土、沥青混凝土路面）、简易铺装路面（沥青贯入式、沥青碎石、沥青表面处治路面）和其他硬化路面（石质路面、混凝土预制块路面、铺砖路面等）。

除此之外，要求到组公路通达率不低于80%，已建成通组路硬化率不低于50%，通组路宽度不低于4.5米；户有联户路，硬化率不低于50%，联户路宽度不低于1.5米。

所有通组路、联户路的修建均遵循"四自原则"：矛盾自消，土地自调，林木自移，手续自办。

第二十六章　幽灵

　　格洛村一组居住点一方貌不惊人的院落中，第一次，孔文瀚叩响了水落林长的家门。

　　一晃时间已经来到十一月，离孔文瀚就任第一书记已满七个月，尽管水落林长在格洛村也算是个有头有脸的人物，尽管他的弟弟、妹妹和孔文瀚私交颇深，尽管两人在乌美路上已经无数次擦肩而过，但他们直到今天才得以正面相会。这是格洛最大的一把心锁，锁上的是格洛村的似锦前程，孔文瀚告诉自己：必须不计代价地打开这把锁。

　　更何况，要是哪天他真的成为自己的大舅子，一见面就蹬鼻子红脸可就尴尬了。

　　"你好，我是格洛村第一书记孔文瀚，你是水落林长吧？"虽然早已彼此熟悉，却不得不作这样的开场白，孔文瀚暗自好笑。

　　"孔书记无事不登三宝殿，今天来找我，无非就是谈修路的问题。格洛村哪里有矛盾，你就往哪里钻，我也早料到你会来。进去坐坐吧，想说什么，我洗耳恭听。"话虽如此，水落林长却始终叉着手，连一个邀请的动作都没有。

　　孔文瀚的心凉了半截，预感到接下来的谈话将不会很顺利，但又一想，直奔主题也未尝不是好事，于是尴尬地笑了两声，说道："行，林长老兄也是个痛快人，那我说话也不绕弯子了。你为什么反对我们的土地补偿协议，阿信书记也跟我说清楚了，我来重复一遍，你看看对不对。"

"好，你说说看。"水落林长抬来两根小板凳，招呼孔文瀚就在院子里坐下。

孔文瀚没有坐下的意思，直接说："十年以前，当时的县长吉克刘加打算在格洛村一、二组居住点打造一个风情小镇，要给村民们送别墅，但由于别墅都是按户分配，因此人口一样的家庭，获得的别墅数量却可能不一样。就拿你来说，当时你已经和阿达分户，因此你们家可以获得两套别墅，而莫色拉付、莫色格尔两兄弟都跟父母一户，只能获得一套。况且莫色日沙还一直念叨着想再生一个女儿，所以就更不服气了。他就怂恿村民们先分户，再协调土地。这一闹，家家都张罗着分户，还有一些户口外迁的村民也要求搬回来，原来规划的89户一下子变成了122户，县长一闹心，干脆就把这个项目给觉依镇了。是这样吧？"

水落林长冷笑一声说："倒是完全正确。"

"人嘛，不患贫而患不均，莫色日沙的私心让你的努力协调全部白费，也让村民一无所获，所以，莫色家因为这件事情受到冷落，而你却连任了四届村委会主任，直到今年这格局才有所改变。你本来就因为别墅的事情恨莫色家，偏偏今年又是他的儿子竞选获胜，所以，你对那两个小青年也有些想法。这次修通组路，你要每亩地三万元的补偿，对吧？"

"嗯，这也是事实。"

"嗯嗯。"孔文瀚点点头，递给水落林长一根烟，故作轻快地说，"所以，我今天来，就是想跟兄弟你好好沟通一下，你曾经也是受人爱戴的村主任，要带头过上好日子嘛。看看，别人都建彝家新寨了，你这房子却还是这副模样……林长老兄，过去的就让它过去吧，为了自己，也为了孩子的幸福，咱们早日把路修通，等你也建一个气派的房子，我和大家也一起来给你庆贺庆贺，凑凑人气，怎么样？"

"好啊，当然好啊！"水落林长不屑地说，"可是，我觉得我的要求并不过分啊，地是我家的，我要十万、百万是我的自由，你们不能为了完成脱贫任务就强买强卖对吧？现在我是普通老百姓，老百姓的权利，必须得到保护。孔书记，我说得对吧？"

"可是我们也有我们的难处啊！你知道这些补偿金是怎么来的吗？县上是一分钱不给的，是我厚着脸皮去找我的派员单位——西佳师院要来的。我像个叫花子一样找领导要钱，挨了一顿臭骂，好不容易才争取到一亩地一万块。超过这个金额，我们真的再也没办法了。"

孔文瀚使出苦肉计，希望能感动水落林长，谁知对方仍然不买账："那是你们的问题，我们又没求着你们学院修路。而且我去年做手术还欠了一屁股债，这也是实话。我也不废话，要么照乌美路的标准补偿，要么拉倒。"

"呵呵，行，那我现在就承诺你，三万就三万吧。"见对方如此固执，孔文瀚也不再劝了，交代了自己的底线，"林长，你的地需要占用半亩，一万五，我给，除了协议的四千，我私人再给你一万一千元，只要你签个保密协议，不要让其他村民知道就行。"

水落林长着实没想到孔文瀚来这一出，大惊失色，态度稍

261

微软化下来，说道："都说你大方，喜欢慷慨解囊，果然不假。孔书记，不说别的，这一点我服气。"

"那咱们就这么定了？"

水落林长不置可否，反问道："为什么你愿意为一个没有瓜葛的村付出这样的代价？"

"我来格洛要待两年，这个村也就成了我生命的一部分，就像永远忘不掉的母校。对一个哺育了我两年的地方来说，我还不至于这点钱都舍不得掏，只要格洛的明天是美好的，我为我的第二故乡做点贡献有什么关系呢？"

"说得好，不过……"水落林长话锋一转，"我恐怕得让孔书记失望了。你爽快，我也爽快，实话告诉你吧，从你来找我的时候我就决定了，不管你说了什么，提出什么条件，我都不会把地让出来。"

"为什么？"孔文瀚不解地问。

"你以为，我仅仅是对别墅的事情耿耿于怀吗？"水落林长低声说，"水落阿信告诉了你事实，但不是全部的事实。十年前，她还在外地读书，毕业后，又长期在西昌工作，已经是半个外人了，她看到的、听到的，也只是一些表象而已。有些事情，还是我来告诉你吧。"

孔文瀚一愣："好，你说吧。"

"风情小镇的项目取消了不到一年，我阿嫫就出事了，她上山割猪草，摔下来，手腕刚好划在镰刀上，伤口很深，血流不止。我和阿达看到后赶紧打电话叫救护车，当时银崖还没有卫生院，救护车要从觉依镇过来。他们到达的时候，阿嫫已经没气了……就这么邪门，不，这不是邪门，是格洛村的诅咒！你知道吗？我们格洛村是被诅咒过的！"

"我对此深表遗憾。"孔文瀚同情地说，"可是，这和风情小镇的项目有什么关系？"

"你还不明白吗？因为救护车到了格洛，却发现没有路，他们只能步行二十多分钟上我家来，差那么一点，就差那么一点……"水落林长情绪上头，放声质问道，"你说，如果当时项目通过，这条路早该修好了，我阿嫫还会死吗？"

"明白了，你认为是莫色日沙害死了你阿嫫，这才是你记恨莫色家的原因……"孔文瀚怔怔地说。

"你们汉胞不是说'君子报仇十年不晚'吗？刚好十年过去了，这一次，我要说，谁只要敢动我水落林长的土地，这条路就别想修成！"水落林长怒火中烧，孔文瀚一时间成了他的发泄对象。

"林长老兄，人死不能复生啊，你失去了阿嫫，我能感觉到你这么多年来的悲痛，可是，你的兄弟姐妹，你的孩子，还有很多事情等着他们去做……"

"孔书记，我们老彝胞的家族恩怨，你这个外人还是离远一点比较好。扶贫干部嘛，你送送油米、算算收入、搞搞卫生，大家嘻嘻哈哈就过去了。我当了那么多年村主任，没见过像你这么喜欢插手我们私事的。我也说了，我说什么也不会在土地问题上退让，你要留下吃个饭，我欢迎，你要再想说修路的事情，那还是请回吧。"

水落林长咄咄逼人，孔文瀚也只能获得一个除了真相其他颗粒无收的结局。

回到村委会，水落阿信正静候孔文瀚的佳音。孔文瀚无奈地转达了水落林长的原话，水落阿信顿时惊诧万分："原来如

263

此！难怪当时水落林长纠集了几十个人去砸莫色日沙的房子，我就觉得，事情不是分不到别墅这么简单。"

"砸房子？"孔文瀚惊讶地问，"这就是犯法了啊！"

"别说十年以前，就是现在，村里两家结了怨，砸房子也是常事。有的老彝胞就是这样，命可以不要，但不能没有面子。不过，咱们有一个不成文的规矩，砸房子可以，但最多砸碎一点玻璃或是瓦片，不能让对方没地方住，也绝不能破坏对方庄稼，断了人家生计。怎么样？有意思吧？"

孔文瀚笑笑："那我就放心了，看来，砸房子只是宣泄愤怒，但底线还是有的，不错不错。"

"所以嘛，乡村两级遇到这种事也只能调解，没办法硬来的。"

"那后来呢？莫色家对这事有什么表示？"

水落阿信回忆了一下说："事情过去太久了，我也只知道，莫色日沙始终认为自己是在替村民争取利益，不觉得自己有多大的过错，所以一直在尽力修复水落和莫色两家的关系。可房子被砸以后，他就郁郁寡欢，不久，就上吊自尽了。"

"都是血泪史啊。"孔文瀚深深吸了一口气，"我就搞不懂了，为什么这些人，有勇气自杀，却没有勇气活下来解决问题呢？"

"这叫'死给'。"水落阿信说了一个陌生的词。

"'死给'？什么意思？"

水落阿信解释道："当一个人受到欺负而又无法以一己之力复仇，那么他就自杀给对方看，用自己的性命团结家族一起为他复仇。"

孔文瀚恍然大悟："原来如此，难怪有这么多人轻生。我刚来第二天，就有村民寻短见。水落曲布的老婆，也因为建房补偿问题喝了农药。"

水落阿信点点头："对，都是'死给'。格洛村最有名的一次死给，就是上世纪四十年代，一个叫莫色……莫色什么的白彝，被黑彝水落木呷抢走了老婆，他自杀之前，就立下了一个诅咒，要格洛永不安生。你信，或者不信，它就像幽灵一样徘徊在格洛的上空，也潜伏在格洛人的内心深处。孔书记，你来到这个村，能做的都做了，剩下的，就听天由命吧。"

"原来如此，难怪水落林长说他阿嫫的死是因为格洛村的诅咒，我以为是气话，没想到还真有这回事……"孔文瀚感慨地说，"恐怕再厉害的编剧也想不出这样的剧本啊。"

"可不是嘛。"水落阿信耸耸肩说，"看看这个村庄吧，位置这么好，风景这么美，可这么多年过去了，别的村都在快马加鞭地进步，只有格洛村，连一条通组路、一个像样的活动室都没有……歌舞队排练，还要到山顶上去找平坝，可笑、可悲。我今年专程回来竞选村支书，就是希望改变一下大家陈旧的观念，就是希望带回一些先进的理念，改变改变他们的思想。孔书记也一样，你努力地奉献，一个又一个村民被感化，明事理了，可一牵涉到自己的利益，总有水落林长这样的家伙出来煽动，把大家的思想往反方向拉……愚昧、自私不除，就算国家给再多的机会，格洛村也只能是这个样子！"

孔文瀚想到了什么，又疑惑地问："可我还是不明白，如果莫色日沙选择死给水落家看，那么莫色家的后人应该按他的遗愿报复你们水落家族才对，可是从拉付主任他们身上根本看不出这样的仇恨。这又是为什么？"

这个问题似乎把水落阿信难住了，她低声说道："也对啊，具体情况，或许我阿达更清楚。"

两人沉寂了片刻，孔文瀚换了个话题说："话说回来吧，这条路，可以绕过水落林长的地吗？咱们惹不起，还躲不起吗？"

水落阿信果断地摇摇头："不行，县上批准的硬化路项目，以公路局的测绘为准。专家来测绘的时候，只会从安全、科学的角度来规划。每个村多少都有阻路的现象，如果专家连阻路都要考虑进去，那全县的公路形状将变得多么奇形怪状、多么滑稽？"

"这样啊……"孔文瀚又想到了什么，尝试着问，"那如果，我找他亲近的人来劝劝他呢？"

"孔书记，我知道你在想什么，你在想，他的弟弟水落阿牛、妹妹水落支美，都是你的'粉丝'对吧？可是，水落林长有一句话倒是对的，孔书记一个外来的汉胞，最好不要去插手我们彝胞的家族恩怨。毕竟兄妹三人都经历了丧母之痛，目前，你我都不敢确定他们兄妹的立场，如果逼他们表态，只会让大家更加难堪。孔书记这么聪明，应该不会为难自己的所爱吧？"水落阿信露出女人特有的神秘微笑。

孔文瀚笑纳了"所爱"这个词语，又问："事已至此，阿信书记那边，还有什么办法解决吗？"

"这件事，还是按我们彝族人的方法解决吧。"水落阿信嘴角含着一丝坏笑，"我家阿达，也不是一个省油的灯啊。"

夜晚，在格洛村的一角，水落阿信刚给儿子辅导完功课，走到客厅。电视里正播报着乌宁县即将大幅降温的消息，和生活一样叫人惴惴不安。

水落达夫抽着闷烟，思绪万千，看到水落阿信出来，开口说道："你刚才问我的问题，我已经全部回忆起来了。"

水落阿信坐上沙发，喝了一口水，说："告诉我吧，到底发生了什么？"

"你长年在外地，我本来不想让你心里装着这些事情，但你们既然问了，那我今天就都说了吧。水落林长他阿嬷确实是失血过多死的，当晚，他就叫了几十个人，去砸了莫色家的房子。我作为德古，也参与了调解，我记得，在场的人，还有他阿达水落拉提和兄弟水落阿牛，但水落支美当时还小，留在了家里。"

"日沙大叔叫人了吗？"

"没有，他只是要我主持公道。我认为，莫色日沙虽然并没有直接害人，但和水落林长阿嬷的死也多少有一些关系，我想息事宁人，所以提议莫色日沙送一头'劝阻牛'给水落拉提作为赔偿。"

"他同意了吗？"

"他同不同意不知道，但当时德古的话还是十分权威的啊……我看着他从牛圈里把唯一的小黄牛牵出来，眼巴巴地交到水落拉提手里，说实话，我心里也不是滋味啊。虽然我认为这个结果还算公道，可是，毕竟我也是水落大家族的一员，有些东西，我……"

水落阿信轻轻地拉住水落达夫的手，安慰道："阿达不用自责，公道自在人心。这么多年，你的威望一直还在，不是已经说明了问题吗？"

"正因为这样的公道，反倒是水落拉提家对我有了看法，他们说我姓水落，却没有全力维护他们的利益，用一头小牛就把他们给打发了。一个月以后，你大哥结婚，我请了他们，他们却借口身体不舒服，没有来参加。”

水落阿信大惊："什么？原来那次他们家缺席，只是借口！"

水落达夫淡淡一笑："这倒无所谓，毕竟丧妻丧母之痛，我能理解。时过境迁，我们和水落拉提家也没什么隔阂了。至今让我耿耿于怀的是，两天之后，莫色日沙来找了我，那晚，他喝了很多酒，轻描淡写地说了一句'如果一定要等价交换才能够让格洛的幽灵彻底消失，那么，我愿意付出这样的代价'。他说得太随意，我以为只是酒话，没有深究。谁知道，第二天，他就在家中了结了自己。"

水落阿信黯然神伤："所以，日沙大叔不是死给他们看，恰恰相反，是为了一命赔一命，维护两个家族的团结。"

水落达夫点点头："当我明白了这一点后就去了莫色家，向他妻子及兄弟传达了他的原话。最终，他们决定尊重莫色日沙的遗愿，表示绝不复仇，还立志要把两个孩子培养成造福格洛的男子汉。"

"太感人了！"水落阿信抹了抹眼角的泪水，"可是，他们没想到，幽灵一直没有离去，今天的格洛，是否会让日沙大叔的在天之灵失望？"

一阵沉默。

"是时候了。"水落达夫终于下定决心，掏出手机，自言自语地说，"老伙计们，为了格洛的未来，是时候该好好聚聚了。"

水落阿信不解地问："你要打电话给谁？"

"如今，我一个人的力量，已经支撑不起格洛的公道。"水落达夫的眼睛里泛着希望的光，"这一次的德古会盟，我在格洛等你们。"

第二十七章　绝境

"如果一定要等价交换才能够让格洛的幽灵彻底消失，那么，我愿意付出这样的代价。"在格洛村村委会听完水落阿信的讲述之后，孔文瀚感慨地重复了莫色日沙的遗言。

水落阿信对一旁的莫色拉付抱歉道："对不起，拉付主任，我无意去揭开十年前莫色家的伤疤，只不过，不说清楚我阿达的原话，就无法解释他为什么决心召集德古会盟，以及我手里这份沉甸甸的会盟成果。"

莫色拉付报以理解的微笑："没关系，我阿达去世之前也留了遗书的，遗书中也表达了同样的心愿。他让我们不要做出任何过激的行动，而是让我们好好成长，团结好莫色和水落两个家族，共同造福格洛村。十年过去了，我们现在正走在对的路上，不是吗？感谢达夫大叔对我们工作的全力支持，这份成果，你给我们介绍一下吧。"

"好。"水落阿信清了清嗓子说，"昨天，我阿达和三乡一镇的其他十三位德古一起，在我家里进行了会盟，充分讨论了精准扶贫以来各村的建设情况和格洛村基础设施建设严重滞后的现状，分析了过去二十年格洛村矛盾纠纷的根源在于人心涣散、离心离德，已经成了彝胞们的笑柄。为了实现和全国人民一道脱贫奔康的目标，当务之急是完成通组路的建设。德古一致反对以水落林长为首的'阻路派'漫天要价的行为，但考虑到彝族山区同胞的实际生活困难，以及帮扶单位已经拨付的资金支持，德古会盟达成倡议书：以每亩地一万元的价格统一对一、二组村民的土地进行补偿，呼吁所有相关农户全力配合，今后村上事务一切以大局为重，切勿再制造纠纷。"

"听起来好厉害的样子！"孔文瀚饶有兴致又不无担忧地问，"有了这份倡议书会怎么样？村民们就一定会无条件配合吗？"

水落阿信自信满满地说："别看这东西在法律上没有效力，但是这里面的每位德古都是这'三乡一镇'德高望重的'民间法官'，在协调矛盾的过程中从来不偏不倚，深得民心。如果有彝胞违背德古会盟的倡议，那就是与全体村民作对，是会被孤立的。"

莫色拉付也补充道："是的，其实放在十年以前，只要一个德古作出这样的倡议也够了，可是今天那些见过世面的彝胞，偶尔会出现违抗德古的情况，也不是什么大逆不道的事情。但是德古会盟不一样，只有遇到大是大非的问题时才会举办，一两年都不一定有一次，所以权威性是不容置疑的。"

孔文瀚点点头："由此可见，格洛村通组路背后的家族恩怨，已经牵动了这么多长者的关切，他们不光要修好这条路，还要结束格洛村这么多年来的顽疾。真是太好了！"

水落阿信露出轻松的笑容："孔书记你就放心吧，下午的村民代表大会，将是格洛村新的开始，这条路和村委会修好后，格洛村应该再无牵涉到土地的项目，我们也都可以睡安稳觉了。"

水落阿信拍着胸脯的表态着实叫人安心，事情在一开始，也确实按照三人的预想在发展。

在格洛村村委会，四十多位村民再次聚在一起，水落阿信宣读完德古会盟倡议书，向在座的众人展示了倡议书的原件，补充道："乡亲们，就是这样，咱们格洛村的通组路，得到了所有德古的一致关心，德古会盟公平公正，不但要求必须修好这条路，还充分考虑到了大家的利益，把土地补偿款提到一万元一亩。这些钱是从哪里来的呢？对此，孔书记也有一些话想对大家说。"

孔文瀚诚恳地说："事到如今，也就不瞒大家了。大家都知道，通组路占用的土地，按照规定，补偿是分文没有的。这八万元的土地补偿金啊，其实是我从派员单位，也就是西佳师范学院领导那里厚着脸皮要来的。经过这么久的相处，我相信乡亲们也多多少少了解我的为人，我所做的一切，都是为了格洛村好。咱们村组干部和乡亲们都立志修这条路，不仅是为了当下一些村民建新房可以少一些运输成本，也是为了将来更长远的发展，因此，我也在此恳求大家，放下成见，共同开创格洛村美好的未来。拜托了！"

孔文瀚的话赢得了热烈的掌声，不出所料，又是老党员莫色军体起身率先支持："看看吧，看看吧，那么多德古表态了，孔书记也表态了，如果今天谁再在修路的事情上找麻烦，那他就是违抗德古会盟的倡议，不配当我们的彝族汉子！"

台下议论纷纷，嘈杂的言语声中不时蹦出轻微的欢笑声。孔文瀚瞟了一眼坐在后排的水落林长，他面无表情地望向朦胧的窗外。

"好吧。既然都搞德古会盟了，那就代表绝对的公正。咱心气顺了，不折腾了，签吧。"有人应和莫色军体。

"好，一万元一亩够诚意了，我也签。"

"我也签，三位领导辛苦了。"

欢快的气氛洋溢在整个会议室，仿佛之前的阴云从未存在过。众人陆陆续续上台签下了自己的名字，剩下一个水落林长，稳着阵脚，待在原地不动。

莫色拉付拿着协议书走到水落林长跟前，轻声说："老表，就差你了。"

水落林长始终一言不发，但他的坚持显得无比苍白，人群朝他的方向看过去，目光中交织着期盼与厌恶。终于，水落林长顶不住压力，提笔在协议书上写下了自己的名字，然后把身体往后一仰，面如死灰，失魂落魄地望着天花板。

孔文瀚和水落阿信的脸上顿时布满了无法掩饰的喜悦，相视一笑。他们相信，这个名字一旦签下，格洛村上空那个盘旋的幽灵即将散去，崭新的未来，将向这个命运多舛的村庄张开怀抱。

水落阿信拿到了签满了名字的协议书，喜上眉梢，她正要颇具仪式感地宣布大功告成时，一个声音劈头喊来："都等一下！"

众人循着声音看去，乡党委书记介古木来正急匆匆地赶到会议室，进门便径直走上主席台，质问道："你们在干吗？有人说你们在签通组路的土地补偿协议，是不是？"

孔文瀚纳闷地回答："是，已经完成了。"

"荒唐！自作聪明！"介古木来不好对孔文瀚发火，便冲着村"两委"呵斥道，"乌宁县的扶贫政策，孔书记不太熟悉也就算了，你们作为村上的主要干部，也都没学习过吗？"

台上台下的众人均呆呆地望着介古木来，不敢出声，任由他继续批评道："县上有明确规定，通组路和联户路，属于村民自发的建设行为，任何机构不得提供任何征地补偿。你们没学过？"

水落阿信从容地解释道："哦，这不是财政经费，是孔书记向西佳师院申请来的帮扶资金，木来书记放心吧。"

"帮扶资金也不行！"介古木来没有丝毫的退让。

"为什么啊？"水落阿信不解地问。

介古木来像是对主席台说，又像是对台下的村民说："你们出去看看那些汉族村子，哪个村修路像我们这么难？人家别说土地无偿，就是建设费用也是村民集资来的！我们呢？土地是谁的？是国家的，是集体的！共产党帮我们推翻了奴隶制度，把土地分给大家，不懂得感恩也就算了，现在让大家拿一点点地出来，政府再投入几十万帮你们修条路，居然还打着伸手要钱的小算盘？你们这是什么思想？是典型的'等、靠、要'！这种思想不彻底根除，就算给再多的钱，格洛村也一辈子斩不断那个穷根！"

介古木来掷地有声的批评像钢针一样插进孔文瀚三人的心里，他们都知道介古木来说得完全正确，然而，局势好不容易才一步一步推进到今天，如果把村民好不容易争取到的利益化为乌有，那么所有的努力将付之一炬。格洛村上空的幽灵，也将继续展露它狰狞的笑容。

孔文瀚几乎是用哀求的语气轻声说："木来书记，就破例这一次吧，这条路确实是格洛村几代人的梦想，这一关过去，格洛村将彻底改头换面，再无纠葛。"

介古木来叹口气说："孔书记，不是我为难你，我知道你为这条路付出了多少心血，可是，一旦县上知道了你们提供补偿的事情，这个项目会立即取消。你见识过许书记的做事风格，他对人对事的严厉，恰是因为他对这片土地的大爱。"

孔文瀚深感无力，尝试着对台下说："很遗憾，大伙儿也都听到了吧，不是我们不愿意给乡亲们补偿，但县上既然有这规定，我们也是有心无力。我孔文瀚再厚着脸皮恳请大家一次，如果各位还愿意修路，就重新签一份协议吧，求求大家了。"

死寂一般的短暂沉默之后，莫色军体再次起身，咳嗽两声，带头说："孔书记，不用你求大家，就算是免费出让，我依然愿意，我签！"

沉默被打破，台下又是一片嘈杂的议论声。

"刚才是谁信誓旦旦地说'违背了德古会盟，就不配做彝族汉子'啊？"水落林长像是找到了救星，得理不饶人地说，"几位领导，不是我们不愿意配合，可这一万元一亩的补偿款，德古会盟倡议书上白纸黑字写得清清楚楚的啊！村'两委'和我们字也签完了，怎么能朝令夕改？我胆子再大，也不敢违抗协议书，更不敢违抗德古会盟啊！"

孔文瀚此刻再看他的脸时，那自鸣得意的表情让人如此厌恶。

莫色军体怒骂道："水落林长，做人要讲良心！领导们并不是朝令夕改，他们愿意为了我们的利益而努力，但不能没有原则！木来书记说得很对，你这样的年轻人，知道我们以前过的是什么日子吗？"

水落林长一见莫色家的人教训自己，怒火顿时燃起，连对长辈的基本尊重也不要了，回击道："每次你都拿你们那个年代的苦难说事，这叫什么？这叫倚老卖老知道吗？你不在乎那几个钱，我们年轻人在乎。我们上有老下有小，要考虑养家糊口的问题，不像你风烛残年，一人吃饱全家不饿！"

莫色军体惊呆了，他怎么也想不到，后辈会用这样的语气对自己说话，悲伤地摇摇头，默默地坐下，用衣袖拭了拭眼角的老泪。

介古木来喝止道："水落林长，你好歹也是前任村主任，怎么说也是有点文化的人，对人对事最起码的尊重你懂吗？"

水落林长收起了嚣张气焰，然而，他的话赢得了一些人的赞同，有人附和道："水落林长，你这么说老人家是不对的。不过，路的问题，我倒是赞同，德古会盟是什么级别的会议，在座的谁不知道？岂能被你们几个小青年当成儿戏？那么多德古既然定了这个方案，那就表示绝对公平，就必须执行。钱的事情，请各位领导再想想办法吧！"

"对，请领导们想想办法，否则一而再再而三地折腾我们，这路，我们不要了！"

世界上最让人失落的事情不是求而不得，而是已经到手的东西，却瞬间又被夺走。介古木来无疑是在最不合适的时间出现，孔文瀚也无疑选择了最不合适的时机发出请求，让众人心中好不容易建立起的期待轰然倒塌。一切来得太突然，去得太突然，人心如坐过山车般剧烈翻滚，连孔文瀚也觉得这山谷构筑的世界如梦幻泡影般迷乱了。

反对的声音此起彼伏，以水落林长为首的几个村民对修路本身的意义避而不谈，纷纷抓住德古会盟的权威性大做文章，你来我往，最终村民代表大会再次以失败告终。

"对不起，是我没吃透政策，也是我提出让孔书记争取经

275

费，我愧对这个村主任的头衔。"待村民和介古木来离去，莫色拉付遥望着雾霭中的冬阳，落寞地向孔文瀚致歉。

"不，是我和阿达擅自做主发起了德古会盟，没想到反而成了致命的绳索，把我们套死，我才是责任最大的人。"水落阿信的情绪也跌到了极点。

孔文瀚虽然也大失所望，却依旧大度安慰道："没有什么对不起的，别忘了，咱们是一个团队，不是吗？当初是谁说的：要疯，咱们一起疯；要扛，咱们一起扛。"

莫色拉付问："那么孔书记还有什么主意吗？"

"能不能换个思路，这路，实在修不了，就不修了，反正乌美路已经通到了村委会，硬化路的指标已经完成，我们把老旧的村委会改建达标，不涉及土地，难度小多了吧？"

水落阿信摇摇头："如果一开始就是这个方向，倒还可以考虑，可是申报的项目一旦得到县上批准，就必须完成，否则，木来书记会被县上追责。"

"这样啊……一边是箭在弦上不得不发，一边是前有饿狼后有猛虎……唉，有趣，实在有趣！我倒要看看，这神奇的村庄，还要把我们逼到何种绝境。"孔文瀚似乎突然看透了一切，豪情万丈地说，"修吧，那就继续等待机会吧，阿信书记、拉付主任，我们已经渡过了一个又一个难关，不管事情如何艰难，最后总会拨开云雾见天日。人生最大的乐趣就在于此，不是吗？"

他甚至产生了一个无比浪漫的愿景：有一天，他也会说服水落林长，然后当着两位哥哥的面，牵着水落支美的手一起回家。

这一夜，邛莫毛惹果又跟莫色拉付讲起了支格阿尔的故事。

　　有一天，支格阿尔路过一个百姓家，看到两口子正哭得稀里哗啦。支格阿尔就问："主人家，你家遇到了什么灾祸？"女人哭得说不出话，男人擦了眼泪说："大蟒蛇要来吃我们家的娃娃，我家已经生了六个孩子，死了五个，现在只剩下这七岁的儿子了。"支格阿尔说："快别哭了，我有办法对付它，你们有剃头刀吗？"主人家找来剃头刀，支格阿尔便把剃头刀放进一个口袋里，等着大蟒蛇的到来。

　　第二天天刚亮，世界就开始地动山摇。轰隆隆的一声巨响，大蟒蛇果然来到主人家的门前，张开血淋淋的大口把门堵住了。屋内一片漆黑，娃娃被吓得哇哇大哭，支格阿尔用手把娃娃的口捂住，鼓励他："身处绝境而不绝望，你也能成为支格阿尔。"说完，支格阿尔手拿剃头刀，剃掉头发，变成一个七八岁的小孩。主人家听从支格阿尔的吩咐把他喂进大蟒蛇的嘴里，说："这是我家最后一个儿子，今天喂了就没有了。今后你就别到我家来了！"

　　大蟒蛇闭口一吞，把支格阿尔吞进胃里。支格阿尔拿起剃头刀，从大蟒蛇的食道一直切割到胃里，大蟒蛇痛苦万分，往山上溜去。支格阿尔又从大蟒蛇的胃切割到心脏，最后破皮而出，大蟒蛇便一命呜呼了。之后，其他蟒蛇再也不敢来到人间，百姓从此安居乐业。

　　身处绝境而不绝望，你也能成为支格阿尔。

第二十八章　传说

"乡亲们好，十一月的第二期农民夜校现在开始，首先，请允许我介绍这次主讲的贵宾，来自西佳市旭然广告公司的向旭然先生，大家欢迎！"格洛村村委会的主席台上，孔文瀚隆重地向村民们介绍起向旭然。

伴随着掌声，向旭然认真地理了理衣领，有模有样地说："大家好，很荣幸来格洛村和大家一起学习脱贫本领。下周啊，就是传统彝族年了，在这里，我给大家拜个早年！那个，彝语里面的'新年好'怎么说来着？库史……对对，库史木撒！库史木撒！"

向旭然向众人作揖，迎来一阵掌声。台下的村民们好奇地看着这位时尚的新老师，向旭然也好奇地望着他们，其中的水落阿牛、水落支美兄妹，他倒是早已熟络。

"我今天主讲的题目是'品牌的力量'。我看过格洛村的刺绣工艺，手工之精妙让我这个美术系的大学生也赞叹不已，一个字儿：漂亮！"

向旭然故意的口误引得台下一阵哄笑。

"遗憾的是，这么好的东西，却只能是原生态地在这个地方内部消化，简直是极大的埋没！我是一个生意人，又从事广告行业，农产品也好，手工制品也好，我们都做过包装。很多原生态的东西，经过品牌化，可以瞬间变成炙手可热的产品。尤其是在网上，很多中国风，还有民族风的服装，一旦和时尚元素相结合，很容易成为爆款。我给大家展示几家店铺。"

向旭然用家用的便携式投影仪把PPT投射在墙上，搜索出几个网店："淘宝、天猫、京东，我想大家都多少知道，看看这些女装吧，比如这件288元的民族风童装，品牌叫'羽芽'，名字好听，款式也很有特色，我都给我侄女买了一件。它结合了苗族的元素，月销量1677件，这是什么概念？我知道咱们的彝族服饰，一套就要花一个月来做，售价一千元，卖掉就完了、没了。这不科学！所以我才决定投资格洛村，用更简单的彝族风格刺绣去点缀时尚服饰，把产量搞上去，把价格降下来，形成一个有内涵的网络品牌！大家说好不好啊？"

叫好的声音此起彼伏，只有水落支美一直严肃地聆听，思考着什么。

向旭然接着说："所以，我们要给我们的品牌起一个唯美的名字，而这个名字要和格洛村的彝族传说相结合，让消费者感觉购买的不光是一个商品，还是一种文化内涵。前几年，苹果手机为什么这么受欢迎？它的机器性能就一定比咱们国产手机好吗？这个我不敢说，但我知道，苹果产品还代表着一种文化，象征着高端和创新。这就是为什么，即使我们的国产手机性价比已经越来越高，但苹果依然有那么大的市场份额，这，就是品牌的力量！我知道咱们的彝族文化悠久而神秘，所以，我们大伙儿来好好讨论一下，咱们有些什么样的历史传说，可以去挖掘一下。"

话音刚落，有村民站起来说："这还用说？彝族最伟大的英雄，叫做支格阿尔，那可是我们彝族人的领袖！"

"哦？他有什么故事呢？"向旭然问。

"这个这个……我也说不好，反正就是出生不凡，然后射过太阳、打过妖魔鬼怪，救了很多很多的人，可厉害了。反正他的故事，你去网上搜，一搜一大堆。"

"嗯，蛮好，那么他和咱们这里有什么关系呢？"

"咱们就说，支格阿尔就是我们银崖乡出生的，不，干脆就说是格洛村出生的，所以，我们的品牌就叫做'支格阿尔'！这个绝对带劲吧？"

"哈哈哈，兄弟，你可别逗我笑了。"向旭然忍俊不禁，"这么乱说，小心人家真正出生地来找你算账。你们知不知道，在我们汉族地区，为了争黄帝、炎帝、大禹的出生地，一些城市打了多少口水仗？可人家好歹还能拿出一些零碎的依据。你这个支格阿尔在彝族的地位，不亚于他们几位吧？你这是在拉仇恨啊！"

"哦哦，好吧，当我没说，哈哈，大家再想想吧。"

沉默了片刻，水落阿牛站起来说："既然支格阿尔不行，那么我们就再编一个传说好了。这样吧，就说其实支格阿尔还有一个弟弟，对，就叫做支格阿牛，这个支格阿牛就出生在咱们格洛村，没问题吧？"

向旭然笑得前仰后合，连旁边的孔文瀚也忍不住捧腹，调侃道："哎哟，阿牛，你这也太山寨了吧？你这不是在建立品牌，是在打格洛村的脸啊！"

阿牛无辜地说："可是咱们这地儿远离彝族的核心区域，哪里去找那么重要的英雄啊？如果是在大凉山那边，那可是有数不清的故事啊！"

"那倒也是。"向旭然想了想说，"我们可以把思路放开一点，不一定非要找远古的彝族神话传说，近代、现代也行，只要是响当当的人物或者故事。"

"我来说一个真人真事吧。"又有村民站起来说，"咱们这格洛村啊，曾经出过一个厉害的土匪头子，叫做翁儿亚罗，干了很多坏事。后来解放军来剿匪，这个翁儿亚罗带着他的人马，和解放军奋战了七天七夜，从银崖一直打到美姑。后来，他被追赶到一座山上，投靠了当地的一个黑彝，结果被这个黑彝一刀砍下了头颅，献给了解放军，从此这个翁儿亚罗就名满天下了。"

孔文瀚又是一阵大笑："哈哈，你这个故事我倒是听说过，不过，别说价值观完全错误，而且用词不当。不叫'奋战'，应该叫'负隅顽抗'，不叫'名满天下'，应该叫'遗臭万年'。"

"啊？这个也不行吗？"村民郁闷地坐下。

向旭然已经笑得没有力气再讨论下去了："好好好，我今天啊，也只是抛砖引玉，具体的传说故事，就拜托乡亲们好好琢磨琢磨了。我们接下来讲讲怎么建立一个良好的品牌形象……"

农民夜校在欢快的气氛中持续了两小时。向旭然自然不会在格洛村居住，吃过午饭便开车离去。送走了向旭然和村民，水落支美却久久不愿离去，在村委会门口转悠了几圈，等着孔文瀚回来。

孔文瀚送走向旭然，回来碰见水落支美，纳闷地问："咦，你怎么还没走？"

水落支美小心翼翼地说："刚才大家提了那么多建议，在

281

我看来啊，都是不靠谱的。要我说呢，银崖也好、格洛也罢，出名是出名，不过都是因为那些不堪回首的往事，出的是'臭名'。提到像模像样的彝族神话传说，真找不出一个来。但是说到与汉人有关的传说，我倒是想到了一个，不知道孔老师有没有兴趣？"

孔文瀚眼睛放光："当然可以啊！快说吧。"

水落支美笑着说："别急，孔老师，我还是带你去现场看看吧，你会更有感触。"

"去哪里啊？就在格洛村吗？"孔文瀚满怀期待地问。

"嗯。"水落支美指着村委会背后的山顶说，"就在山顶上，望月坪，孔老师还没上去过吧？"

早已有所耳闻，孔文瀚却从没有踏足过那个山头。恰好又有可爱的支美带路，孔文瀚的心中泛起了涟漪。

那就走吧。

孔文瀚已经记不得上一次爬这么久的山是什么时候了，大概是大学时代和同学郊游爬过峨眉山吧。半小时后，两人一前一后地抵达山顶，水落支美状态良好，孔文瀚却有些气喘吁吁了。

"终于到了。"孔文瀚撑着腰，远眺四周的群山。这块宽敞的平坝上果然视线正好，除了黑色的银崖山依旧挺拔，其他绿油油的山峰都已踩在脚下，在蓝天白云的映衬下，如同一颗颗珍珠玛瑙装点人间。

"你们来这么高的地方彩排啊？真是太辛苦了。"

"嗯，我们每隔一天，下午都会来排练两个半小时。"水落支美对着银崖山张开双臂，微风吹起了她的长发，让空气中也带着淡淡的芳香，"可是我一点儿也不觉得辛苦。以前没事的时候，我就喜欢一个人来这里发呆。这儿没有手机信号，可以让我暂时忘记生活的忙忙碌碌。人只有站得更高，才能看得更远，这时候，你会发现，和山河大地比起来，人真的是太渺小了。也许正是因为这种渺小，人类才习惯于把自己的懦弱归咎于神灵。其实哪里有什么诅咒？哪里有什么幽灵？说得再像模像样，也不过是贪婪和虚妄的借口罢了。"

"说得好，我给你点赞！"孔文瀚说，"那么，就拜托不相信诅咒和幽灵的支美姑娘告诉在下，望月坪上到底有着什么样的传说？"

水落支美转身问："孔老师一定听说过孟获七请七送诸葛亮的故事吧？"

孔文瀚顿感费解："啊？'七请七送'是什么？不是诸葛亮七擒七纵孟获吗？"

水落支美笑道："那是你们汉胞的说法，换在咱们的角度，当然就是七请七送蜀汉丞相来签和平盟约啊，嘿嘿。"

"哦哦哦，有道理，有意思。这个故事当然知道啦，如果我连这个故事都不知道，还好意思当大学老师吗？"

"我们乌宁县地处小凉山的边缘，是汉族和彝族的交汇区，所以，当年诸葛亮南征孟获，最开始的战斗就是在这一带打响的。"水落支美捋捋头发，娓娓道来，"建国以前，西南众多的少数民族被统称为'西南夷'或者'夷族'，是'蛮夷'的那个'夷'字哦，而我们自己则称自己为'诺苏'。直到1956年，我们族人的代表进京见到了毛主席，毛主席认为'夷'字带有贬义，就提议将那个'蛮夷'的'夷'改为现在这个字形复杂的'彝'字，意为房子下面有'米'有'丝'、有吃有穿，象征着兴旺发达。"

"原来如此，这我倒是涨知识了。"

水落支美接着说："诸葛亮凭他的军事才能，轻松粉碎了蛮夷的进攻，可是胜利却没有带来和平，反而激发了蛮夷对蜀汉更大的仇恨，一波又一波的蛮夷士兵向他们展开疯狂的报复。虽然诸葛亮每一战都赢得了胜利，可是蜀汉的兵力也在不断受损。传说有一天晚上，诸葛亮就独自登上这个山头，遥望天上皎洁的明月，又纵览脚下连绵的群山，深感这片土地的神秘与厚重。一个优秀的征服者，要的不是天下独尊的霸道，而是天下归心的王道。于是，他开始采取'攻城为下、攻心为上'的战略思想，这才有了流芳千古的七擒七纵孟获的故事。正是诸葛亮的抬头一望，改写了华夷对立的历史。据说，这就是'望月坪'的来历。"

"太棒了！"孔文瀚感到全身的血液都沸腾了，握紧拳头感叹道，"所以，咱们现在脚下这块土地，或许就是当年诸葛亮思考的地方。对了，你知道成都武侯祠的对联吗？"

"不知道，孔老师告诉我吧。"

孔文瀚激情四射地说道："上联是'能攻心则反侧自消，从古知兵非好战'；下联是'不审势即宽严皆误，后来治蜀要深思'。这副对联，就是诸葛亮一生的写照，所以咱们这个'望月坪'啊，恰好对应了诸葛亮最核心的思想，用它来打造品牌，可以延伸出多元、和谐、融合等丰富的文化元素，赋予产品深邃的品牌内涵。实在是太棒了！我已经迫不及待地想拉向旭然一起来构建品牌的图文形象了！"

水落支美的眼中也泛起了光："对啊！以后我们的歌舞节目，也可以朝这个方向去制作，把格洛打造成统一的气质形象。"

"哈哈哈哈哈。"孔文瀚一阵仰天大笑，"如此一来，我这两年的扶贫工作，简直就是一次精彩的旅行啊！"

看着孔文瀚兴奋的样子，水落支美由衷地感激道："孔老师，你为我的家乡，实在是带来了太多太多！"

"你们别夸我了，再夸，我都不知道怎么回应了。"

"就要夸！"水落支美顽皮地说，"我还想说，我早就发现，孔老师身上有诸葛亮的影子哦。"

孔文瀚脸红了："不会吧，我怎么敢跟羽扇纶巾的卧龙先生相比？再说了，诸葛亮一生用兵谨慎，而我总是喜欢冒险和挑战。不一样，不一样，不能比……"

水落支美笑笑："我想说的是，孔老师学识渊博、才华出众，却对我们格洛村没有丝毫的傲慢和偏见。孔老师把村民的心收服，不但办成了事，人前人后，大家对你的评价还都是正面的。"

"哈哈哈，过奖了过奖了。"孔文瀚难为情地说，"而且，真的所有人都买我的账吗……"

孔文瀚欲言又止，水落支美看出了他的心思，轻轻地问："孔老师就没有什么要跟我说的吗？"

孔文瀚真纳闷了："还有什么需要我补充的吗？"

水落支美淡淡地笑笑，再次望向远方的苍翠，说道："格洛村修路的事情，因为我大哥从中作梗，所以卡住了。已经不止一个村民找到我，让我去做我大哥的思想工作。孔老师作为第一书记，却从来没有想到过我吗？"

"这样啊？"孔文瀚机械地重复了水落阿信的话，"阿信书记提醒我，因为不知道你的立场，所以如果我找你，无疑是逼你站队表态，她让我不要为难我的所爱。我也觉得很有道理……"

"所爱？"水落支美睁大了眼睛望着孔文瀚。

"啊，我刚才说了什么吗？"孔文瀚本能地问道。

"孔老师，你说的'所爱'是谁啊？"水落支美的脸蛋泛起了红晕。

孔文瀚顿时感到头顶响起了一阵惊雷，他完全忽略了面前这个女孩子就是那个"所爱"。怎么办？怎么办？孔文瀚失去了方寸，如同短路的机器。

孔文瀚设想过无数次表白的场景，都是先征服水落林长，再找个完美的时机向水落支美表白。此刻，孔文瀚心里嘀咕道：顺序错了，可已经无法挽回，当下就是最完美的一刻，这一刻如果再怯懦，孔文瀚，你还算什么男人！

"是你啊，支美，无论什么时候，无论发生了什么，我只想看到你无忧无虑的样子，怎么会让你为难呢？"

"你……是从什么时候开始有这种感觉的？"水落支美不敢看孔文瀚的眼睛。

"从我第一次在你的小店看到你，就萌生了好感；后来，你阿牛哥撮合我们，我就开始把你放在了心上；到了教师节那天，你对我的鼓励，让我确定，你就是值得我用一生去守护的女神。"

凭着彝族姑娘的开朗，水落支美只是羞涩了几秒，便一下子放开了情绪，调皮地捶打着孔文瀚："你为什么不早说？为什么不早说？我还一直以为，是我自己在自作多情！"

孔文瀚一边招架一边笑道："哎呀呀，我一直觉得时机没成熟嘛……"

水落支美不依不饶："那要怎么才叫成熟？怎么才叫成熟？"

"那我问你，你会做饭吗？"

"会，当然会啊！"

"汉餐还是彝餐？"

"汉餐彝餐都会，你想吃什么吃什么。"

"那你会熏你们彝族那种老腊肉吗？"

"会！"

"会泡笋子吗？"

"会会会！你在我们村里看到过的东西，我都会！"

"那印度飞饼呢？也会做吗？"

"你……你讨厌！不会，学还不行吗？"

"哈哈，那就这么定了！"尘世间最远的距离，竟然在不经意间打破，孔文瀚再也没有什么包袱，鼓起勇气，向前一步，把水落支美牢牢地搂在怀里，"从今天起，格洛村就是我真正的家喽！"

水落支美也轻轻地搂上孔文瀚的腰，眼睛里泛起了泪花："我以前从来没想过，会和一个汉人走到一起……你这家伙，上辈子我是修了什么福分，才让我遇见了你？"

望月坪上，一对精灵正在诉说衷肠，那环绕的青山、灵动的白云、远古的传说，见证着这最美的一刻，生命之花绚丽地绽放于天地之间，永不凋零。

农民夜校

为全面提高农民综合素质，建立农民教育培训长效机制，四川省所有贫困村必须开设农民夜校。

农民夜校要求有相对固定的教学活动场地，主要以村级组织活动场所为主，依托学校、民俗文化院坝、农家书屋、居民院落等场地资源，面积不少于 90 平方米，并悬挂标识标牌。教学内容应包括党性修养、思想道德、政策法规、文明礼仪、实用技术和典型事迹等方面。

农民夜校校长为第一书记和村支书，参训学员由村"两委"负责组织安排。原则上每所夜校平均每月开展集中学习 2 至 3 次，每次不少于 2 小时。

农民夜校的师资从乡镇（村组）干部、第一书记、技术人员、学校教师、乡村医生、致富能人等人员中择优选用，确保每所夜校至少有 6 名相对固定、素质较高的授课教师。

最后，农民夜校不一定必须在晚上进行。

第二十九章　家人

11月19日，离彝族新年还有一天，离晚会还有两天。

或许是上天开眼，格洛村的幽灵在徘徊了几十年后，终于因为一次命运的巧妙安排，在全新一年到来的前夜，消失得无影无踪。

按照自治县的规定，彝族年全县将放假一周，孔文瀚刚吃过午饭，正在宿舍里一边哼唱着小曲儿，一边收拾着行李。自从跟水落支美在一起，格洛村就有了他割舍不掉的期盼，心情也愈发爽朗。按照两人的约定，这一天，水落支美的歌舞队将最后一次上山彩排，孔文瀚回西佳处理点事情，后天再去晚会现场为女友助阵。然而，一个电话，打乱了他的计划。

电话是水落阿信打来的："孔书记，不好意思，村上有几个村民想见见你，可以到村委会来一趟吗？"

孔文瀚赶到村委会时，众人已经在会议室早早等候，除了水落阿信和莫色拉付外，还有另外四人，其中一个他最熟悉——老党员莫色军体，另外两男一女，也都上了点年纪。孔文瀚跨进门槛时，莫色军体正发出一阵剧烈的咳嗽声。

孔文瀚疑惑地问道："你们在开什么会吗？"

水落阿信说："孔书记，是这样的，听村民说，你帮挖托村的曲别阿惹买了一些价格相当便宜的印度抗癌药，对吧？"

"哦，我是认识曲别阿惹的老婆阿罗金梅，正好有些印度资源，就帮忙了。"

"曲别阿惹前几天告诉了同样患肺癌的司杜时批，他就来找了我，我就想，既然孔书记能帮外村的村民，为什么不能帮咱们格洛村呢？我就叫他去联系有同样需求的患者，就是他们四位，肺癌、胃癌都有。我上网查了一下，肺癌需要吃易瑞沙，胃癌可以吃格列卫。不好意思孔书记，前段时间忙修路的问题，没跟你沟通就自作主张了。你能帮他们买一下吗？"

孔文瀚连忙回应："阿信书记别这么说，是我的问题，我早就应该想到，咱们村也有一些患者需要买药啊。只是没料到，老组长竟然也是癌症患者，前几天，你还在精神十足地骂水落林长呢。"

"唉，肺癌晚期啊。"莫色军体艰难地说，"身体是一天不如一天啊，这彝族年一过，就89岁了。本来我都打算停止用药了，听说孔书记可以买到便宜药，也就想再试试吧。咳、咳……"

"没事，四位乡亲，有需求你们直接来找我就好，不用麻烦村'两委'。"

"说哪里话，是我们太麻烦孔书记了。"莫色拉付说，"说实话，村上收到的国家扶贫日捐款，我也用了一部分给他们补贴过药钱，可那只是杯水车薪，后来得知孔书记你有这么好的渠道，真是由衷地替他们高兴。为了不为难孔书记，我们才把他们本人叫来，把现金先给你。听说是七百元一瓶，是吧？"

"这个嘛……"孔文瀚表现出一丝为难。

司杜时批说："有什么困难孔书记尽管说。"

孔文瀚不得不如实相告："是这样，我是拜托我在印度的学生买的，他毕业以后在一家制药公司上班，他的意思是，如果我是帮个别朋友代买，他可以以成本价出售给我们，算是帮我的忙。可是如果将来需要买药的人多了，他只能按批发价给我，比成本价贵30％。这是公司的规定，毕竟人家也不是慈善机构，对吧？"

众人的脸上浮现出一丝失望，孔文瀚自己也如鲠在喉，毕竟对这些村民来说，比预期高出30％也是相当重的负担。此时，会议室外，雨滴把院子拍打得轻轻作响，让人的心情更加阴郁了。

"行吧。"莫色军体说，"已经比正版药便宜太多了，这一点算什么？孔书记，一瓶多少钱？"

孔文瀚正在心算，水落阿信摸出一张白纸和一支笔，提议道："这样吧，我们列个表，大家把自己的名字、药品类型、数量都写在上面，孔书记再慢慢计算。"

众人便在会议室窸窸窣窣地写上自己的需求。

待一切完毕，屋外的雨已经有了声势，孔文瀚伸手探探雨势说："这天气真是说变就变，早上还是晴空万里，这会儿就已经下得寸步难行了。"

莫色拉付说："看这天色，怕是要下暴雨了，两位书记，我们去转移一下几家地质灾害点的村民吧，否则一旦塌方，就是人命关天的事啊。"

防汛减灾也是基层工作的一项重点，尤其是在这样多山的地区。拿莫色拉付的话来说，这里80％都是地质灾害点，所以下雨总是会牵动每一个人的神经。村委会备有足够的雨衣、雨伞、筒靴和手电，专门用于转移村民。三人做好了全副武装，正要出发时，两个披着雨衣的男人快步走进了村委会。

由于隔着雨衣和雨幕，直到两人靠近会议室，孔文瀚才认出了他们："林长、阿牛，你们怎么来了？"

水落阿牛急匆匆地问："三位领导，你们看到水落支美了吗？她的电话打不通，该不会被困在望月坪上下不来了吧？"

孔文瀚顿时感到五雷轰顶，自己居然忘了，此时此刻，水落支美正在山顶上彩排！

电话拨出，果然是那句"您所拨打的电话不在服务区，请稍后再拨"。孔文瀚心里不禁怒骂自己：你这个不合格的男友！

孔文瀚一脸惶恐地说："两位，我可以确认，水落支美还有其他队员此时正困在望月坪，因为只有那里没有信号，我们快走！"

暴雨呼啸而下，此时整个银崖乡昏天暗地，仿佛世界末日。众人心急火燎地赶到尔扩的上山口，看见那里已经聚集了一些村民。介古木来正在疏散人群，泥泞的山道上，还有众多住在山坡上的村民正陆陆续续地往下跑。

介古木来看到孔文瀚一行人，喊道："雨太大了，孔书记，你快回去吧，疏散村民的事情交给村组干部就好！"

"这种时候我怎么能当逃兵？"孔文瀚急促地说，"而且我们格洛村的歌舞队，现在正困在山顶上下不来呢！"

水落林长赶上去问介古木来："你们有没有看到水落支美？"

介古木来的神色也紧张起来："没看到啊！你们怎么知道她在山顶？"

孔文瀚说："她的电话不在服务区。"

莫色拉付也说:"我刚刚也打了莫色阿花的电话,也打不通,她们在一起,只能是在上面!"

说话间,一声巨响穿透雨幕传来,山崖上的一块巨石滚落下来,砸在了一间房屋上,房屋的一角瞬间坍塌,人群中顿时传出一声凄厉的惊叫声。

"那是水落扬雄家吧?"孔文瀚问。

介古木来回答:"是扬雄家,不过他们全家已经下来了,房子坏了没关系,人没事就好。"

水落阿信走上前说:"不过我看那山崖,已经很不稳定了,你看你看,木来书记,那儿正一片一片地往下垮呢。"

介古木来安慰道:"不要着急,我来想办法。"

时间一分一秒地过去,山道上往下赶的村民也逐渐稀疏,可始终不见歌舞队的身影。而那垮下的泥石流,已经把部分山道阻断。

孔文瀚一遍又一遍地拨打水落支美的手机,听到的却永远是客服甜美的声音。他的心跳不断加快,心脏仿佛要脱离身体而去,却只能束手无策。这时孔文瀚才发现,自己满身的才华抱负,在大自然的无情咆哮面前,显得如此空洞无力。那原本风情万种的望月坪,此时却成了他最恐惧的地方。

还管它什么品牌?还管它什么节目?他现在只有一个愿望:亲爱的心上人,请你一定要平安回来!

和孔文瀚同样紧张的,还有一个人,那就是水落林长。终于,他待不住了,拨开人群朝着山上冲去。

孔文瀚追上去拉住水落林长问:"你要干吗?"

"我知道还有一条小路可以上望月坪!小时候我走过几次,后来挖了主路,小路就没人走了,支美她们这些女孩子根本就不知道。我去带她们下来。"

"你疯了吗？随时都有可能塌方，你去送死吗？"孔文瀚吼道。

"孔书记，你就不能不管我们这些家事吗？"水落林长哀求道。

水落阿牛也迎上去说："孔书记，让他去吧，他有他的理由。"

水落林长已经顾不得对话，一溜烟地往上跑去，迅速拉开了和众人的距离。

介古木来和村"两委"一直在来回走动安置群众，没注意到水落林长的动态。孔文瀚急匆匆地向介古木来汇报："木来书记，水落林长一个人往山上跑去了，说是有条小路，他要去接她们下来。"

"唉，这个蠢货，都不跟我说一声！"介古木来骂道，"完全没注意到他，我刚才已经跟县上打了电话，他们正派直升机过来救援啊！"

"啊？这个笨蛋！"水落阿牛也懵了，直后悔刚才劝孔文瀚放哥哥独行。

水落阿牛赶紧拨打电话，可暴雨中的水落林长只顾着赶路，根本听不到电话的声音。

此时，山上的歌舞队、路上的水落林长、山下的群众，被隔绝成了三个孤立的世界，彼此无法联系。

"轰隆——"又是一声巨响，半山腰上，一大片泥石流倾泻而下，在又一阵凄厉的尖叫声中，所有人都目睹了那一幕——一个白色的小点，被掩埋在了土石之下。

那一刻，没有一个人会怀疑：水落林长已经死了。

294

朦胧中，男人感觉到自己正躺在病床上，听到旁边女人的阵阵低吟声，一旁的机器发出"呼哧呼哧"的声音，叫人心烦意乱。

男人问女人："是不是很疼？"

女人咬着牙关微笑着说："哥哥，我不疼，就是腰有点酸。"

男人感动地说："哥哥的命是你换来的，如果有一天，你遇到了危险，哥哥就是拼掉这条命也会保护你。"

男人的世界瞬间一片黑暗，他感觉自己在行走，却踏不稳脚下的土地，焦虑地大喊着："有人吗？"

周围渐渐有了光线，男人仿佛置身于一片空旷的原野上，那是一个四周没有边界的茫茫旷野，远得可以看见地平线的尽头，天空时而呈现出鬼魅般的猩红，时而又变幻成灿烂的星空。

男人向前踽踽独行，看见一个老妪正背对着他，在地上拾着什么东西。

走近了，那老妪正把一块又一块红色的碎片从地上拾起来，努力想拼凑回一个完整的瓷碗。

"抱歉，打扰您一下，老人家，您在干吗？"

老妪缓缓地说："娃娃们的碗打碎了，我得把它拼起来。"

男人端详了一下瓷碗的粉碎程度，说："可是，这个碗已经不可能还原了，为什么不买一个新的呢？"

老妪仿佛没有听见，继续她的动作，半晌，低声说道："我知道，可是，重要的不是'它能不能还原'，而是你相不相信'它一定能还原'。只要有信念，不管你朝哪个方向迈进，你一定能到达你想要到达的彼岸，成为你想要成为的人，不是吗？"

男人的心里有所触动，说道："我曾经努力过，也想成为那样的人，可是一次又一次的阻碍，我已经身心疲惫。做好人那么难，他们都那么自私，我为什么不好好为自己活一次呢？"

"这个嘛，我想你是不是太注重结果了？人一旦专注于成败，就会变得功利而麻木，内心就会看不见真实，稍有不顺，就会觉得生活满满都是恶意。而我不一样，我只会生儿育女，儿女的未来我看不见，但我享受的是他们成长的过程。割猪草也好，捡牛粪也好，对我来说，这就是世界的'真实'。"

天空突降暴雨，男人说："你的话太深奥了，我很想继续听，可是我要回去了，我还要去找妹妹，她身处险境，需要我的帮助。你能告诉我回去的路吗？"

"如果你连'真实'都看不见，你就会忘了你来时的路，又怎么能找到回家的路呢？"

老妪转过身来，用凌厉的眼神盯着男人，男人瞬间认出了她的脸庞，那是他永远无法忘记的人——她的身躯老态龙钟，面容却停在了她离世时的 46 岁。男人惊恐地喊道："阿嬷……你是我的阿嬷海来毛达尔吗？"

此时，老妪的手里已经有了一个完整的红色小瓷碗，目光依然冷峻，说道："水落林长，回家的路一直在你的心里，你为什么急着来见我？"

男人看清楚了，那瓷碗上有一对黑色的牛角图案，其中一支牛角正上方有一个小小的缺口。这是小时候自己的"专用碗"，而长大后，母亲海来毛达尔又用这只碗喂过他的弟弟水落阿牛和妹妹水落支美，随后被三岁的妹妹不小心摔破，他一气之下，将妹妹打哭。

男人不禁倒吸一口凉气，喃喃地问："阿嬷，我已经死了吗？"

瓷碗里的雨水突然变成猩红的鲜血，满溢而出，在一阵绝望的哭声中，老妪先化成一个狰狞的幽灵，然后连人带碗一起消失不见。

男人绝望地跪在地上，朝着雨中的旷野大喊："阿嬷，阿嬷！"

从病床上醒来时，水落林长已经泪流满面。

"支美，大哥已经醒了！"孔文瀚朝着旁边的水落支美喊道。

"我这是在哪儿？"水落林长问。

"县人民医院啊，你已经昏迷了两天两夜了！"水落支美一边回答，一边用纸巾帮水落林长轻轻擦掉眼泪，"你又梦见阿嬷了？"

"嗯……想起来了，我上山找你，遇到了塌方，我只记得黑压压的东西铺天盖地而来，然后我往旁边的水坑一跳，就什么都不知道了。你们是怎么下山来的？"

"政府派直升机来接我们的呗。你啊，真是有勇无谋，还好命大，这样都不死。你知道有多少人来救你吗？"水落支美笑着责骂道。

"是吗？后来发生了什么？"

"你已经上新闻了，微信群里、朋友圈都在转发，大哥你出名了。"水落支美掏出手机，点开了相关链接。

"你给我念念吧，我现在还很难移动身体。"

"那我就挑重点的说吧，你听好了啊。昨日，受强降雨等

297

因素影响，下午 13 时 20 分许，在乌宁彝族自治县通往凉山州美姑县的主要通道——乌美路 K37+ 260 米处的银崖乡格洛村突发山体塌方，塌方量约一万立方米，正步行上山寻找妹妹的水落某某，不幸被深埋在塌方的泥土中。事件发生后，县主要领导高度重视，迅速赶赴现场，同时果断处置，迅速组织人员通过目击者确认被埋者的大概位置，进行科学施救。由于没有硬化路，救援人员无法起用大型机械挖掘，只能采取‘人工＋锄头’的方式挖。在此过程中，银崖乡众多村民自发参与了援救工作。18 时 30 分，水落某某成功脱离了被埋五个多小时的泥土，被救援人员背了出来。听着幸存者微弱的呻吟，救援人员紧急将他放到担架上并抬至公路，随后，急救中心立即将水落某某送到县人民医院做进一步检查。之前，县政府已派遣直升机将困在格洛村山顶的 15 位村民运送到安全地带……后面是表彰先进单位和个人的，就不念了啊。”

水落林长面色低沉地问：“来救我的都有哪些人？”

“大家都来了啊，莫色家族的也来了不少，拉付主任、军体大爷，这些和你闹过别扭的都来了。这两天，他们还专门来医院看望过你，你看，军体大爷送的水果都在那里放着呢。”

水落林长顺着水落支美所指的方向看去，只见一篮子水果正放在病床对面的凳子上，阳光透过窗户照在篮子上，让水果看起来晶莹剔透。

“唉，我该怎么面对他啊……”水落林长说，“我现在真的很怕他，我惹了这么多麻烦，还出言中伤了他，他来的时候，一定骂我了吧？”

水落支美说：“怎么会呢？全是安慰你的话。只是，有一句话，我感触特别深。”

"什么话？"

"他说，'我们是一家人，为什么我们可以共患难，却不能同富贵呢？'"

是的，我们是一家人。

国家扶贫日

1992 年 12 月 22 日，第 47 届联合国大会决定将每年的 10 月 17 日定为国际清除贫困日。多年来，国际社会为消除贫困作出积极努力，并取得显著进展。

在中国，2014 年 8 月 1 日，经国务院批准，从 2014 年起，将每年的 10 月 17 日设立为我国"扶贫日"。具体活动由扶贫办商有关部门共同组织实施。

2014 年 10 月 17 日，习近平总书记强调：我国将每年 10 月 17 日设立为"扶贫日"，并于今年第一个扶贫日之际表彰社会扶贫先进集体和先进个人，进一步部署社会扶贫工作，对于弘扬中华民族扶贫济困的传统美德，培育和践行社会主义核心价值观，动员社会各方面力量共同向贫困宣战，继续打好扶贫攻坚战，具有重要意义。

第三十章 土地

乌宁这座小山城好久没有如此热闹过了。

新建成的东风文化广场坐落于乌宁县南端的几个精致的楼盘中，是乌宁县为数不多的大块平地，自从建成以后，就成为小县城举办各种大型文化活动的不二场所。

乌宁县地处小凉山，这里的彝族人并没有大凉山过火把节的传统，在每年 11 月 20 日开始的为期一周的彝族新年期间，自治县政府都会举办大型歌舞晚会，以庆祝当地彝族同胞最看重的节日。

11 月 21 日向晚时分，当最后一缕余晖消失于天际，东风文化广场正迎来张灯结彩、高朋满座的喧嚣时分。精心布置的舞台上，两束光柱直冲云霄，在天空中来回摇摆。台下坐满了观众，那些姗姗来迟的群众只能一圈圈地站在寒风中，完成了"围观"一词最标准的造型。毕竟，"大乌宁"都是一家人，台上的演员，几乎都是台下观众的什么亲戚、同学，这是一个大家都不愿意错过的喜庆时光。

整台晚会持续近三个小时，上演 23 个歌舞类节目，银崖乡毫无悬念地选择了格洛村的节目参赛。等到九时许，当水落支美终于带队登台亮相时，孔文瀚的心顿时犹如玉杵叩扉般悸动起来。

令孔文瀚没想到的是，就在节目开始前，那个寒风中仅穿着薄礼服的女主持人，竟然特别为水落支美准备了一段互动。

"亲爱的观众朋友们，在接下来这个节目开始之前啊，请允许我介绍一下，接下来这个舞蹈，叫做《月下银崖》，本来去年彝族年就应该和我们见面，可是由于某些意外情况，这十五位年轻漂亮的姑娘直到今天才登上这个舞台。更令人难以置信的是，今年啊，这个节目也差点搁浅。究竟发生了什么事呢？让我们一起来看看大屏幕吧。"

主持人和水落支美转过身去，其他姑娘有些也转过了头。屏幕上，正播放着一张张众人刨土拯救水落林长的照片，主持人继续用甜美的声音说道："相信咱们全乌宁百姓都已经看到过这条新闻了。就在咱们银崖乡的格洛村，前天啊，这十五位姑娘正在山顶上排练《月下银崖》，由于强降雨，下山的道路被塌方阻断，山顶上又没有手机信号，这位姑娘的哥哥，在大家都往下逃命的时候，独自逆行上山寻找妹妹。更让人感动的是，当哥哥被塌方掩埋之后，政府和群众立刻携手救人，他们一铲一铲地刨土，经过五个多小时的努力，才把哥哥从土里挖出来。让人欣慰的是，这位哥哥只是受伤昏迷，经过县人民医院抢救，现在已经脱离了危险。这个感人的故事，充分展现了我们乌宁人民众志成城、和衷共济的精神，是乌宁人民践行社会主义核心价值观的壮举。现在，站在我身旁的这位美丽的阿米子叫做水落支美，就是故事里的妹妹。"

话音刚落，台下爆发出一阵热烈的鼓掌声。

"在这段震撼人心的故事背后，还有另一个感人至深的故事：就在去年彝族年前啊，妹妹还给哥哥捐献了骨髓。支美，你能给大家讲一讲吗？当时发生了什么事？"

在主持人优雅的移交下，水落支美接过话筒，对着主持人微微点头，也用不逊色于主持人的甜美声音开始了她声情并茂的演讲。

"主持人好、观众朋友们好，我叫水落支美，和大家一样，都是生在大山里、长在大山里的淳朴彝族人。十年前，我阿嫫因为意外去世了，阿达后来郁郁寡欢，搬到外村的山里独居了。我和两个哥哥相依为命，他们为了供我完成大学学业，省吃俭用，最终我成了家里第一个大学生。去年，临近彝族年的一段时间，我大哥水落林长，被诊断为患有急性再生障碍性贫血。这是一种发病急、进展快的骨髓衰竭性疾病，我和二哥都与大哥进行了骨髓配对，结果我二哥和大哥的配型只配到了五个点，而我配到了七个点。我为了救大哥，就没有能参加去年的晚会。"

虽然水落支美已经将这段历史告诉了孔文瀚，但当她再一次对着大家讲出时，台下的孔文瀚依然百感交集。

水落支美也没忘记其他队员："当然，我们每一个人，来这世上走一遭，都会肩负着或多或少的重担。我身后的这十四位姐妹，她们也都出生在格洛村，她们也和自己的父母、兄妹、丈夫、孩子有着数不清的牵挂，无数个这样的牵挂，汇聚成了我们格洛村丰富多彩的彝家画卷，也汇聚成了银崖、乌宁所有彝汉人民对美好生活无尽的期盼。正因为我们在这片土地上哭过、笑过、爱过、痛过，我们才能更深刻地感悟到这片土地的厚重。精准扶贫实施以来，党和国家对我们的家乡又投入了大量的人力、物力和财力，家乡的面貌发生了翻天覆地的变化，使我们这些身在大山里的人也能真真切切地感受到，病

303

有所医、老有所养不再是一个遥不可及的梦。我们能做的，就是更加紧密地团结起来，不但要共患难，也要同富贵，用更美好的生活状态，去回报那些帮助过我们、爱我们的人。谢谢大家！"

台上十五位姑娘同时向观众席深深鞠躬，赢得了一片掌声和喝彩。

孔文瀚已经不再有遗憾，在优美的旋律和动人的舞姿中，他第一次看见心爱的人，完整地演绎了那首他向往已久的歌曲。

山崖如银　月儿明亮
盈盈的河水肆意流淌
虫儿在歌唱　儿时的梦想
那段回不去的无邪时光

成长路上　太多遐想
你我都在守望中彷徨
青春的模样　多了点风霜
不变的是那皎洁月光

可无论命运你要我怎样流浪
我依然会对这世界打开心房

风　带不走我的思念
夜　埋不尽我的感伤
只盼终于有一天

再度牵起梦中郎

孔文瀚情不自禁地拿出手机，对着舞台拍了三张照片，无奈每一张都不能完美地展现这一刻的惊艳，几番犹豫后，又把照片一一删掉。他释然了，未来，他们还会拍更多的合影，或许直到两鬓斑白，他们的电脑里、相册里，会有数不清的涓涓回忆。想到这里，孔文瀚的嘴角露出一丝会心的微笑，收起手机，专注地享受着这深情的夜色。

这一切，就是最好的安排。

半个月后，银崖山谷已经冷得彻骨，然而村民们的热情却被一场开工仪式点燃。那一代又一代人的期盼，今天终于变为了现实。一台崭新的挖掘机在一旁待命，神清气爽的莫色拉付手持文稿，声情并茂地开始了他的主持。

"各位父老乡亲们，今天，我们在格洛村欢聚一堂，是为了共同见证一个新时代的诞生。很久以前，咱们的祖先就在我们脚下这片土地上生息繁衍，他们靠着肩挑背驮，靠着马匹运输，把一根根木材、一块块砖瓦运上我身后的大山，建起了供我们安身立命的美好家园。他们也和命运有个约定，有一天，咱们村也可以拥有一条通衢大道，让车辆可以顺利地开到我们的家门口，让我们建房子不再那么困难，让孩子们读书不再那么危险。由于种种原因，这个约定一直没能兑现……事到如今，我也没什么好隐瞒的了，其实，就在三月份我当选村主任之际，我就已经暗暗在心里发誓，在我的任期内，一定要给大伙儿把这条路给修起来。当时我不敢说，现在我告诉大家，我小时候就写过一首诗，叫作《故乡》：银崖山麓裹银妆，乌木

305

河水透冰凉。山重水复无穷尽，却见彝人读书郎。阿嫫织绣养儿女，阿达采药把家扛。有朝一日儿长大，不忘格洛我故乡。

"乡亲们，格洛村是哺育我们成长的土地，我们爱她，爱得如此深切，所以我们才会不管走了多远、飞了多高，都不曾忘记这里的一草一木。同样不会忘记我们的，还有党和国家。今天，在党和国家的关怀下，在全村百姓共同的努力之下，格洛村行路难的历史，终于要画上一个句号了！现在，请允许我宣布：银崖乡格洛村一、二组通组路，正式开工！"

"哇哦——"人群中爆发出排山倒海般的欢呼声和掌声，为了这一天，他们苦等了太久太久。

"拉付主任，我可以说两句吗？"人群中传来一个老迈的声音。

那是莫色军体，他今天看起来气色不错，莫色拉付友好地说："军体大爷，你想说什么，尽管说！"

莫色军体拄着拐杖来到莫色拉付身边，面对人群，精神抖擞地说："八十九年了，乡亲们，八十九年了啊，我的家，终于有路了，咳咳……我现在真的非常非常激动，我甚至，给这条路想了一个好听的名字。"

人群中传来一阵轻快的笑声，莫色拉付递话道："哦，别村的通组路都没有名字，咱们这还要专门起个名吗？"

水落阿信笑道："可以可以，法律又没禁止。再说了，咱们格洛村不是要打造品牌嘛。莫色大爷想了什么名字，说来大伙儿商量商量。"

莫色军体"嘿嘿"笑了两声说："你们看啊，咱们这山上，一到春天，就要渗出黄色的泉水，我们就叫它黄泉路吧，大伙儿说怎么样啊？"

人群中立刻发出一阵哄笑。孔文瀚问旁边的水落支美："敢情咱们彝族没有'黄泉'这个词？"

水落阿牛也自嘲地说："老人家啊，有时候比我还不靠谱。"

水落支美也笑得不轻，解释道："咱们的汉语都不是太好，对有些词理解得不是那么深，老人家多年没离开过大山，恐怕词汇量就更小了。"说完又冲莫色军体喊道，"军体大爷，'黄泉'这词啊，在汉语里不吉利，改一改吧，咱们就把颜色改一改，叫做'金泉路'怎么样啊？"

"哦？是吗？唉，我见识少，跟不上时代啊。"莫色军体想了想说，"金泉路嘛……也挺好的，那就叫金泉路好了，咳咳……"

莫色拉付说："好，金泉路、望月坪……嗯，我看都挺有情调的，孔书记觉得如何啊？"

"好啊，当然好啊！"孔文瀚毫不犹豫地赞叹道，"一语双关，'金'字既是泉水的颜色，又代表财富，和咱们这脱贫奔康一脉相承。而且，据说山里不是还有温泉嘛，以后可以慢慢开发，拓宽致富渠道嘛。我看啊，没有比这更好的名字了！"

水落阿信坏笑着竖起了大拇指："瞧瞧，人家'女神'亲自起的名字，孔书记能不喜欢吗？而且我看说得也蛮有道理，那咱们就定下来了。"

各种围绕通组路的话题在轻松愉快的氛围中进行着，不一会儿，又一个人拄着拐杖，一瘸一拐地走了过来，那是出院不久的水落林长。

水落支美看到哥哥，立刻迎了上去："大哥，不是叫你好好休息嘛，你来干什么？"

水落林长潇洒地冲着人群高声说："我好歹也曾经是村主任，这么喜庆的事情，怎么能少了我呢？"

莫色拉付把水落林长扶到身边，对众人说："修这条路啊，没有乡亲们无私贡献土地，是不可能完成的。我们要特别感谢林长，他为了这条路，贡献了足足半亩地啊，大家用掌声表示感谢！"

又一阵掌声响起，水落林长说道："我们是一家人，没什么感谢不感谢的。其实，那天我奔跑在暴雨滂沱的山路上，就已经想明白了一切，如果我们格洛村有一个宽敞的文化院坝，我妹妹她们还需要上山顶去排练吗？如果我们有一条硬化路，还怕下雨不能及时下山吗？所以，我要感谢我的妹妹水落支美，你去年拯救了我的生命，今年让我看清了生命的真实。孔书记，我妹妹水落支美，不光是你的女神，也是我水落林长的天使啊！"

人群中立马爆发出了一阵哄笑声，水落支美则难为情地笑而不语。

水落林长继续自嘲道："只是可惜了啊，我这两年的彝族年，怎么都他娘的在病床上啊？"

哄笑不断，只有莫色军体的面色一直凝重。水落林长见状，连忙走上前去，诚意十足地说道："军体大爷，我今天来，还要郑重地向您道个歉，我曾经伤害过您，实在对不起！"

莫色军体似乎不太领情，做出一副固执的样子，扭过头去："水落林长啊，早知今日，何必当初呢？"

欢快的气氛凝固了，众人都收起了笑容，看着这拄着拐杖的一老一少掏心窝子。

水落林长略显尴尬，不敢看莫色军体的眼睛，点点头说："是，我知道，我们水落家族，特别是我，这些年，着实给村上、给莫色家族带来了很多困扰。我一直把那无中生有的诅咒放在了心上……成了一块越来越大的疙瘩……其实啊，咒来咒去，咒了谁呢？还不是咒了我自己！我已经死过一次了，这条命就是捡来的……这段时间，我躺在床上，没有什么事做，倒也想通了很多东西。有时候啊，我想，也许那天塌方砸死了我，或许才是我最好的归宿吧！"

"瞧你，这都说到哪儿去了？"水落阿信轻轻地拍了拍水落林长的肩膀，要他宽心。

莫色拉付也劝莫色军体道："水落林长还是不错的，事情发生以后，不但让出了自己的地，还说服了另外几个村民，这才有了咱们今天这场开工仪式。军体大爷，浪子回头金不换，就原谅他吧。"

"没关系，我会继续争取大家的原谅，只要有一人一日不原谅我，我就会继续道歉，直到死去。"水落林长掷地有声地说。

"唉，行了行了行了……你才三十五六岁，不要一口一个'死'字，咳咳……"莫色军体终于正视了水落林长，语重心长地说道，"水落林长啊，咱们彝族人特别讲究尊敬老人，你的所作所为确实一度让我心寒，咳咳……但是，你知错能改，确实为格洛做了一件实事、好事，我看，也算是给了我和乡亲们一个交代了……"

水落林长小心翼翼地问："军体大爷，算是原谅我了吗？"

莫色军体露出了久违的笑容，用手里的拐杖敲了敲地面，又用空手去敲了敲水落林长的拐杖："我的拐杖，已经成了我身体的一部分，丢不掉了，但是你手里的拐杖，会撑起你和这片土地的未来。时代是你们的，连老天都原谅了你，我还有什么不能原谅的？咳咳……哦，对了，你的命大，我这'不死之身'的外号，以后就送给你吧！"

"好！"孔文瀚忍不住发言，"军体大爷和水落林长都福大命大、团结一心，以后，格洛村一定会前程似锦！"

银崖山谷里的气氛从来没有这么温馨过，那些不堪回首的过往，在这个年底，终于宛如一本老黄历被扔进了历史的垃圾堆。生活在这片土地上的人们很快就会忘记什么叫做荆棘丛生，因为鲜艳的索玛花已经在他们心中绽放，在明天的太阳升起之前，所有的格洛人将会为生活和梦想而不醉不归。

■ **精准扶贫小知识**

贫困县

贫困县可分为国家级贫困县和省定贫困县。

贫困县的划定标准以当地人年均纯收入作为依据，而少数民族地区与革命老区则相应的降低标准。国家级贫困县主要集中在西部地区，且大多集中于革命老区、少数民族地区以及边疆地区（通常合称为"老少边穷"）。

2012年3月，国务院扶贫开发领导小组办公室在其官方网站公布了665个国家贫困县名单。加上省定贫困县，在精准扶贫开始前，全国共有贫困县832个。

经过多年努力，国家贫困县的数量从2013年的832个减少到2020年初的52个。2020年11月23日，随着贵州宣布最后9个深度贫困县退出贫困县序列，国务院扶贫办确定的全国832个贫困县全部脱贫摘帽。

贫困县摘帽的标准各地不尽相同，在四川，退出标准为"一低三有"：全县贫困发生率低于3%，乡乡有标准中心校，乡乡有达标卫生院，乡乡有便民服务中心。

第三十一章　离人

"头再朝左边抬一点，眼睛朝我这里看，额……对对，微笑，做出一副高冷又亲和的表情……好好好，就这样，别动！"

在乌宁县一家彝族服饰小店中，水落支美正在一件件试穿合作社的新产品，用她那婀娜的身姿将原本就很有特色的彝族服饰展示得更加风情万种，向旭然正用他那台最喜欢的佳能全画幅专业数码单反相机记录下水落支美的一颦一笑——他们每一件新款都需要至少二十张不同角度的图片，用以编辑各大电商网站的产品详情。

又一件咖啡色的卫衣拍摄完毕，向旭然回看着一张张照片，对着孔文瀚啧啧称赞："有嫂子亲自出马，连请模特儿的钱都省了，真是方便啊！"

孔文瀚回应道："方便是方便，只是不知道，你那些奇葩的要求都是怎么设定出来的！比如'高冷又亲和'，你倒是做一个给我看看啊。"

"这还不容易，你们看好了啊……"向旭然一边说，一边示范着一个让人哭笑不得的表情，"就是这样，看到了吗？要给人一种高不可攀的距离感，又要让人觉得跳起来就能摸得着，对这样的产品，客户是最愿意买单的。"

孔文瀚嘲讽道："道理我认同，只是你这跑龙套的表演水平，就不要拿出来秀了。"

水落支美也忍不住笑了："反正，不管向哥说什么，我就按我自己的想法来表现，最后他都是'通过'。"

向旭然说："对，这就叫慧根，师父领进门，修行靠自身嘛。来来来，下一件，青绿色那件吧……"

这一天，离格洛村通组路开工仪式已经过去了近四个月，正是春意盎然的好时光，赶上换季上新，合作社又推出七款新品，让产品种类上升到 48 种——数量虽然不算太多，但专营女装，已足以让网店看上去饱满而华丽。按照众人的商议，原来的店名"支美妞妞"，已经同产品品牌一同改为了"格洛"。虽然很多人不知其意，但这不中不洋的名字恰好符合了新时代青年追求的格调感，又简单上口，利于打造电商品牌。英文名取其谐音为"Goro"，更是充分体现了时尚与神秘。向旭然亲自设计了中英文商标，与整个店铺的红黄黑主色调和谐搭配，又细分出"望月""乌木""金泉"等系列，构建出了一种大品牌的格局。

向旭然的生意头脑在此得到了充分的发挥，他深谙在电商品牌的起步阶段重要的不是店铺装潢，而是流量，因此在 48 种产品中选择了一款 298 元的"望月系"卫衣进行集中推广，最近 30 天的销量已经达到了 510 件——这在各大女装网店中已经属于一个小爆款。客户通过搜索页面相对容易看到这件产品，通过这款商品的链接进店后，很容易便被"格洛"的设计风格所吸引，从而浏览其他产品。向旭然还在推荐位推荐"搭配套餐"，促使客户搭配购买即将上新的夏季款，将后者作为第二梯队的爆款进行打造。其他几十个款式，更多是作为整体品牌形象进行衬托，让客户自行选择。

当然，孔文瀚也没有闲着，奋战了一个晚上，反复修改后，他为不同的系列创作了诗意的品牌文案。

望月

月色多静谧

精灵悄悄出来了

不要扰乱旅人的梦

公主累了，所以远行

暂时忘记尘世的喧嚣

让我们相聚于此

明天，世界还会闪耀

沐浴着繁花似锦的春光

乌木

流水本该多情

何须压抑伪装

我就喜欢现在的你

用赤诚之心，回眸一笑

你就是天际的流光溢彩

坠落凡尘

恰似花舞人间

金泉

突然好想放下世俗的一切

背起行囊、徒步远行

伴着索玛花翩翩起舞

就这么简简单单

傲慢与娇媚在湖面成双

就这么简简单单

心灵的小鸟

从此聆听你自由的歌唱

孔文瀚将品牌口号设计为"美丽成双"，英文为"Double Your Beauty"，意为"美丽的女孩子穿上美丽的格洛，让美丽翻倍"——这样的文案和品牌定位已经对于很多"剁手族"有了一定的杀伤力。孔文瀚还在一个专栏和微信公众号中"放大招"——不断地宣传格洛村的脱贫故事，对望月坪、乌木河、金泉路等格洛符号背后的故事进行挖掘，从而打造"和谐、融合"的品牌内涵，并且承诺：每售出一件产品，便会捐助两元钱给格洛的孩子。这对于希望为扶贫事业添砖加瓦却没有渠道的买家来说，无疑是一大亮点——她们深信，她们购买的不光是贫困山区的产品，更是贫困山区孩子们的未来——当然，这些承诺本来也都是真实的。

由于从格洛村合作社进货故意抬高的成本和不菲的推广费用，这几个月来网店的纯利润并不高，在八千元上下浮动，但电商要的是滚雪球效应，三人都相信，只要一直这么坚持下去，未来"格洛"这个品牌终会成为一代"网红"。

在乌宁县完成了网店上新工作，孔文瀚驱车驶入了格洛村，沿着崭新的金泉路潇洒地开上了一、二组山坡上的一块平地——这原本走路需要至少十分钟的路程，开车只花了不到一

315

分钟。脱贫攻坚的项目一向高效，虽然山坡上预留给文化院坝的土地尚未硬化，这条路一个月前倒已经硬化完毕，这样一来，马上又有十二户贫困户开始建彝家新寨。这段时日，格洛村的村容村貌每天都在发生变化，一派欣欣向荣的景象。

孔文瀚望着那空荡荡的平地，心情格外舒畅，不自觉地点起一支烟，回想起那些悲喜交集的过往，竟有种恍如隔世的感觉——"格洛"再也不是那个让人摇头叹息的格洛，在自己担任第一书记一年之后，已经有了全新的面貌。

这种变化也得到了官方的认可——自从脱贫攻坚开始，乌宁县每个季度都会对所有建制村进行综合排名，评选出"差村"、"较差村"、"较好村"、"优秀村"四个等级。全县131个村中，过去格洛村始终在倒数五名内徘徊，甚至"荣膺"过倒数第一，而在最新一期的排名中，格洛村直接上升到63位，已从"差村"上升为"较好村"。

孔文瀚拿起电话，悠然地说："喂，拉付主任，我到了。"

莫色拉付几分钟后提着一个袋子来到孔文瀚的面前，交给孔文瀚一张名单，感激地说："孔书记，真是不好意思，又要找你帮忙了。需求清单也在这里。"

孔文瀚看了看单子，眉宇稍皱，支吾了一句："老布毛亚其，咱们村好像没这人吧……"

莫色拉付口中的"需求"指的是印度抗癌药。

"对，这是瓦罗村一个六十岁的老婆婆。"莫色拉付用手挠了挠脑袋，难为情道，"你知道的，对咱们这山里的人来说，这价格的抗癌药，就是救命稻草啊！不过嘛，毕竟是外村的村民，要不要帮帮她，孔书记自己看着办好了。"

孔文瀚嘟了嘟嘴，做了个鬼脸说："行行行，救人救到底，送佛送到西，谁让我这么好心呢。"说完，从莫色拉付手中接过袋子，放进车子储物盒，准备离去。

莫色拉付愉快地替孔文瀚关上车门，比了个大拇指："就知道孔书记不会拒绝。"

第二天，孔文瀚回到城里，在中国银行的网点转好账，给印度学生 Aditya 发邮件说明了具体需求，随后在城里又办了点事，突然想到了什么，便踱步来到了位于老城区中心的索玛足浴。

"欢迎光临。"孔文瀚一进店，一个年轻的女孩子就起身热情地招呼道，"请问先生需要做足浴吗？"

孔文瀚哈哈大笑起来，他上个月就已经成了这家足浴店的老板，当时，正是按照阿罗金梅的估算，用四万元把店铺给盘了下来。不过由于所有的工作都是阿罗金梅在安排，孔文瀚除了签订转让合同的时候出现过一次，便再没参与过具体事务，心里暗笑居然连前台都不认识自己这个老板了。

孔文瀚满脸笑容地说："对，我来找阿罗金梅，她在哪？"

"好的，你等等。"女孩用总机拨出号码，对着那边说："金梅姐，你的点钟。"

阿罗金梅从一个房间里出来，到前台一看，就责备道："哎呀呀，这哪是什么点钟？这是咱们店的老板孔文瀚啊！"

女孩大惊失色，赶忙道歉："实在不好意思，孔总，我刚来，对人事还不太熟悉。"

"孔总"？怎么听起来这么别扭？

孔文瀚好脾气地说："没关系，别说你了，连我自己都没习惯。金梅，我还真来照顾你生意了，就按一下吧，就把我当

317

成普通客户来对待，照价收费。"

在房间里，阿罗金梅低着头，心事重重地帮孔文瀚按摩。

孔文瀚问："最近生意怎么样？"

阿罗金梅低声说："回来了三个姐妹，加上我，专职的有四人，还有两三个兼职，我们加班加点地干，这一个月生意明显好些了……唉。"

孔文瀚看出了阿罗金梅的异常，料想什么地方不对劲，故作轻松地问："生意好是好事啊，为什么你一点也不高兴，还心事重重的样子？"

阿罗金梅沉默了数秒，用手擦了擦额头上的汗水，低声说："他走了。"

"谁？去哪了？"

"你等一等。"阿罗金梅停止了按摩，出门耽搁了两分钟，拿着一个塑料袋进来，放在旁边的床位上。袋子落在床上的一瞬间，传出一阵清脆的"沙沙"声。

"这是什么东西啊？"孔文瀚愈发纳闷。

"这是你给我老公买的抗癌药，剩了七瓶，已经没用了，孔书记拿去送给有需要的人吧。"

"所以，你老公……"

"他已经不在了。"

孔文瀚的心里像被针扎了一样，问："他什么时候走的？"

"4月2号，就三四天以前。孔书记，不是你药的问题，癌症晚期嘛，生死有命，该走的时候，神仙也救不了他。"阿罗金梅落寞地说。

"那你为什么不请假去送送他，还留在这里上班？"

"我是想去，可是他兄弟，就是那个曲别格布，那天来跟我说：'嫂子，是我兄弟对不起你，你就当从来没有这个人吧。'"

孔文瀚诧异不已："这可不符合彝胞的习俗啊，但凡红白喜事，你们都讲究一个热闹，你都不去，这算是怎么一回事啊？"

阿罗金梅露出一丝凄楚的笑容，说："你还记得我之前说他每天老是出去，我也懒得管他去了哪里吗？我以为他只是在城里逛逛，谁知他兄弟跟我说，那段时间，他其实每天都回挖托村，去见他的老相好。他跟别人说，他已经和我离婚了，那个女的才是他现在的老婆。所以，他兄弟为了照顾他的面子，让那个女的去参加了白事。荒唐吧？"

孔文瀚骂道："实在是太荒唐了，这还是人吗？"

"更可笑的是，他其实偷偷存了一万块钱，买药的时候一分都没拿出来，走之前竟然全部拿给了那个女人。"

从来没见过阿罗金梅的老公曲别阿惹，关于他的一切，孔文瀚都是从阿罗金梅的嘴里听来的。他甚至不止一次地想过，如果有一天有机会见到曲别阿惹，他会劝说他、感化他，他相信他有能力给这对夫妻带来一个相对完美的结局。可是，命运始终没有给孔文瀚这个机会，而且，如果不是听阿罗金梅亲口述说，他不敢相信世界上还有这样荒唐的人。他无法想象，在他看不见的角落，到底还有些什么样的残酷真相。但他知道，生活最终没有对阿罗金梅慈悲这一回，苦命的女人最终没能等来那句——

对不起。

"你后悔吗？"孔文瀚闭着眼睛问道。

短暂的停顿后，阿罗金梅反问："我为什么要后悔？"

"你为他付出了一切，他却毁了你的一切。"

阿罗金梅按孔文瀚的手轻轻一颤，然后又恢复了正常的节奏，她什么也没说，但孔文瀚的脚背上感到了一阵热乎——那是一滴热泪滴在了他的脚背上。

"对不起。"阿罗金梅哽咽着帮孔文瀚把泪水拭去。

又是一番沉默后，孔文瀚问："那你接下来有什么打算？"

阿罗金梅举棋不定地说："其实我自己也在犹豫，我待在乌宁已经没有意义，所以想带着两个孩子一起回美姑。我们村今年通了路，还办了个厂生产高山蜂蜜，父母兄弟都叫我不要在外面这么辛苦，让我回去找一份活路。"

"挺好的啊，为什么要犹豫呢？"孔文瀚问。

"如果说我在乌宁还有什么不舍，那就是你和这个店啊，孔书记。"阿罗金梅诚挚地说，"我答应过你，要让索玛足浴重现辉煌，怎么能才开业一个月就跑了呢？一边是安身立命，一边是知遇之恩……其实我也不知道，怎么做才是对的。"

孔文瀚睁开了眼睛，惆怅地望着面前这个女人，她和自己年纪相仿，但脸上却写着比自己老七八岁的沧桑，她用口红和眼影维持着自己的职业形象，却掩盖不住内心的孤独与哀怨，还有她那结实的手臂，有着女性不应有的强劲——一切女性的阴柔之美在她的身上荡然无存，因为命运从未对她的花园进行灌溉。

但她却拥有让人着迷的灵魂，如同苦行僧一般倔强地坚持着内心的信仰，直到血液中满满地镌刻着悲剧，生而为人的体悟也就此变得刻骨铭心。

我等你，与你无关。

"金梅，我突然发现，网上说的是对的。"孔文瀚思绪万

320

千，终于开口了。

阿罗金梅丈二和尚摸不着头脑："什么意思？网上说啥了？"

"我在网上搜索过，美姑之所以叫美姑，是因为，你们那里的姑娘，是天底下最美的……"

阿罗金梅脸上泛起了红晕："哎呀，别听网上瞎说，你看我，我怎么就不美？不光不美，姐妹们都说，我像个男人婆呢。"

"呵呵……"孔文瀚会心一笑，"算了，反正，我觉得，你应该回去。"

"可是，我走了，这家店怎么办？"

"我也舍不得你离开，但是我就是觉得，你应该好好为自己活一次，简简单单地看着西下的夕阳、满天的星空，好好听一听雨水落在泥土里的声音。这个世界其实还有很多有趣的事情，宇宙诞生 138 亿年以后才有了我们短短几十年的生命，不是让我们浪费来为谁尽义务的。"

阿罗金梅默不作声地帮孔文瀚揉着小腿，权衡再三后，终于说道："可以的话，给我一两周的时间，我觉得姐妹里面那个小周还是很踏实的，等我把她带出来，我就和乌宁说再见了。孔书记，你为我做的一切，我这一生也不会忘记，以后有空的话，我还会回来看看你们的。"

阿罗金梅走了，带着鼓鼓的行囊、满满的疲惫。她也许再也不会出现在孔文瀚的面前，但孔文瀚相信，千帆过尽后，她会在那片土地上安放好自己的岁月。

阿罗金梅给孔文瀚留下了七瓶抗癌药，孔文瀚没有犹豫，第一时间到了莫色军体家中，把药都交给了他。

莫色军体端详着药瓶子，又把药还给了孔文瀚，说："谢谢孔书记的好意，不过，我的药我自己买，你把它们给其他更困难的人吧。"

"你为群众做了那么多好事，就从来不为自己争取点什么吗？"

莫色军体想了想说："如果可以的话，我想请孔书记带我到西佳去看看……咳咳……我上次去西佳还是 1981 年，转眼已经三十多年没有离开乌宁了。"

这是老一辈的彝胞惯常的生活状态，他们以鹰为图腾，喜欢在高海拔山区深居简出。有些繁华都市里的人一辈子也没有到过山区，而有些人却一辈子也没有离开过大山，见到过城市的模样。

这也是中国的两极，终有一天，它们会彻底连接。

第三十二章　回忆

三十多年过去了，莫色军体又来到了西佳。

这是一个日新月异、蓬勃发展的时代，莫色军体坐在孔文瀚的车上，默默地看着这个对他来说崭新的世界。同在车上的，还有水落支美。

进城首先经过的就是位于城北的西佳宏远新区，一幢幢高耸的写字楼、商品房鳞次栉比。孔文瀚指着一幢写字楼说："这上面，就是我哥们向旭然的广告公司，他前后投了二十万到我们村的刺绣产业，所以全格洛村才有那么多人给网店供货。现在市政府重点打造的就是这片宏远新区，高铁、中心站都在附近。很多年轻人买房子，也都考虑这一带了。前面一点的海棠国际，就是我的家，我从家里开车去西佳师院上班一般需要二十分钟，平均一周十六节课，晚上回来有新课就备课，没新课的时候就玩玩游戏什么的。"

水落支美笑道："我读大学那会儿，好多同学都在玩《英雄联盟》，经常被老师逮着骂，没想到原来老师也一样啊。"

孔文瀚俏皮地说："要知道学生在想什么，才能因材施教嘛……哦，当然了，那是没有老婆，等成家了，晚上的过法就不一样了，哈哈。"

323

"那个……孔书记啊，"莫色军体问，"高铁我知道，我以为只有北京、上海这样的城市才有，没想到西佳也有，那得跑多快啊？"

孔文瀚回答道："时速 260 公里，和开车上银崖的速度比起来，怕是四五倍不止吧。"

"哦，真快啊……"莫色军体问，"那么公园在哪儿呢？晚江亭还在吗？"

孔文瀚回答道："现在西佳起码有十个公园，老组长说的公园，应该是铜铃街那个吧？现在叫人民公园了。那是老城区，我妈妈以前经营的三妹烧麦就在铜铃街 18 号，离公园也就几分钟的路程，晚江亭还好好地立在那儿呢，每天都有好多老年人去那里打牌、遛鸟。不过从这儿开车过去，就算不堵车，也起码要半个小时。"

莫色军体感叹地说："没想到西佳已经这么繁华了，在全国都要算大城市了吧？"

孔文瀚轻轻一笑："算不上算不上，顶多就是一个四线城市，现在在中国地图上随便指一个地级市，怕都是这个规模吧。"

"那么现在四川，是成都大还是重庆大啊？咳咳……"

"老组长啊，重庆早就已经分出去了，成直辖市了。"

"啊，这是哪一年的事啊？"

"1997 年就分出去了，看来老组长确实好久没关注新闻了。"

"哦……"莫色军体低声说，"那孔书记可以载我去公园附近转转吗？"

"行啊，就算你不说啊，我也是这么打算的，午饭就在三

324

妹烧麦解决吧。"

今天的三妹烧麦已经不再是孔文瀚的第二家园，如他母亲蒋如珍所计划，店铺已经转让给了陌生的老板接手，新来的服务员无差别地接待了孔文瀚三人，只是厨师未更换，所以味道还是熟悉的童年味道。只不过，三妹烧麦的历史虽然久远，却也久不过莫色军体上次来西佳的那一天，莫色军体对这家著名的小吃店一无所知。

孔文瀚继续当向导："旁边的小街里是菜市场，里面还有我的母校——县街小学，也没变，当时是全西佳最好的小学，现在只能排第二第三的样子，最好的小学已经是在新城区那边的八小了。"

"我现在才知道，原来读大学那会儿我们经常来光顾的烧麦店，居然是你家开的，哎呀呀，我这吃货有福了。"水落支美感慨地说，"还有啊，什么三妹烧麦、县街小学，还有你工作的西佳师院，对我们山里的人来说，都是传说一样的存在啊。难怪有人说，我们努力的天花板，就是你们的起点。要想真脱贫，只有一代一代不断突破天花板，才能从根本上斩断穷根。"

莫色军体也恨铁不成钢地说："所以你说格洛那些人，浪费了多少年，都在干什么啊？咳咳，为了什么贫困户身份，为了一亩三分地的补偿，争破了头……观念不改，活该穷了那么多年啊！"

水落支美点点头说："所以我们那里说'穷不过三代'，只要每一代都有意识为下一代创造更高的起点，三代之后，必然会彻底摆脱贫困。"

莫色军体张大了嘴巴："哦，原来'穷不过三代'是这个意思啊……我还以为是说，穷到第三代，就穷得连媳妇儿都娶不了，所以没有第四代了……"

"哈哈哈，老组长，我今天才发现你很幽默嘛……"孔文瀚哈哈大笑，"支美说得对，所以政府才那么重视教育嘛，现在全乌宁给学生的补贴也非常高，我们学院也对追求深造的村民有奖励，考上专科的一次性奖励一人一千元，考上本科的一人两千元，就是要通过教育阻断代际贫困。"

用餐完毕，莫色军体掏出现金要买单，孔文瀚赶紧制止，抢着用手机支付宝扫码支付了 58 元。

"现在的科技真是进步啊，我只知道钱存在银行里可以刷卡，原来这手机也可以买东西了，嘿嘿……"莫色军体不住地感叹。

"哈哈，别说可以在这儿支付，就是你足不出户啊，在家里点一下手机，这三妹烧麦都会派人把东西给你送来呢。"孔文瀚得意地说。

"厉害，实在是厉害，我们这些老东西已经落伍了。"莫色军体停顿了半晌，换了个话题说，"孔书记，我们去晚江亭坐坐吧，只有那里才是我熟悉的地方。"

三人很快便来到人民公园，这里的假山、池塘还是 1981 年的模样，一朵朵含苞待放的荷花环绕着晚江亭，在和煦的阳光中，莫色军体靠在长凳上，静静地看着周围的一切。

"军体大爷，是不是对这儿有什么特别的感情啊？"水落支美开口问道。

莫色军体眯着眼睛，轻轻地说："嗯，我外孙女，她叫……唉，我老是忘记她的名字……我只记得她姓胡……那个时候，嫁给汉胞的彝胞还少之又少，胡家嫌弃我们穷，怕我们把外孙女给带坏了，我女儿莫色甘依进城以后，他们就限制我和外孙女来往。为此，我和那个姓胡的也没少吵架，但是没办法，人家在西佳还是有头有脸的人物，胳膊拧不过大腿啊……咳咳……后来，我想我外孙女儿了，怎么办呢？当时她就在县小读小学，所以我想她的时候，就来这里看看她，我就坐在这亭子里，等啊，等啊……等她放学出来，我就走过去，递给她五分钱，关心两句就回去了。我基本上每两个月就要来一次，后来又涨到一毛、两毛地给……那时候我从银崖到西佳，要走一天，但她那么聪明可爱，我就是想看看她笑的样子。直到1981年，胡家把她弄到成都去读书了，我就再也没见过她了。咳咳……你们看那里，过去那里有一个墨绿色的邮箱，有一次，在那里，她哭得好伤心好伤心，跟我说：'我考试考砸了，爸爸昨天又打了我，外公你为什么不带我回去？'我就安慰她说：'你爸爸打你是为了你好，等你长大了，你就明白了。如果你实在想外公的话，就给我写信，投到这里面就行了。'嘿嘿，我还真是傻啊，小孩子怎么会写信呢？我这辈子从来就没收到过她的信，也不知道她现在在哪儿，只听说她在当公务员……唉，算起来，她也四十多岁了吧，就算见到，也认不出来了。"

孔文瀚听得鼻子酸酸的，难过地说："真不是东西，这世界上，还有什么比亲情更重要吗？"

"不过我不恨胡家。"莫色军体释怀地说，"他们就这一个独女，肯定会把最好的东西给她……咳咳……我另外一个儿子，给我生了两个孙子，这两个孙子也三十多四十岁了，还留在乌宁打零工。刚才支美说得对，我们奋斗的天花板，只不过是你们西佳人的起点。孔书记，我现在很感谢她，不管她现在在哪，认不认我，但我莫色家终于有一支血脉，融入到了这个全新的主流社会，这样的东西，我们给不了她啊……咳咳……"

孔文瀚心底里倒不否认这个说法，但嘴上还是坚持着："就算是这样，也不能让亲人面都不能见吧？"

"我已经习惯了啊，孔书记，天各一方，总好过阴阳相隔吧？咳咳……"莫色军体红着眼说，"许书记下来搞基层夜话的时候，你们两个也在场，我就说过：我有四个兄弟姐妹，他们都没活过 35 岁，其实不止。我还有一个姐姐、一个弟弟，我都没把他们算在里面。你们知道他们是怎么死的吗？那是上世纪二三十年代，我们穷得连吃饭都成问题，很多人生了娃，当天就把他们扔到田里去晾一晚上，如果挺过来了，证明他们身体好，可以养，如果死掉了，证明他们也养不大，也不心疼。我们前后七个娃娃，两个就这么在野外冷死饿死了。剩下的五个里面，一个饿慌了，上山去偷狒狒的食物，被狒狒咬死了，两个病死了；还有我的哥哥莫色勒支被水落木呷抢走了老婆，自杀了。他死之前，找了个大凉山来的毕摩下诅咒，后面的事情，你们就都知道了……咳咳……和他们比起来，我外孙女这点小事算什么呢？"

孔文瀚倒吸了一口凉气："原来如此。我听阿信书记讲过，不过她记不得名字了，原来那个莫色勒支，是老组长的亲哥哥。"

"又有几个人记得清那么多年前的老黄历呢？"莫色军体喃喃地说，"所以说啊……我这么卖力地活着，都是在替那些死掉的兄弟姐妹活着，我死了，他们就真的死了。"

孔文瀚满怀敬意地说："这就是为什么，你拼了命地要让乌美路和金泉路修通，也拼了命地要让村民过上好日子。只有经历过苦难，才懂得幸福的真谛。老组长，你是格洛的脊梁，也代表着中国的精神，我向你致敬。"

"只是，我也犯过不可饶恕的错误啊……"莫色军体打开了心扉，"1967年的时候，'文革'刚开始不久，县上、乡上要我们把每个村的毕摩找出来批斗。当时我刚入党不久，又是一组组长，为了完成任务，也不想得罪水落、莫色两个大家族，我就把吉尼家的儿子吉尼阿祝揪出来批斗，结果……咳咳……结果，害他丢了工作。这是我这辈子唯一一次整人……我当时真以为他是坏人，到处使巫术骗人钱财。谁知道，后来政府又开始保护毕摩文化呢……早知道，我，我就算丢了工作，也要保护好每一个村民啊，咳咳……"

孔文瀚安慰道："老组长不用太自责。那是时代的问题，不是你的问题。"

水落支美也补充说："嗯，其实后来，九十年代初吧，吉尼阿祝也在乌宁县城里重新上了岗，帮一个私人老板开车，现在退休了也有社保，日子挺好的。都过去了，军体大爷，大家都不会怪你的。"

"孔书记，我还想问你一个问题。"

"什么问题？尽管说好了。"

"我这一生，算是一个合格的共产党员吗？"

孔文瀚一愣，反问道："这个问题，怎么能由我来判断呢？"

"我是1965年4月入的党，我在党旗下庄严宣过誓'对党忠诚、积极工作'，可是，我们那时都没什么文化，为了做一个合格的党员，我的手边随时都放着一本《毛主席语录》，我还专门跑到乡上，去县上，找马克思的著作。什么《资本论》

《共产党宣言》，我都看过，可惜我只是小学毕业，看不懂啊，看不懂，嘿嘿……咳咳……后来，又有吉尼阿祝这事……所以，我始终觉得我离合格的党员还有很大的距离啊。阿信书记、木来书记虽然都是领导，可是他们其实也不是什么高学历人才……今天，我希望孔书记能站在你的高度告诉我，我莫色军体，这一生，是一个合格的党员吗？"

孔文瀚点点头："在我孔文瀚的心目中，老组长不但是一个合格的党员，还是一个优秀的党员！'一个支部一座堡垒，一个党员一面旗帜'，在格洛村，村支书和村主任两个有职务的党员固然重要，不过，也多亏了有你这样的老党员不断在引导一种正气，我们格洛村这座堡垒才始终那么坚固。我作为晚辈，这一年多来，从你的身上学到了很多闪光的东西，我会永远铭记！"

莫色军体的双眼中流出了欣慰的泪水，含笑说道："谢谢你，孔书记……我很累，想在这儿躺一下。"说完，莫色军体侧过身子，闭上了眼睛。

"要不去我车上休息一会儿吧，这儿太硬了。"孔文瀚在格洛听到了太多的生离死别，本能地担心会发生什么不祥的事情。

然而莫色军体在咳嗽两声后，呼吸依然均匀。水落支美轻声说："军体大爷很久没坐过这么长时间的车，一定累得不轻，就让他在这熟悉的亭子里躺一会儿吧。"

待莫色军体沉沉地睡去，孔文瀚坐到了水落支美的旁边，牵起她的手，暗示般地干咳两声。

水落支美噘着嘴问："干吗啊？"

孔文瀚顽皮地说："支美，我们结婚吧。你放心，我绝对不会让你的阿达来这地方偷偷看外孙的。"

"谅你也不敢啊!"水落支美笑着回问道,"只是,干吗突然说起这个啊?"

孔文瀚一板一眼地分析道:"你看啊,咱俩从来就不会刻意制造浪漫,但总是在合适的时间自然就把关系往前推了。望月坪,是你童年的回忆,在那里,我们确定了关系;现在这一带,是我童年的回忆,我向你求婚,这不是很公平吗?"

"哈哈哈,你这张嘴啊,什么都可以被你给说成最完美的安排。"水落支美大笑道,"我还盼着,你要单膝下跪,送我一枚钻戒求婚呢!"

"你要真那么俗气,咱们也走不到一起了嘛。再说了,现在格洛村所有的脱贫指标都完成了,咱们的网店也算是红红火火了,咱们啊,就来一个事业家庭的双丰收,让我也体会一下当人生赢家的感觉嘛……"

"这些都是表象,你啊,是听了军体大爷的忆苦思甜,突然感到人生苦短,所以想珍惜和我在一起的每一分每一秒吧?"水落支美一语中的。

"唉,什么都瞒不过你,就是这样。"孔文瀚挤挤眼睛说。

"好啊,不过,还有一关要过,等我过关了,咱们就结婚。"

孔文瀚纳闷地问:"啊,还有什么难关啊?"

"8月4号,凉山州要举行彝族传统选美大赛,家人、乡村干部都鼓励我去参赛。难道你不想看看,你的未婚妻有多美丽吗?"

孔文瀚喜出望外地说:"哎呀,绝对支持!人生赢家,大赢家啊,哈哈……"

谈笑间,莫色军体突然醒了过来,说道:"扶我一下。"

331

两人赶忙把老人扶起来坐直。

莫色军体定定神，严肃地说："我刚才做了一个梦，你们啊，不要不相信……咳咳……我梦见你，孔书记，跟你，水落支美，求婚了！我觉得有点意思，你们要不要考虑一下？"

孔文瀚和水落支美你看看我，我看看你，默契地仰天大笑起来。

教育资助政策

为鼓励教育，各级政府均制定了教育资助政策。拿笔者所在的地区举例，在册贫困户子女在校就读期间，除享受国家普惠性资助政策外，还享受以下资助政策：

1. 学前教育。全年保教费 600 元/生/年，补助"一村一幼"学生营养餐 800 元/生/年。

2. 义务教育。享受"三免一补"资助政策，即免费提供教科书、免学杂费、免作业本费、补助寄宿制学生生活费 1700 元/生/年，补助营养餐 800 元/生/年。

3. 高中教育。减免学杂费 680 元/生/年，享受助学金 1500 元/生/年。

4. 职业教育。实施免费教育，即减免学杂费、生活费等费用 7330 元/生/年。

5. 高等教育。对汉族贫困大学新生一次性给予一本 4000 元、二本 3000 元、专科 1000 元的资助；对农村少数民族大学生每年给予本科 3000 元，专科 2000 元的资助；对建卡贫困大学生，从 2015 年 7 月起，资助本科生（含预科） 5000 元/生/年，资助专科生（含预科） 3000 元/生/年，直到大学毕业为止，但当年脱贫后就停止享受资助金，农村少数民族大学生脱贫后继续享受少数民族大学生资助政策；国家生源地信用助学贷款，贷款额度最高为大学生 8000 元/生/年，研究生 12000 元/生/年。

第三十三章　彩礼

水落支美小心翼翼地牵着那件改良后的彝族风七彩大摆裙两侧，风姿绰约地走上了草原上的舞台。这一天，她已经等了很久很久。

大凉山是彝族风味最浓厚的地区，每逢传统火把节来临之际，凉山州都会举办大型彝族选美比赛，通过服装展示、才艺表演、组合表演、知识问答等环节，由德高望重的长者评选出美丽的女子冠军"金索玛"和威武的男子冠军"金鹰"。

凉山彝族选美已经有上千年的历史，历来是彝族的青年男女翘首以盼的节日，一颗又一颗新星从这里冉冉升起，在聚光灯下开始书写自己的传奇，如果发展顺利，成为歌舞影视明星也并非痴人说梦。

所有 16 至 28 岁的彝族男女，不管来自哪个省份，都可以报名参赛，所以对于已满 24 岁的水落支美来说，她已经没有多少机会可以争取。但"高龄"也是她的优势，经历过高等教育的洗礼，经历过情感的波折和亲人的离散，还有心上人润物细无声的感染，她拥有着小丫头不具备的沉淀。那沉淀深深地镌刻在她的眉宇之间，让她看上去成熟而优雅，她向评委席深深鞠躬，随后，用天籁般的嗓音征服了所有的观众。

腊月纷纷　古筝沉沉　策马寻常人
　　犹记得那年你回眸香醇
转眼离程　天下三分　你心事纵横
　　夜太深　弦月催冷孤灯

落笔不准　泪惹诗文　墨香惹空门
　　寄托不出的思量惹人恨
青史不肯　旧人难问　苍老谁的唇
　　叹红尘　几度造化弄人

银崖雪无痕　断桥朽木折枯藤
　　春秋又几轮　你的模样已渐冷
盼燕归　盼永恒　盼到天下太平时
　　你还问　桃花何日再盛

蜀地重温　几方孤坟　路要怎么问
　　金戈铁马是否抚平苍生
北风阵阵　一座空城　对错无处认
　　怨太深　童谣将乱我魂

山也失声　水也迟钝　孤独满空樽
　　兑现不起的承诺叫一生
月也沉沦　人也黄昏　断层的缘分
　　白发生　徒留苍天为证

银崖雪无痕　断桥朽木折枯藤
春秋又几轮　你的模样已渐冷
盼燕归　盼永恒　盼到天下太平时
你还问　桃花何日再盛

　　孔文瀚并没有到现场，但他亲手为水落支美创作了这首歌曲《银崖雪》，描绘了诸葛亮戎马一生，功勋无数，却无法与黄月英白头偕老的人间遗憾。他借用诸葛亮站在望月坪上思索的传说，将诸葛亮渴望天下太平的宏图大志用普通儿女的诗情画意表达出来，再由水落支美谱写出彝汉风格结合的曲子。

　　这一天，孔文瀚还是像往常一样，重复着他的日常工作：到乡政府报到，到农户家中视察产业发展情况、检查卫生，随时关注着各个群里的会议信息和工作任务。下午，他看到格洛村的村民微信群，已经被一条又一条水落支美在选美大赛中夺冠的信息所占满。

　　"恭喜我村水落支美摘得'金索玛'！"

　　"太厉害了，咱们大格洛的骄傲啊！"

　　"必须请客哈！"

　　……

　　一张又一张现场图片也纷纷发回来：水落支美在舞台上献唱，水落支美捧起冠军奖杯，水落支美接受媒体采访……

　　中途，水落支美也在群里不止一次地表示对大家的感谢，并发了各种表示羞涩与谦逊的表情包。

　　孔文瀚的心目中洋溢满无法言语的喜悦和自豪，那些浪漫的过往也在他的心中如同电影画面一般闪回——

在县城的小店，他们第一次见面，那一天，水落支美热情迎接："欢迎光临，要给家人选点什么吗？"孔文瀚则自我介绍："我是格洛村的第一书记，我叫孔文瀚。"

那一天，在格洛村委会，水落支美哭着喊道："孔老师，求求你现在就把水落阿牛的贫困户身份取消吧！"孔文瀚则安慰道："支美，有什么话，慢慢说。"

后来，在县城的饭店，水落阿牛问："孔书记，你看得上我家支美不？"她说："孔老师一个名牌大学毕业的硕士研究生，怎么会看得上我一个小县城里的女生嘛？"孔文瀚则说："哪个男人能不动心呢？"

教师节，在 KTV 外面，孔文瀚说："对不起了，下次，我一定听你好好唱《月下银崖》。"她却说："所以，你总像我们的亲人一样。"

在望月坪，孔文瀚说："你对我的鼓励，让我确定，你就是值得我花一生去守护的女神。"她则羞答答地说："我一直以为，是我自己在自作多情。"

在晚江亭，孔文瀚说："我们结婚吧。"水落支美则说："等我过关了，我们就结婚。"

……

他们的每一个交往细节都如此让人回味无穷，孔文瀚顿时感到了一种无以名状的幸福。从他决心当扶贫干部的那一瞬间开始，他就在心目中隐隐约约期盼着这样的故事：在隽秀的山谷中，突然走出一个彝族阿米子，闯进他的生活，她的容貌宛若天仙，她的声音有如天籁，她认同了他的全部，并决定和他厮守一生。

终于，孔文瀚拿出了手机："我的金索玛，快回来结婚吧！"

一切都很完美，除了他未来的老丈人。

水落拉提在老伴去世后不到半年，就愈发郁郁寡欢，他没有再娶，而是独自搬到离格洛村三公里以外的一座山头虚度光阴。这里是银崖乡基古村的地界，水落拉提在山上有一座祖传的房子，他不喜欢日趋现代化的山下，也厌倦了水落、莫色两个家族时不时的明争暗斗，除了重大节日和子女小聚一番，其他时候他都在这里过着悠哉游哉的独居日子。所以，即使在格洛村遭遇暴雨袭击的那天，他也没有出现在现场——他离子女有一定的距离，而他今年才57岁，不需要儿女贴身照料。

在女儿夺得"金索玛"八天之后，水落拉提在这座老宅大办了一场宴席，五张大圆桌围坐了六十多人，这些圆桌是西佳师院看到很多村民蹲在地上就餐，特意捐赠给乡上的，任何村民都可以使用。老迈的毕摩在客厅里咿呀地念诵着经文，水落拉提的脸上写满了春风得意，在觥筹交错中，和两子一女一起迎接各方来客。

孔文瀚已经是第二次参加毕摩仪式了，上一次是莫色家族，这一次是水落家族，当然，这次的意义更胜以往——他不光是一个好奇的看客，还是这个家族未来的一员，所以尽管他并不太熟悉彝族的各种规矩，但脸上始终保持着礼貌的笑容，直到这笑容在午餐时被突如其来的一番话终结。

水落拉提在祝酒时容光焕发地宣布："今天，大家欢聚一堂，原因各位都知道，是因为我的爱女——水落支美，代表我们乌宁的彝族女性参加选美大赛，摘得了冠军'金索玛'。我能当冠军的阿达啊，感觉到非常的骄傲和自豪。更让我高兴的是，女儿24岁了，终于找到了她的爱情，那就是大家熟悉的格洛村第一书记孔文瀚！我水落家，可以说是双喜临门啊！在这里，我宣布，只要孔书记愿意拿出三十万的彩礼钱，就可以随时娶走支美！"

一干年轻人的笑容就是在这时候凝固的，还不等孔文瀚作出反应，水落支美便上前着急地问道："阿达，不是说好了，彩礼钱只要五万吗？"

水落拉提高声音解释说："哦，五万元的彩礼啊，那是在以前，彝族的行情大家都知道，一旦哪个女子选美大赛拿了冠军，那身价就是五十万起步，一百万的我也见过！就是因为看在孔书记勤勤恳恳为乡亲们服务的份上，咱们才把这价格降到三十万。大伙儿说，三十万就可以娶走冠军，贵不贵啊？"

"不贵不贵！"

"太便宜了！"

他们附和得那么自然，孔文瀚从他们的眼神中看出了众人所言不假——这不是针对他"漫天要价"，而是嫁冠军女儿理所当然的"应得之财"。为了娶走心爱的支美，孔文瀚当然愿意付出任何代价，但是在经过短暂的思量后，他说道："对不起，拉提大叔，还有各位乡亲，这个条件，我不能答应。"

水落林长、水落阿牛和水落支美都在一旁默不作声，席位上的客人也顿时尴尬了。

水落拉提问："怎么？孔书记觉得这个价格太高了？"

孔文瀚为难地说："不是这个问题，大家都知道，咱们整个乌宁都在搞移风易俗，格洛村的《村规民约》里面也写得很清楚：彩礼钱所有的礼金项目不能超过十一项，总价最多不能超过七万元！如果我一个第一书记都带头违反了这个规矩，以后还怎么面对大家呢？"

水落拉提满不在乎地说："规矩是死的，人是活的嘛。你一个汉胞，就算不遵守这个规定，谁又敢把你怎么样呢？"

"可支美是村民啊……拉提大叔，我结婚以后一定会对支美好的，未来带给支美和整个家族的也肯定比三十万现金要多。我是真的很爱支美，请拉提大叔再考虑考虑。"

水落拉提保持着最后一丝微笑："孔书记既然很爱支美，就更应该懂得为了爱情，什么代价都是值得的。看，我女儿就在你面前，只要你一点头，今天，咱们就可以把婚期定下来。"

孔文瀚看了一眼愁容满面的水落支美，坚定地摇摇头说："乡亲们知道吗，自从我担任第一书记以后，我就不断认识到，我们缺的不是财富，而是缺少一个创造财富的土壤，政府为什么三令五申要坚决推动移风易俗，坚决扫除各种陈规陋习？今天既然话说到这儿了，我就不妨明说了，因为过高的彩礼钱，红白喜事的铺张浪费，还有大笔请毕摩的开销，已经成了压在乡亲们身上一座座沉甸甸的大山。有些人在挖空心思找各种理由办酒席，想把送出去的钱收回来，你送我，我送他，结果成了一个恶性循环。你们心里都知道这样做是不对的，可你们都放不下这个面子。有一次周末，在干部们不在的时候，有贫困户办白事，竟然花了九千元购买鞭炮，为什么？就是图个面子！让别人知道他有本事，他消费得起！可完事之后，你又能得到什么呢？这些话其实我早就想说了，一直没有机会，现在，我要说，从今天开始，从我开始，请大家坚决遵守《村规民约》，和陈规陋习说再见。"

说完，他看到有人轻微地点了点头，有人陷入了沉思，也有人眉头紧锁。此时，水落拉提的脸色阴沉了下来，不客气地说道："孔书记，今天是我水落家喜庆的日子，大家是来喝酒的，不是来听你说教的。你不愿意出钱没关系，有的是人拿五十万排着队准备进我水落家的门。我们呢，没什么文化，也就是些传统的老彝胞，凭着我们多年的习俗生活。孔书记才华横溢，日理万机，还是早些回格洛村去宣传你的《村规民约》吧。"

"对不起，拉提大叔，这些话，我不能不说。我今天先告辞了，大家玩得开心。"说完，孔文瀚勉强挤出一个笑脸，头也不回地转身离去。

"孔文瀚，你等一等啊！"水落支美饱含着泪花，责备水落拉提道，"阿达，你怎么能这样呢？"

"我怎么了？"水落拉提板着脸看着两个儿子，问，"你们说，我说的有什么问题吗？"

水落林长和水落阿牛勉为其难地附和道："对对，没什么问题。"随后给水落支美使了个眼色，水落阿牛还比了个口型："快——去——追——"

山坡上，水落支美追上了孔文瀚，善意地责备："我早就跟你说过了，咱们这儿的人都好面子，那个彩礼钱，什么时候说不好，非要当着那么多乡亲的面说，阿达怎么下得来台？"

孔文瀚还在气头上，愤然说道："正因为他们都好面子，我不好面子，所以再也没有什么比自己更好的案例了，我拿自己开刀，就是要给他们看一看我坚决反对这些陈规陋习的决心。"

水落支美对这样的回答产生了情绪："就算是这样，你有考虑过我的感受吗？你这是在拿我们的幸福做赌注，当作你提升民望的筹码！你成功了，你可以省三十万元，你就算失败了，失去了我，你也从此有了大义灭亲、不徇私情的美名！你太爱惜自己的羽翼了，可是我呢？"

"省三十万？大义灭亲？呵呵，对不起，我压根就没想那么长远……"孔文瀚也脸色阴沉地高声说道，"我原以为你是那么善解人意，我做什么事情你都能理解我……好，你知道我的情况，三十万，我孔家还不至于拿不出来，可是我拿出来了，会怎么样？他们从此以后会说：'孔书记都没把《村规民约》当成一回事，那我们又怕什么呢？'他们会理直气壮地要他们的高价彩礼，肆无忌惮地放他们的天价鞭炮！今天说的那些，都是为了他们好，你看不出来我对这片土地最简单纯朴的热爱吗？你看不出来，我对格洛的未来付出了多少心血吗？"

"呵呵，你还是第一次用这样的语气和我说话呢……"水落支美缓解了一下情绪，低沉地问道，"那么孔文瀚，我就问你一句，你的未来里面，还有我吗？"

一阵微风徐徐吹来，水落支美乌黑亮丽的长发被轻轻撩起，她用右手捋了捋散开的发丝，把它们都盘到耳朵后面，然后，面无表情地望着孔文瀚。只要孔文瀚说出一个否定的答案，她就会跑开，大哭一场，然后逼迫自己去遗忘。

你的未来里面，还有我吗？

生气也好，忧伤也罢，面前这个女孩，每一个表情都散发着无法抵挡的魅力，孔文瀚郑重地点了一下头："我从来就不敢想象，没有你的未来是什么样。可是，为什么我来了格洛，总是要做这样艰难的选择，小家和大家，就不能两全吗？"

"这有什么关系，只要你不离不弃……"水落支美露出了一丝诡异的笑容，"我们就私奔吧。"

"不行不行，太乱来了！"孔文瀚大惊失色，"我绝对不会做出这种大逆不道的事情，何况我还要在这里工作这么久，怎么去面对你家人？绝对不行……"

"哈哈哈，看把你吓得……"水落支美牵着孔文瀚的手说，"开玩笑的，我是想说，有了我，不管你遇到什么样的两难，都让我们一起去面对吧。三十万，一定会给阿达的，但是不用你给，我挣来给他，以后，你再慢慢用这一辈子弥补我好了。这样就既解决了问题，又不违反《村规民约》，怎么样？"

"切！"孔文瀚不屑地说，"三十万，你从哪儿挣这么多钱啊？只怕就算挣到，你也成大龄产妇了。"

"你啊，要用发展的眼光来看问题，我已经不是从前的我了。"水落支美自豪地说，"其实我夺冠以后，就有西佳的娱乐公司来找过我，想把我包装成影视明星。我一直在犹豫，但是今天这么一闹，我就想通了，当明星有什么不好的？我会利用这个机会，不断推广我们的彝族文化，推广我们的格洛品牌，这不也是你这个第一书记希望看到的吗？还有啊，以后你任期结束难道还要经常跑乌宁吗？只要我也在西佳有一片天地，我们就可以在西佳安家，这不是很完美吗？"

"哎哟我的个神啊！"孔文瀚赞叹道，"你真是每隔一段时间，就要给我带来惊喜啊！看起来，也没比这更好的方式了。"

"好了，你先去散散心，我回去喝酒了。大家是来看金索玛的，我可不能缺席啊。"

水落支美在孔文瀚的脸颊上轻轻一吻，转身离去。乐观的情绪在孔文瀚的心中重新燃起，他轻快地哼着小曲朝山下走去。此时，他还不知道，更大的危机，正潜伏在不远的未来，即将带给他更大的考验。

移风易俗

移风易俗，即改变旧有的陈规陋习，推动文明新风。

移风易俗在精准扶贫之前就已有之，但是在精准扶贫的大环境下，更加彰显出其精神脱贫的内核。

以笔者所在的地区为例，针对天价彩礼，政府明文规定所有礼金项目不得超过十一项，总价不得超过七万元。

针对铺张浪费，政府严禁在举办丧事时无计划宰杀牲畜，严禁放礼花炮。

针对自杀给他人，政府明文规定"劝阻牛""劝阻马"不得超过 9800 元，其他赔偿也有具体金额上的规定。

针对矛盾纠纷处理，政府倡导干部调解或德古调解，严防破坏他人房屋等暴力行为。

移风易俗还对尊老爱幼、保护环境卫生等诸多方面作了详细规定。

移风易俗的目标是建设"四好村"：住上好房子，过上好日子，养成好习惯，形成好风气。

第三十四章　迷失

十一月上旬的西佳，阴雨绵绵。

这一天，孔文瀚决定前往位于宏远新区一家名叫"微动时光"的娱乐公司去见水落支美。从八月份水落支美和这家公司签约算起，已经过去近三个月。开始，水落支美还能兼顾网店的生意，和孔文瀚也能正常地交流，从十月开始，水落支美就一直处于极度忙碌的状态，那家名叫"格洛"的实体店和网店都已经交给一个雇来的汉族女孩全权打理，水落支美则全身心地投入到了她的"星途"之中，再也没有回过格洛村。

水落支美的微信回复变得缓慢而简洁，电话也愈发难以打通，大部分时候无人接听，偶尔几次接听，在寒暄几句之后，水落支美总是疲惫不堪地说："就这样吧，我好累。"

曾经，他在西佳，她在山里；如今，两人的地理坐标作了个调换。上周末，孔文瀚回到城里，希望和水落支美好好谈谈，可是她依然以周末要加班为理由拒绝了孔文瀚。一转眼，两人已经半个月没有见过面。

孔文瀚也问过她具体在公司都做些什么工作，她开始总是支支吾吾，直到昨天，孔文瀚看到她傍晚时分在朋友圈里面发的一张照片——她的头发已经染成了蓝色，用一种妩媚的表情做飞吻动作，并且配上了相应的直播链接。

一种不祥的预感在孔文瀚的心中油然而生，他轻轻地点开了那条链接。

在一个被布娃娃装饰的温馨房间中，蓝色头发的水落支美正打扮成一个动漫女主角的模样，在麦克风前滔滔不绝地说着各种段子。孔文瀚的网名是随便起的"北极熊"，在进入直播间时屏幕左下角会提示"北极熊（帅哥）进入房间"，水落支美显然不知道这是谁，用程序化的甜美声音招呼道："欢迎北极熊哥哥。"

孔文瀚进入直播间的信息很快被挤掉，取而代之的是一条条男人的狂轰滥炸。

"美女，你多大了啊？"

"今天直播到几点钟啊？"

"今晚唱什么歌呢？"

"美女有男朋友吗？"

……

水落支美一一回应着这些问题，而给孔文瀚致命一击的，正是那个关于男朋友的问题，镜头前，她满不在乎地说："唉，男朋友，八字还没一撇呢。"

紧接着，有人给她送出了数量不等的玫瑰花，还有一个名叫"燕子公爵"的网友送出了一台摩托车，水落支美一一表示了感谢，并且特地送给后者更特别的"待遇"："哇，谢谢燕子公爵哥哥送的摩托车，你一直都没让我失望，么么哒——"

不一会儿，轻快的背景音乐响起，水落支美跟着哼唱起了《学猫叫》，互动区域又是一阵起哄和刷礼物。孔文瀚抽着闷烟看了五分钟左右，心中五味杂陈。

曾经，格洛村也有一个贫困户女孩，通过网络直播做农活获得可观收入，使全家脱贫，还盖上了彝家新寨，为此，孔文瀚还上门去表彰过，说这户人告别了"等、靠、要"的思想，是自力更生的表现。可这一次，是水落支美，是那个决定和自己厮守一生刚刚却又宣称单身的女人，他刹那间明白了她的电话为什么老是那么难打通，她的微信为什么老是回复又少又慢，还有她周末为什么总是加班。孔文瀚感到一种神圣的东西正在离自己远去，所以，在经历了一个辗转难眠的夜晚之后，他要去水落支美签约的那家"微动时光"找她当面谈谈。

　　这一次，水落支美在公司的会客室见了孔文瀚。

　　两人在皮制的沙发上相对而坐，水落支美招呼前台："麻烦你泡两杯茶。"

　　"不必了。"孔文瀚开门见山地说，"我就来问问，你的事业发展得怎么样了？"

　　"嗯，刚开始嘛，千头万绪的，事情很多很杂。"

　　"不就是做网络主播吗？"

　　水落支美愣了一愣，但她知道这一天早晚会来，对此已早有准备，耸耸肩说："对，我现在还没什么名气嘛，所以先从网络平台开始发展，公司说，等我的粉丝多了，自带流量了，就可以去接影视剧了。"

　　"这和那天我们在村里的规划一样吗？你说你来西佳安家，我们才能更好地在一起……好，现在你来了，从这幢大楼望出去，甚至都可以看见我的小区。我们这么近，可为什么见你一次却这么难了？"

　　水落支美眼神变得躲闪："呵呵，毕竟现在我也算是个公众人物嘛，有些东西是身不由己的。"

"马上就是彝族年了，你也不回去吗？"

水落支美摇摇头："现在我正处在积累粉丝的关键时期，公司也在全力包装我，直播行业竞争非常激烈，要是连续几天不上线，粉丝就会掉得飞快，这是我和公司都不愿意看到的，你得给我一些时间和空间。"

"还要等多久？"

"说不准，现在公司70%的推广资源都投向我，但什么时候能成功，关键还得看我自己的努力吧。"

"我是问，还要等多久，你才能兑现和我结婚的承诺？"

气氛顿时凝固了，孔文瀚默默地点起一支烟，跷起二郎腿，望着面前这个熟悉而陌生的女人。

水落支美低着头，用她那蓝色的头发遮住了半个脸颊，用手摆弄着被她涂成蓝色的指甲以缓解尴尬的情绪，终于叹口气说道："我阿达的要求你是知道的，你得给我足够的时间，相信我，只要成了知名的主播，三十万，就是几个月的事情……"

"可是我不想等了！"孔文瀚放声说道，"你辞职吧，我今天就去银行给你取三十万出来！"

"这不是钱的问题！"水落支美也较上劲了，"这不光是我和你的承诺，也是我和公司的承诺！我有自己的事业心，我想追求自己最大的价值！还有，就算你愿意出那么多钱，我也不愿意一辈子头上顶着一串数字，人们会在背后说：看啊，那就是'金索玛'水落支美，卖了三十万！我不想要这种滋味，你懂吗？"

"哈哈哈，说得好，说得好。"还不等孔文瀚作出反应，一个穿着米黄色西服的长发男人，鼓着掌，慢悠悠地从办公室里走出来，毫不顾忌地坐在了水落支美身边，把孔文瀚置于一个对立的位置。孔文瀚曾经留着和他一样的长发，此时却觉得这个造型格外刺眼。

"兄弟，现在你的女朋友正处在事业的上升期，我们公司呢，也处在上升期，我就摊开说吧……她的容貌、她的身材、她的口才、她的嗓音，都有成为顶级网红的潜力，我们好不容易才淘到一块宝，所以我们合同里写得很清楚，辞职的违约金，高达二十万元。不过我可以向你保证，等支美成了大明星的那一天，如果条件允许，我们会把她还给你，但是在目前看来，她还是对外宣称单身为上策，也请你尽量不要接触她，因为……"长发男整理了一下头发，邪笑着说，"没有一个男人，会给一个注定约不出来的女人刷礼物。"

"就是这样。"水落支美用一副无奈的样子，看看挂钟说，"我马上要上直播了，你先回去吧。"

如果是在学生时代，孔文瀚已经一把将茶泼到这个长发男的脸上，但他现在还有为人师表的底线，他默默地看着心爱的女人和长发男肩并肩走进一间直播间。女人齐背的长发闪烁着诡异的蓝光，仿佛在向他暗示着这个世界的冷暖无常，但是在他看不见的地方，女人的泪水已经让她的眼影模糊。

"这是为了公司好，也是为了你好。"长发男说完，竟然把一只手搭在了水落支美的肩膀上。

"我知道。"水落支美默默地坐在直播椅子上，任凭长发男摆弄着她的头发和肩膀，自顾自地重新整理好装束和情绪，轻轻地移开长发男的手，打开电脑，若无其事地用笑脸开始了她的工作。

几分钟后，她看到那个叫"北极熊"的男人进入直播间，发问："你今天所做的选择，究竟是为了兑现我们的承诺，还是你已经找到了新的彼岸？"

水落支美原本灿烂的笑容出现了一丝失稳，犹豫了五秒钟后，她将"北极熊"踢出了直播间，然后又继续若无其事地向网友讨要起了礼物。

入夜，孔文瀚和向旭然在浮生若梦酒吧中，又坐到了一起。一年多以前，孔文瀚失恋之夜，在这里向向旭然作出过豪情万丈的承诺。当时，他不知道他要去的那个村庄叫格洛，更不会知道一个叫水落支美的彝族女人，会突然闯进他的世界，让他如此魂牵梦绕。时过境迁，他帮扶的那个小小村落已经发生了翻天覆地的变化，顺利退出了贫困村的序列，可是唯有他的生活仿佛从未变过。这叫人迷乱的音乐，这叫人微醺的酒精，让生活显得如梦如幻，那个女人也许只在梦境中出现过，只需一个微不足道的声响，他就会从这场美梦中醒来。

"感谢格洛带给我的一切，我和董玲玲已经完全融洽了。"向旭然说，"再告诉你一个好消息，老婆已经怀上了，明年的五月，我就要当爹了。唉，那个彝族的'干杯'怎么说的？'支朵'对吧？来来，支朵！"

孔文瀚碰了碰他的酒杯，醉意盎然地嗫嚅道："你……才是扶贫干部，我，不过是去打酱油的……我他妈吃饱了撑的，哈哈哈哈……"

随后的日子，一切都没有改变，唯一改变的就是孔文瀚的心情坏到了极点，再也没有和水落支美联系。在格洛村的花名册上，依然有水落支美的名字，但是在这片冰冷的山谷里，连

350

她存在过的证据也仿佛消失得无影无踪。乡上、村上，依旧有着一大堆常规的工作要找到孔文瀚，他却失去了往日和众人打成一片的激情。在新建成的格洛村党群服务中心，孔文瀚常常默默地坐在电脑前发呆，当有人找到他的时候，便装出一副处理表格的模样。于是，做资料、做报表成了孔文瀚最好的借口——他用工作逃避工作，活成了他曾经最讨厌的人的模样。

但这还并非孔文瀚要面对的全部，有一天，命运给了他更大的麻烦，要他用所有的勇气，去为自己在格洛所经历的一切找寻意义。

那是十二月中旬的一天，他接到了乡党委书记介古木来的电话："孔书记，请你马上到我办公室来一趟。"

孔文瀚赶到介古木来的办公室时，看到水落阿信、莫色拉付早已在此等候多时，两人本来还在聊着什么，一看到孔文瀚，脸色立刻阴沉下来。办公室里还有一个陌生青年男人，穿着黑灰相间的格子大衣，围着咖啡色的围巾，满身英伦风格，一看就不属于山谷。介古木来介绍道："这是西佳电视台的记者张沛，他想采访一下关于你的一些事情。"

张沛脸上保持着职业的微笑，递给孔文瀚一张名片，说道："孔书记，久仰大名，今天终于见到本人，真是荣幸。"

孔文瀚礼节性地两面看看名片，说道："要采访些什么，尽管问吧。"

张沛说："今天不采访，我是来邀请孔书记参加下一期的'佳廉话'节目，接受人民的监督，这个节目不用我多介绍，你一定知道吧？"

孔文瀚原本以为对方是来采访他的脱贫成绩，原本阳光了些许的心情瞬间跌落谷底，纳闷地问："哦？我犯了什么错误，值得你们叫我上'佳廉话'？"

张沛柔中带刚地说："是这样，我们接到举报，说你从去年开始，就一直在乌宁境内售卖来源不明的进口药品，最开始在格洛村卖，后来发展到全乡，再后来，乌宁其他乡镇的一些人也来你这里买药。孔书记，非法经营药品本来就是违法的，你还利用职务之便，赚贫困户的钱，西佳市纪委已经……已经算是有所行动吧。"

"哈哈哈，原来如此。你不说，我都忘了替人代购药还可以赚钱了。唉，我真是没有经济头脑啊……对了，请问，'有所行动'是什么意思啊？"

"嗯……就是他们想来了解了解情况嘛。"

"何必那么拐弯抹角的，不就是立案调查吗？"

"哈哈，这可是孔书记自己说的。"张沛见一干人愁容满面，轻叹一声，安慰道，"但是在调查之前，我们'佳廉话'节目准备请你去露一露脸，我们找过各种领导上节目，但是找第一书记，这还是头一回。怎么样？既是给我们节目创创新，也给孔书记一个辩解的机会，你有兴趣吗？"

孔文瀚想了想，又问："必须参加吗？我不参加会怎么样？罪加一等吗？"

张沛说："那倒不至于，'佳廉话'只是个节目而已，没有任何法律效力，参加不参加都由孔书记自己决定，谁也不能强迫，如果没兴趣，那我就告辞了。"

"有意思。"孔文瀚问，"下一期是什么时候？"

"新年第一期，我们的主题是扶贫领域的腐败问题，定在1月8日。"

"行，给我报个名吧，我也去直播一把。"

张沛纳闷地说:"孔书记可真是与众不同啊,我见过满头大汗的、拼命辩解的,甚至还有寻死觅活的,可答应得这么轻松的人,我还是第一次看到。你知道这是个什么样的节目吗?"

"知道啊,每期都看。主持人一连串地发问,问到你天昏地暗、汗流浃背、无话可说,然后观众投票表决接不接受你的解释,再把人移送纪检部门。"

张沛点点头:"这么说来,孔书记并不认为自己有问题咯?"

"问心无愧,有什么好怕的,尽管报吧。"

介古木来劝道:"孔书记,我知道你一向潇洒,面对任何局面,你都能临危不乱,可这次真不是儿戏,你可要想清楚啊!"

莫色拉付也说:"是啊,孔书记口才再好,我看也没有那个主持人厉害,那可是西佳的'名嘴',老到得很,你去'凶多吉少'啊。"

水落阿信也点点头:"拉付主任说得对,要知道,目前为止,所有上了'佳廉话'的人,最后都被调查出来有问题,没有一个人可以翻盘的。这就是个坑,让你往里面跳,你说着说着,再缜密的思维,一紧张,不自觉就说漏嘴了。"

"呵呵,为什么你们都纠结口才问题?"孔文瀚不解地问道,"阿信书记、拉付主任,这么说来,原来你们也认为,我这一年多以来,所有帮村民代购的药都是赚了钱的吗?"

莫色拉付扭过头去:"没没没,我可没这么说啊!"

水落阿信倒没否定得这么果断,旁敲侧击地问道:"那个那个……30%,确定不是……?"

"哈哈哈哈。"孔文瀚大笑道，"你们不要再说了，我都明白了。对啊，之前代购七百一瓶，转手就涨了价，再说了，我代购得那么积极，一传十、十传百，来一个我接一个，傻子才不认为里面有猫腻呢。两位，换了我在你们那个位置啊，我也肯定给这家伙一个'有罪推定'呢。哈哈哈，一不小心，我孔文瀚成了扶贫领域的腐败分子了！"

"哦？看来背后有很多故事嘛……"张沛饶有兴致地说，"黑的永远是黑的，怎么也洗不白；白的也永远是白的，谁也抹黑不了……孔书记，我相信这是一期很有趣的'佳廉话'，这十来天的时间，你就好好准备一下咯。"

失去的仍旧在不断失去，未知的冒险依旧还在前方，这片神奇的山水，带给了孔文瀚前所未有的人生体验。来年1月8日，在那个镜头前，他会给众人，也会给自己一个合理的交代。

第三十五章　星空

新年过后不久，1月8日，注定是孔文瀚终生难忘的一天。

在西佳市大剧院的后台，孔文瀚做了一个深呼吸，穿过一扇小门，再越过一道布帘，径直朝舞台右侧的"审判席"走去。迎接他的没有掌声，只有场下那几百张冰冷的面孔。尽管接下来主持人的每一句问话，都会尽量保持"中立"，但在很多人的心目中，每一个来到这里的"嘉宾"，都早已与"腐败"一词产生了或多或少的联系——这个舞台虽然叫"佳廉话"，却从来没有一个真正廉洁的来客。

孔文瀚曾经无数次地走上讲台，然而他却从来没有面对过一个如此庞大的"课堂"：一共可以容纳642人的剧场，座无虚席，放眼望去都是全市的领导干部和企事业单位职工。而且自"佳廉话"举办三年以来，节目的受众群体正不断扩大，孔文瀚估计，目前正通过电视、电脑、手机观看直播的观众，不会少于十万人。

孔文瀚的心中泛起了波澜，竟然主动向全场观众挥手致意："Hello，场内场外的观众大家好，主持人好，我是乌宁县银崖乡格洛村的第一书记，孔文瀚。"

全场鸦雀无声，孔文瀚的耍宝行为让老到的主持人也愣了一下，后者赶紧用浑厚的声音提示道："孔书记，我知道您在驻村之前，是一名大学老师，但是现在，请您注意，您的身份，是一个正在接受人民监督的扶贫干部。"

"对对对，接受监督，请主持人提问吧。"

主持人字正腔圆地讲道："同饮一江水，共叙佳廉话。这里是由西佳市纪委、组织部联合举办的反腐倡廉现场问政节目'佳廉话'，现在登场的这位干部，是由西佳师范学院派驻乌宁彝族自治县银崖乡格洛村的第一书记孔文瀚，他从去年开始，就在所帮扶的村上、乡上，甚至全县范围内，售卖来源不明的'抗癌药'，那后来发生了什么事情呢？我们先来看一条短片。"

这是"佳廉话"的第一个环节，播放一个五分钟左右的短片说明基本情况。在大屏幕上，旁白不断地用质疑的语气介绍着各种写满英文的药瓶子的名字、价格和受众。最让孔文瀚想不到的是，一个脸上打了马赛克的中年男子面对采访，火冒三丈地说："你们看吧，这就是我媳妇儿从他那里买的药，便宜是便宜，但是吃了三个月就死了。我们文化低，看不懂英文，也不知道是真的进口药还是假药，也不知道该找谁，所以请政府一定一定要替我们老百姓做主，把坏人绳之以法，还我们一个公道。"

竟然牵涉到一条人命，孔文瀚的形象，顿时在观众的心目中更加邪恶了。

"好了，让我们回到现场。"短片结束，主持人远距离对着孔文瀚说道，"现在我问孔书记第一个问题：请问您是否利用职务之便，向这些癌症患者出售过类似的药品？"

孔文瀚满不在乎地反问："呵呵，你们又要我辨认，又要把他的脸打上马赛克，我怎么知道这是谁？我怎么知道我是不是帮他代购过药？"

主持人意识到了提问的瑕疵，又不愿甘拜下风，厉声说道："您有没有利用职务之便，向村民出售过药品，或者按您说的，帮他们'代购'过药品？孔书记，您只需要回答'有'或者'没有'，就可以了。"

孔文瀚点点头："有。"

"好，我的第二个问题是：您卖给村民的这些药品，是不是国家许可的，在国内可以合法生产、合法流通的药品？"

"这些药都是在印度可以合法生产、出售的，我在印度工作过两年，他们的抗癌药效果和国内进口的差不多，但是价格非常便宜……"

"停停停！"主持人打断了孔文瀚的话，追问道，"面对我的问题，您记住，只需要回答'是'或者'不是'，就可以了。我再问一次：这些药品，是不是中国政府许可的，在国内可以合法生产、合法流通的药品？"

孔文瀚无奈地说："你非要这么问的话，我只能说不是。"

"好！"主持人微微一笑，仿佛对自己掌控着对话的走向非常满意，继续说，"我的第三个问题是：这些村民吃了您的药，是不是就可以根治癌症，还他们一个健康？"

孔文瀚笑笑说："癌症哪有可以根治的？这些抗癌药只能是缓解病情，延长患者的寿命，具体效果如何，还要看……"

"孔书记，您只需要回答'是'或者'不是'，就可以了。"

孔书记突然一股无名火起，反击道："小时候妈妈没有教育过你，不要随便打断别人说话吗？我今天来，是来说我想说的，凭什么要被你带节奏？"

主持人瞪圆了眼睛，在他二十多年的主持生涯中，还没遇过这种不按常理出牌的对手。尤其在这个严肃的舞台上，在台下众多领导的直视下，过去的每一个上台者，谁不是服服帖帖？于是放高音量说道："孔书记，我再提醒您一次，请注意您的身份，这里不是您展现个性的地方。"

"什么身份？我什么身份还用你来提醒？"孔文瀚问道，"不就是一个节目嘛，你以为你是谁？法官？在审判我？你才要摆正你的位置！我有很多话想说，你不让我说，我如何让观众知道真相？"

全场气氛立刻如死一般的沉寂，老到的主持人为化解尴尬，只好退一步圆场："行，看来孔书记心里有委屈，今天是不吐不快了，那我就给您三分钟的时间，尽情表达您的观点，三分钟内，我保证不打断您。孔书记，请讲。"

孔文瀚调整好情绪，对着场下说："今天很多领导都在这儿，我就把话说清楚了，我帮扶的村里，有村民得了癌症，又吃不起昂贵的进口抗癌药，我就通过我的印度朋友帮他们代购。国内的同类抗癌药，一万多一瓶，一年就要吃掉一二十万，但是效果差不多的印度抗癌药，价格还不到十分之一。我先是帮一个外村的村民买，当时印度的厂家就按成本价给我，后来我们格洛村的几个村民知道了，也找我代购，厂家就说只能按照批发价给我，比成本价高出 30%。他们一传十、十传百，整个银崖乡是有一些外村村民找我代购过药，又介绍了一些外乡的亲戚，前前后后加起来有多少人，我也记不得了。你们以为我赚了钱吗？告诉大家，我一分钱的价差都没有赚，有时候还倒贴了一些运费。"

现场变得异常安静，主持人点点头，放低声音说："孔书记说的这些，都有证据吗？"

"当然有证据，我和我印度学生的邮件记录都还保留着，还有每一笔银行汇款，每一次代购的清单，全部都有，你们尽管去查好了。"

现场的对话，正在通过电视和网络直播送达西佳全市，与孔文瀚有关的人，专注地看着场上的一来一回，只有向旭然，此刻却在慌乱地拨打着一个无人接听的电话……

现场问答结束，主持人宣布进入下一个环节："今年啊，咱们'佳廉话'节目增设了一个和场外观众互动的环节，各位手机用户可以扫描屏幕下方的二维码，关注我们的微信公众号，给我们留言，还可以拨打屏幕下方的热线电话和现场互动。现在，我们就来听一听场外观众怎么说……"

一阵"嘟嘟"电话声响起。

后台接通电话后，主持人说："喂，您好。"

一个男性蹩脚的普通话在剧场内响起："你好，我是乌宁县觉依镇的一个普通村民，孔文瀚书记肯定不认识我。去年七月吧，我查出肺癌晚期，就开始通过格洛村的村干部介绍，请他代购抗癌药，我想跟大家说一声：这个药确实是有效果的，我不知道那个举报者安的什么心，但他并不代表我们所有人。如果没有这些药，我可能撑不到现在了，真的……"

孔文瀚的眼睛湿润了，主持人叹口气，轻微地点点头，说："好，我们来听下一个电话……喂，您好。"

一个老迈的声音咳嗽两声，说："你好，我是格洛村一组的一名老党员，我叫莫色军体，今年已经89岁了，我也一直在吃孔书记代购的药。我这把年纪了，还活得好好的，你们说这药能有问题吗？孔书记有一次还拿着几瓶药来送我。你们说，他是为了赚钱吗？咳咳……孔书记，你来我们格洛村一年多，村上发生了翻天覆地的变化，我们都看在眼里，记在心里。孔书记，我支持你！"

孔文瀚埋下头去，用手试图止住奔涌而出的眼泪。主持人说："好，看来，情况也许确实和我们想的不太一样，现在大家心里是否也和我一样，充满了疑惑，疑惑中又隐约含有一丝惊异……真相到底如何？我们不妨再来听听下一个观众的说法……喂，您好。"

这次是一个女声："你好，我就是第一个找孔书记代购药的人，所有的事情都是因我而起，所以我必须站出来说一说。孔书记第一次给我的药，根本就没有收我的钱！我多给了他运费，他也全部退给我！"

孔文瀚睁大了眼睛："金梅，是你吗？你不是回美姑了吗？"

女声说："孔书记，我天天关注你的朋友圈啊，知道你要参加'佳廉话'，我是特地用手机观看的。主持人，我的前夫也在吃他代购的药，虽然他自己不争气死掉了，但他也承认，这药的效果是很好的。领导们，我还要说，我只是一个微不足道的洗脚妹，去年因为得罪了老板失去了工作，是孔书记二话不说接手了那家店铺，让我们姐妹都恢复了工作，还让我担任主管。我前夫去世后，我说我要回美姑，孔书记不顾店铺的生意，又果断地放我离开……那天，孔书记跟我说：'你苦了那么久，请为自己活一回，你应该回到自己家乡，好好看看大自然，看看头上的星空。'是，乌宁光污染严重，早已没有了星空，只有在我们大凉山，我此刻的头上，才有一片灿烂无比的星空。我也没读多少书，但是我查到了一句名言，我想送给大家——康德说过：'这个世界上唯有两样东西能让我们的心灵感到深深的震撼：一是我们头上灿烂的星空，一是我们内心崇高的道德法则。'各位领导，我从头到尾就和孔书记负责的格洛村没有任何关系，他对待一个外村人都能如此，何况对本村的村民？如果你们连这样的好干部都要抓起来，我第一个不答应！孔书记，我支持你！"

互动环节结束，现场的市委书记、市长依然面无表情，但是旁边一个座位上，组织部部长郑书琳已经流下了欣慰的泪水。突然，郑书琳带头鼓起了掌，一两声、三五声……一时间，潮水般的掌声，第一次在这个压抑的舞台上响起。

主持人也受到了感染，他用深情的声音说："得道多助，失道寡助。好样的，孔书记，公道自在人心，我现在个人已经相信您的故事，也相信您的为人……不过，我们还是要走一个程序，请现场的大众评审进行投票，对于这一案件以及相关官员的表态，你们认为能否理解和接受，请选择'是'或'否'，时间为三十秒。"

此刻，场外观众的热线电话再次响起，主持人纳闷地说："对不起，场外互动环节已经结束了。"

后台有人说："对不起，有观众朋友说有十万火急的事情，必须马上联系孔书记。"

主持人点点头："好吧，请接通电话。喂，您好。"

一个焦急的声音响起："孔文瀚，我是向旭然啊，联系不上你的手机，只好打热线了。听我说，水落支美正在正源大厦的天台上，准备跳楼啊，你快来啊！"

孔文瀚惊呼道："为什么啊？"

"你来了再说，人命关天，快啊！"

孔文瀚对着现场说了一声"对不起，各位，我失陪了"，便飞奔着离开了舞台，他身后的电子屏上显示着——100：0。

西佳市宏远新区的正源大厦一带，此刻正人声鼎沸。这座26层高的写字楼下，警察和消防员已经安置好救生气垫，并在周围拉好了警戒线，旁边，还有一辆救护车随时待命。密密麻麻的围观人群不时地望着楼上的动静，由于楼层太高，又是夜间，他们看不清楚那个试图跳楼的绝望之人。

天台上，也有一堆密密麻麻的人，远远地和一个蹲在围墙上的女子对峙，那个女人不是别人，正是水落支美，这幢写字楼也正是她公司所在地，她脸颊泛着酒红色，已经在这里精神恍惚了四十分钟。

围观人群早已不耐烦，不住地小声议论："听说她生意赔了，男人又仕途不顺，把她甩了，所以想不开。"

"唉，这年头，红颜祸水啊。"

向旭然正在努力地劝说："支美，你冷静一下，我过来跟你说个好消息。"说完，尝试着一步一挪地朝水落支美走去。

水落支美立刻警觉地站起身来："你别过来，你过来，我马上跳下去！"

向旭然无奈地退后："唉，好好好，我不过来，你千万冷静啊，孔文瀚马上就过来了……唉，这家伙怎么这么慢啊。"

话音刚落，孔文瀚气喘吁吁地赶到了天台，挤到人群的最前面，问向旭然："到底怎么回事啊？"

"你总算来了！"向旭然说，"支美长期做直播，都没去管网店，结果今天回乌宁一看，那家店铺已经人去楼空。那个找来的小妹啊，监守自盗，把所有的货物都偷走了。"

"损失多少？报案了吗？"

"四百多件库存，价值十二万的样子。她马上给我打了电话，也去报了案，结果一查，那个员工用的假身份证，根本就没这个人。不是我说你，我们给你打那么多电话，为什么不接啊？"

"唉，我今天参加'佳廉话'，电话从下午开始就一直扔在车上。行了，现在说这些也没用，我来劝劝她吧。"孔文瀚说完便朝水落支美喊道，"支美，我来了！不就是损失了一点钱吗？有什么大不了的？你快下来吧。"

水落支美回头看到了孔文瀚，瞬间哭成了泪人："孔文瀚……你终于来了……我从来没有觉得，我做人这么失败过……我原以为我可以靠自己的努力，赢得所有的东西，可是……可是到头来呢……我的生活一乱团，我失去了自由，失去了尊严，失去了财富，还失去了你……"

"谁说你失去了我啊？"孔文瀚一边说，一边小心翼翼地朝水落支美走过去，"我没什么问题啊，身体没问题、精神没问题、政治上也没问题啊。这段时间没关心你，也是我工作太忙，是我不好，来来来，我给你道歉。"

"你别过来！"水落支美的情绪极度不稳定，哭喊道，"你以为我会相信你吗？你们男人，其实都一样，都一样！"

孔文瀚发出一阵诡异的大笑："随便你怎么骂吧，反正，我也是被扔掉的人了，你放心，我绝对不来救你，我来和你一起跳，黄泉路上小鬼太多，我来保护你。"

说完，孔文瀚点燃一支烟，若无其事地爬上天台的围墙，和水落支美肩并肩站在一起。

好久没有闻到她的气息了，有一丝酒精的味道，但还是这么熟悉，像亲人一样叫人安心。微风吹乱了她蓝色的头发，泪水顺着她的脸颊流成了小溪，在迷幻的夜色中摄人心魄。

见到孔文瀚来这一出，水落支美反而失了方寸，用恐惧而绝望的眼神望着这个捉摸不透的男人。

孔文瀚伸出左手，与水落支美右手十指相扣，另一只手叼着烟深吸一口，超然地说："你说，人死后，到底有没有灵魂存在呢？"

水落支美惊恐地问："孔文瀚……你到底什么意思？"

孔文瀚望着夜空，怅然说道："如果我最爱的女人都不在了，那就算明天太阳照常升起，我的世界也是一片黯淡无光。支美，你曾经骂你的阿牛哥哥没心没肺，但有时候，我真觉得，或许变得没心没肺一点，我们才能更好地活下去……"说完，伸手把半截烟弹向了远方。一点星火划出一道美丽的抛物线，随即沉没在夜色中。

背后不远处，向旭然大喊道："孔文瀚，你他妈到底在闹哪样？"

"闹哪样？呵呵……"孔文瀚回头正准备跟向旭然来一个帅气的侧脸，突然一阵强风刮过，孔文瀚脚一软，一个趔趄后重心前移。他瞬间意识到了这将是一个致命的失误，想往后退，却着了魔似的控制不住身体，拉着水落支美一起掉出了天台。

"啊——"人群中顿时发出一阵尖叫。

空气呼啸而过，水落支美惊恐地喊："你还真跳——"

"鬼才想跳呢——"

夜空中，下方的孔文瀚看到一道流星划过，正如烟花在空中爆炸后的最后一缕余丝。

水落支美问："孔文瀚，我们要死了吗？"

"要死我死，你给我好好活下去！"

在自由落体的最后关头，孔文瀚把水落支美往空中勉强踢起，同一时间，随着砸在气垫上的一声闷响，孔文瀚眼前一黑，感到他身体在往上飘去，星空越来越近，越来越明亮，瞬间，一切又消失不见，他堕入了一片无尽的黑暗中……

"醒了，他醒了。"

孔文瀚迷迷糊糊地睁开眼睛，看到自己正躺在病床上，眼前，父亲母亲，还有水落支美，正围着自己。

"怎么样？感觉好些了吗？"水落支美问道。

"我……昏迷了多久？"孔文瀚有气无力地问。

"也没多久，就十多个小时吧，现在是1月9号中午12点。"

"是不是闻到妈做的鲫鱼汤，赶着起来吃午饭了？"蒋如珍笑眯眯地端着一碗鱼汤过来，递给水落支美，挤了下眼睛，随后拉着老伴一起退了出去。

水落支美一口一口喂着孔文瀚，担忧地说："你知道吗？我真的好怕，我每个小时都在向支格阿尔祈祷，让他保佑你，不准你死。"

孔文瀚吞下鱼汤，俏皮地说："支格阿尔说，支美还小，需要人一路陪伴到老，于是不要我死，所以我就回来咯。"

水落支美眨巴眨巴眼睛，贼贼地说："有三个好消息，你要先听哪个啊？"

"又没有坏消息，有什么好选的，你快说嘛。"

"第一，公司已经同意了，不再干涉我的私生活，而且直播风格、时间和内容，我都可以自由掌握；第二，阿达也想通了，害怕心爱的女儿再寻短见，彩礼钱，不强制了；第三，未来书记让我转告你，市上已经决定了，终止对你问题的调查，还说要保护干部干事创业的积极性。怎么样，是不是很爽啊？"

"什么什么？我这一跳原来这么值啊！"孔文瀚恨不得跳起来，"如果跳楼可以解决这么多的问题，我愿意再跳一百次，哈哈哈……"

正眉飞色舞，孔文瀚突然扯到肩膀："哎哟，肩膀还痛得很！"

"哎呀，你快躺下嘛！"水落支美扶着孔文瀚躺下，娇滴滴地在他脸上亲了一口，"我可不许你再跳了，我也一样，不能再耍脾气了。说实话，看到你这样，我心里心疼得很，也后悔得很。记住，我们的日子还长，都要健健康康地活下去。"

"嗯，好，一言为定……"孔文瀚想到了什么，又问，"那个小偷呢？抓到了吗？"

"暂时还没有。唉，算了，不去想了，人活着就是最好的。钱没了，我们再挣就是……"水落支美噘着嘴巴说，"就是不知道，又要花多久才能东山再起啊。"

"哈哈，我有办法，有办法，你把我衣服里面的钱包拿出来。"

水落支美摸出孔文瀚的钱包，问："然后呢？"

"里面有一张名片，拿出来。"

水落支美装作生气道："哼，我还以为里面有一枚钻戒呢！"

"哎呀，比钻戒好，真的。"

水落支美摸出一张名片问："张沛？这是谁啊？"

366

"唉，不是这张，扔掉扔掉。还有一张，再找找。"

水落支美又摸出一张有些老旧的名片，纳闷地问："都是英文的，什么意思啊？"

"翻过来，看背面。"

水落支美翻过名片，问道："威廉·杰弗逊？这又是谁啊？"

孔义瀚解释道："这是个加拿大的朋友，也是做扶贫事业的，曾经途经格洛村，和我有过交流。他们的团队专门收购贫困山区民族特色浓厚的产品，卖到北美市场。我和他邮件联系过，他对我们的 Goro 民族风服饰非常感兴趣。怎么样，亲，有没有兴趣做外贸，顺便去加拿大玩玩啊？"

"不去不去，我要给你生孩子！"水落支美兴奋地扑在了孔文瀚的身上。

一阵惨叫声划破了病房的宁静："哎呀——好疼——啊——"

此刻，正午的冬阳正把它的万丈光芒洒向城市的每一个角落，透过窗户，越过盆栽，让这方小小的病床也沐浴到它的恩泽。他们未来的人生，依然荆棘丛生、深渊四伏，但从山村到城市，两颗年轻的心已经经历了太多磨难，当新一年的钟声响起，这世上便再也没有什么能让他们分开。